Karl Goedeke, Julius Tittmann

Deutsche Dichter des sechzehnten Jahrhunderts

Zweiter Band: Schauspiele aus dem sechzehnten Jahrhundert

Karl Goedeke, Julius Tittmann

Deutsche Dichter des sechzehnten Jahrhunderts
Zweiter Band: Schauspiele aus dem sechzehnten Jahrhundert

ISBN/EAN: 9783743379183

Hergestellt in Europa, USA, Kanada, Australien, Japan

Cover: Foto ©Andreas Hilbeck / pixelio.de

Manufactured and distributed by brebook publishing software (www.brebook.com)

Karl Goedeke, Julius Tittmann

Deutsche Dichter des sechzehnten Jahrhunderts

Deutsche Dichter

des

sechzehnten Jahrhunderts.

Mit Einleitungen und Worterklärungen.

Herausgegeben

von

Karl Goedeke und Julius Tittmann.

~~~~~~~

Zweiter Band.

Schauspiele aus dem sechzehnten Jahrhundert.

Erster Theil.

Leipzig:

F. A. Brockhaus.

—

1868.

Schauspiele

aus dem sechzehnten Jahrhundert.

Herausgegeben

von

Julius Tittmann.

Erster Theil.

Nikolaus Manuel. Paul Rebhun. Lienhart Kulman.
Jakob Funkelin. Sebastian Wild. Petrus Meckel.

Leipzig:

F. A. Brockhaus.

1868.

Einleitung.

Die Anfänge des Schauspiels lassen sich fast bis in die älteste Zeit der deutschen Geschichte verfolgen; die ersten Spuren seines Bildungsgangs sind dunkel zwar und verwischt durch veränderte religiöse Anschauungen und Lebensformen, aber im ganzen und großen noch erkennbar. Nur wenige Thatsachen, durch vereinzelte Zeugnisse festgestellt, geben sichere äußere Anhaltspunkte; um so reichere innere Kunde aber gewähren zahlreiche Erscheinungen des deutschen Volkslebens selbst, in welchen wir die durch Jahrhunderte bis in unsere Tage herübergeretteten Trümmer alter Spiele und Volksbelustigungen wiedererkennen.

Schaustellungen mannichfacher Art werden das ganze Mittelalter hindurch erwähnt. Vieles davon mag römischen Ursprungs sein, wurde aber sicher den eigenen Bedürfnissen angepaßt. Der Frankenkönig Chilperich ließ in Soissons einen Circus bauen; die Vandalen in Afrika hatten Kampfspiele, Rennbahnen, Thierhetzen, Tänzer und Mimen; bei den Gothen, am Hofe Theodorich's II., waren scherzhafte mimische Darstellungen (mimici sales) im Gebrauch, freilich, wie ausdrücklich berichtet wird, sehr einfach und ohne musikalische Begleitung. Ueber den Inhalt solcher Spiele lassen sich nur Vermuthungen wagen; dieselben werden auf satirischer Auffassung von Verhältnissen und Vorfällen des öffentlichen und Privatlebens beruht haben. Dafür scheint auch zu sprechen, daß man der im Volke schon früh weitverbreiteten heimischen Thiersage gelegentlich die Einkleidung solcher Aufführungen entlehnte; die Vermummung in Wolf, Bär oder Fuchs erlaubte und begünstigte eine freiere Darstellung und unbeschränktere Rede.

Um die Mitte des 9. Jahrhunderts kämpfte die christliche Kirche mit Verboten gegen die „teuflischen Spiele" der Neubekehrten vergeblich an und mußte sich damit begnügen, wenigstens ihren Dienern die Theilnahme an denselben zu untersagen; von ihren gemeinschaftlichen Mahlzeiten sollten diese dergleichen thörichte Dinge fern halten, als Gäste aber bei Hochzeiten und sonstigen Gastmählern wurden sie angewiesen, vor dem Eintreten der Schauspieler aufzustehen. Zu derselben Zeit schon wurde es sogar nöthig, einem andern Unfug zu steuern, der mit derartigen Aufführungen zusammenhing: die Entweihung des geistlichen Gewandes durch die Schauspieler, indem man das Auftreten in Priester- und Ordenskleidern mit Leibesstrafe und Landesverweisung bedrohen mußte. Aehnliche Verbote, deren Uebertretung von verschiedenen deutschen Bischöfen mit dem Bann gestraft wurde, finden sich bis in das 14. Jahrhundert hinein wiederholt. Wir erwähnen dieselben nur, weil sie für die Verbreitung dramatischer Aufführungen als Volksbelustigung Zeugniß ablegen; das einzelne bleibt dunkel. Puppenspiele, die doch nur aus der Nachahmung des wirklichen Schauspiels entstanden sein können, reichen bis in das 12. Jahrhundert hinab.

Wie bei allen Culturvölkern, so haben wir auch bei den deutschen Stämmen in dergleichen Spielen die ersten Keime zu suchen, woraus die dramatische Kunst sich entwickelt hat. Auf zwei Wurzeln, welche während des spätern Wachsthums noch kenntlich bleiben, läßt sich der Ursprung derselben zurückführen. Die eine liegt in dem erheiternden, die Einförmigkeit des gewöhnlichen Lebensgangs unterbrechenden

Spiele, die andere in den religiösen Anschauungen und dem darauf beruhenden Cultus.

Die Furcht vor den Schrecken der Natur und der Dank für ihre Segnungen sind der Grund aller Naturreligion, der Cultus aber hat den Zweck, diesen Gefühlen Ausdruck zu geben. Wie nun aber die Ideen, welche sich auf die furchterregenden oder segensreichen Erscheinungen gründen, ihren poetischen Ausdruck in dem Mythus finden, so beruht der Gottesdienst auf dem Bestreben, die himmlischen Vorgänge zu versinnlichen. Die Feste mit ihren Spielen sind Nachahmungen derselben. Wie im Mythus die Keime der epischen Dichtungsart, so liegen in jenen die der dramatischen.

Spiele, die auf alle Jahresabschnitte sich beziehen, namentlich auf den Wechsel der Zeiten, haben sich fast durch ganz Deutschland wie in den slawischen Ländern erhalten. Die Ankunft des Sommers wird durch Gesänge der Jugend verkündigt, oder derselbe wird durch die Kirchenglocken eingeläutet. Sommer und Winter werden als persönlich und im Kampf miteinander gedacht und im anbrechenden Frühling, gewöhnlich im März, gegen Ostern, an einigen Orten zur Lichtmeßzeit, dargestellt. Jener, in Epheu oder Sinngrün gekleidet, siegt über den in Stroh und Moos gehüllten Winter; dieser wird niedergeworfen und der Umhüllung entkleidet, dann ein grüner Kranz oder Zweig als Siegeszeichen umhergetragen; anderswo kämpfen zwei Parteien in entsprechender Kleidung mit Sommer- und Wintergeräth, Sensen, Sicheln, Ofengabeln, gegeneinander, oder sie stellen den Kampf in der Form eines Rechtstreites dar. In andern Gegenden wird statt des Winters der Tod (des Naturlebens) ausgetragen; ein kleiner Sarg wird durch Stadt oder Dorf umgeführt und endlich ins Wasser geworfen. Oft sind diese Darstellungen nur mimisch, Nachahmungen der verschiedenen Jahresarbeiten, häufig aber werden sie von Liedern begleitet, welche die Vorzüge derselben gegeneinander hervorheben, und pflegen mit Tanz und fröhlichen Gelagen zu

enden. Auch das Pfingstfest wird durch Tänze, Pferde-
rennen, Aufzüge, vorzüglich durch den festlichen Umritt des
Maigrafen bei den Völkern germanischer Abkunft, Schweden
und Dänen, im Süden und Norden Deutschlands, gefeiert.
Bekränzt und mit kriegerischer Begleitung hält er seinen Um-
zug; auch er, unter dessen Gestalt wol eine alte Jahresgott-
heit verborgen liegt, trägt den Sommer in die Welt. Nur
an diesem einen Beispiele wollen wir die Bedeutung dieser
Festgebräuche nachweisen. „Das Einkleiden in Laub und Blumen,
in Stroh und Moos, ihre wahrscheinlich gehaltenen Wech-
selreden, der zuschauende, begleitende Chor zeigen uns die
ersten rohen Behelfe dramatischer Kunst, und von solchen
Aufzügen müßte die Geschichte des deutschen Schauspiels beginnen" (Grimm, „Mythologie", S. 744).

Schon die Lebenskraft, womit diese Spiele die Jahrhunderte überdauert haben, beweist, mit welcher Lust das
Volk daran festhielt. Wenn schon die gewöhnlichen dramatischen Volksbelustigungen im Interesse der christlichen Zucht
verboten werden mußten, so lag in jenen eine noch größere
Gefahr. Wie in der altheidnischen Dichtung vorwiegend
epischen Inhalts, so erkannte man auch in ihnen, mit ihrer
regelmäßigen Wiederkehr und Vererbung von Geschlecht zu
Geschlecht, ein Hinderniß für die Begründung der Kirche,
dessen immer fortwirkende Kraft gebrochen werden mußte.
Dazu aber boten sich zwei Wege dar, entweder der directe
Kampf mit den Waffen der Kirche, der immerhin nur sehr
zweifelhaften Erfolg versprach, oder der Versuch, die alten
Erinnerungen dem neuen Cultus dienstbar zu machen. Schon
Gregor der Große hatte seinem Klerus an die Hand gegeben,
die alten Feste der Heiden nach und nach in christliche zu
verwandeln oder neue, den heidnischen ähnliche zu veranstalten.

Das Mittel war jedenfalls ein sehr bedenkliches und erwies sich bald da, wo es durch ungeschickte Hände und ohne
die Sicherheit fest begründeter Autorität angewandt wurde,
als gefährlich. Was man draußen in Stadt und Land, auf

den Straßen und in den Häusern, auf Feld und Wiese mit heiliger Scheu angesehen und verdammt hatte, konnte man nun ganz in der Nähe betrachten; man war bald genöthigt, das Unheilige, dem man selbst die Thür geöffnet, aus dem Heiligthume wieder zu verbannen. Nicht allein in Italien, sondern auch in Deutschland eifern von jetzt an päpstliche Verbote und Concilbeschlüsse gegen das Unwesen, gegen Schauspiele unanständigen Inhalts und ungeheuerliche Vermummungen, an welchen selbst Kleriker theilnahmen. Und selbst auf dem eigenen Gebiete war die Kirche oft machtlos. Manches erhielt sich dennoch und hat in einer Reihe wunderlicher, oft geradezu anstößiger Gebräuche an verschiedenen christlichen Festen, zur Adventszeit, in den Zwölften, am Dreikönigstage, zu Ostern, Himmelfahrt und Pfingsten, in der Kirche selbst oder doch in Verbindung mit derselben sich bis in neuere Zeiten erhalten können.

Das einzig richtige und die Würde der Kirche wahrende Zugeständniß an die alten Anschauungen und Gewohnheiten war es, wenn man zunächst an den gottesdienstlichen Formen festhielt. Die Schaulust des Volks zu befriedigen und für die heidnischen Feste einen christlichen Ersatz zu bieten, dazu lag in den Gebräuchen der Kirche bei der Reihe der hohen Feste von Weihnacht bis Himmelfahrt, welche sich auf alle bedeutungsvollen Abschnitte im Leben Christi beziehen, die Veranlassung nahe genug. Die Monologe, Dialoge und der einfallende Chor der Liturgie ließen sich leicht diesem Zweck dienstbar machen. Dem Wechselgesange wurde eine einfache Handlung hinzugefügt; diese bestand anfänglich nur in Hin- und Wiedergehen, Räuchern u. dgl. In süddeutschen Klöstern wurde die Osterfeier im 13. Jahrhundert in folgender Weise begangen. Zwei Priester betraten den Chor der Kirche und sangen mit leiser Stimme die Worte des Evangeliums: Quis revolvet nobis lapidem; hinter dem Grabe, welches man auf dem Chore errichtet hatte, stand ein Diakon und fragte: Quem quaeritis; die Priester antworteten: Je-

sum Nazarenum, jener darauf: Non est hic. Dann be=
räucherten sie das Grab, und wenn der Diakon sprach: Ite,
wandten sie sich zum Chor und sangen das Surrexit dominus
de sepulchro bis zu Ende. Nach dieser Antiphonie stimmte
der Abt vor dem Altare das Te Deum laudamus an, und
die Glocken fielen ein. Die Feier wurde noch erweitert,
indem Priester in Frauengewändern, aber mit Rauchfässern,
an das Grab herantraten und mit dem darauffitzenden
Engel redeten; darauf folgten Petrus und Johannes,
denen der Engel die Leintücher hinreichte, und den Schluß
machte der Chor mit dem Ambrofianischen Lobgesang. In
ähnlicher Weise wurde die noch heute in vielen katholi=
schen Kirchen gebräuchliche Passionsfeier behandelt. Den
erzählenden Text nach den Evangelien las man recitativisch,
während die Worte Christi und anderer heiligen Personen,
auf verschiedene Geistliche vertheilt, gesungen wurden. Auch
hier trat eine einfache begleitende Handlung hinzu. Bei
den Worten: Obscuratus est sol, fiel das Velum herab; hieß
es im Text: Haec dicens expiravit, so kniete der fungirende
Priester nieder.

Dann gab der Mariencultus eine fernere Ausdehnung an
die Hand. Die Trauer über den Tod des Erlösers wurde nach
altem Gebrauch durch die fogenannte Lamentation (Thren.,
Kap. 1) gefeiert. An die Stelle derselben trat nun als
Wechselgesang oder rein erzählend die Klage der Mutter,
in die Passion eingelegt. Das Leben der Heiligen — denn
auch sie haben ihre kirchlich zu begehenden Feiertage —
konnte ebenfalls die Momente zu solchen kirchlichen Hand=
lungen geben. Da endlich am letzten Sonntage des Kirchen=
jahres das Evangelium vom Jüngsten Tage gelesen wurde, so
durfte auch das Weltgericht in den Kreis der liturgisch=
dramatischen Darstellungen hineingezogen werden.

Wie die gesammte Liturgie, so waren auch diese ersten
kirchlichen Aufführungen durchaus lateinisch. Die eingelegten
strophischen Chorgesänge gaben Veranlassung zu dem an=

fangs nur aushelfenden Gebrauche der deutschen Sprache.
Endlich wurden die lateinischen Texte ganz übersetzt. Diese
Uebertragung mußte namentlich dann erfolgen, als die Auf=
führungen umfangreicher wurden und dafür die Zahl der Kir=
chendiener nicht mehr genügte. Man sah sich gezwungen, auch
Laien zuzulassen, die des Lateinischen nicht kundig waren;
überdies mußte man sich um so mehr zum Aufgeben der
fremden Sprache entschließen, da man doch den Zuschauern
verständlich werden wollte.

Der vergrößerte Umfang der Stücke, das Anwachsen des
Personals und die dadurch bedingte Zulassung der Laien und
der deutschen Sprache, die erweiterte, über die Würde der
Litanei hinausgehende dramatische Handlung, vor allem aber
Einmischungen weltlichen Charakters zogen dann eine Tren=
nung des ursprünglich kirchlichen Schauspiels von dem Cultus
nach sich. Dasselbe blieb nur so lange in der Kirche, als
es die Strenge des kirchlichen Stils bewahrte. Aber was
nun als Theil der Liturgie nicht mehr geduldet werden
konnte, stand doch wenigstens noch lange unter der Leitung
und Aufsicht der Kirche, von der es ursprünglich ausgegan=
gen war. Geistliche Schauspiele dauern ununterbrochen bis
ins 16. Jahrhundert hinein fort. In Verbindung mit
Kirche und Schule, indem Geistliche und Lehrer die Haupt=
rollen selbst übernahmen, und unter lebendiger Theilnahme
des Volks waren dieselben namentlich in Süddeutschland sehr
verbreitet. In Frankfurt scheinen sie bis zu der genannten
Zeit regelmäßig stattgefunden zu haben. Zu Friedberg in
der Wetterau wurde noch bis in das Jahr 1821 der Text
eines Passionsspiels nebst den für dasselbe bestimmten Ge=
wändern in einer Sakristei der Stadtkirche aufbewahrt, und
selbst bis in unsere Tage hinein hat in der Abgeschiedenheit
einzelner Gemeinden sich der Gebrauch solcher kirchlichen Auf=
führungen zu erhalten gewußt.

Mit der Trennung des Schauspiels von der Liturgie
vermehrt sich nach und nach auch der Umfang der Stoffe.

Die evangelischen Geschichten führten auf die des Alten Testaments; diese sind vorbildlich, die Prophezeiungen des Alten Bundes erscheinen im Neuen als erfüllt. Schon im Jahre 1264 führten jüngere Mönche in Heresburg eine Komödie von dem Verkauf und der Erhöhung Joseph's auf, vielleicht freilich nur lateinisch und angeregt durch die in den Klöstern gepflegte Bekanntschaft mit römischen Classikern, vor allem dem Terenz. Doch werden auch deutsche Aufführungen erwähnt. Im Jahre 1322 spielten die Predigermönche zu Eisenach vor dem Landgrafen Friedrich von Thüringen ein Schauspiel von den zehn Jungfrauen. Der Heiligenlegende entnommene Spiele, z. B. von Dorothea und Katharina, werden ebenfalls bezeugt.

Während so das geistliche Drama seine besondern Bildungswege geht, dauern die alten, von der Kirche vergeblich bekämpften Volksbelustigungen in einer Gattung weltlicher Aufführungen fort, welche erst seit dem zweiten Drittel des 15. Jahrhunderts in der Geschichte der deutschen Literatur nachweislich, doch jedenfalls in frühere Zeiten zurückreichen. Wir haben gesehen, wie die alte Festlust des Volks zum Beginn des Frühlings durch den Ernst der christlichen Osterfeier zurückgedrängt wurde. Dieselbe sand freilich in manchem christlich modificirten Ostergebrauche ihren Ausdruck, aber die alte ungezügelte Lust sah sich doch durch die christliche Kirchensitte gehemmt. Sie stürmte um so wilder gegen diese Hemmung in der Zeit an, wo die kommenden Feste vollends jeden freien Ausbruch verboten. Die Fastnachtszeit wurde durch allerlei wildes und tolles Treiben begangen, durch lärmende Aufzüge auf den Gassen in Stadt und Land, durch Reihen= und Schwerttänze. In den Städten hatten die Zünfte ihre besondern Feierlichkeiten und Aufzüge, und selbst geistliche und weltliche Höfe verschmähten es nicht, die fröhliche Zeit mit Ritterspiel, Rennen und Stechen wie durch festliche Gelage zu feiern. Ueberall spielten Vermummungen die Hauptrolle. Diese mögen schon früh zu dra=

matischen Scherzen geführt haben, namentlich in den Städten.
Die ältesten uns aufbewahrten Spiele dieser Art sind in
Nürnberg, Augsburg, Bamberg entstanden. Gesellschaften
junger Leute durchzogen in Verkleidungen die Stadt; hier
und da sprachen sie in ein Haus ein und hielten in Rede
und Gegenrede eingekleidete scherzhafte Vorträge. Der In=
halt derselben war im ganzen von geringer Abwechselung; sie
drehten sich meist um lächerliche Vorfälle des gemeinen Lebens,
Uebervortheilungen im Handel und Wandel u. dgl., vorzugs=
weise gern um das Kapitel geschlechtlicher Verhältnisse,
welches wie alles andere mit unglaublicher Rohcit abgehan=
delt wurde. Dabei wird der Schauplatz solcher Vorgänge
mit Vorliebe auf das Land verlegt, und die Verachtung der
Städter gegen den Bauerstand macht sich in allen erdenklichen
Verhöhnungen Luft. In weiterer Ausbildung legt man
diesen Spielen anekdotenartige und novellistische Stoffe zu
Grunde; zuweilen sind dieselben der einheimischen Sage ent=
nommen; selten behandeln sie Zeitereignisse von höherm und
allgemeinerm Interesse. Der Form nach schließen sich die=
selben gelegentlich an die Priamel, eine schon von höfischen
Dichtern gebrauchte Dichtungsart, wo aus einer Reihe un=
gleichartiger Vordersätze am Schluß die Gleichartigkeit aller
erwiesen wird, ferner an das Räthsel oder den Verlauf einer
Gerichtsverhandlung an.

Die Anfänge des mittelalterlichen Dramas, die wir nun im
allgemeinen überblicken können, liegen also theils in der Kirche,
theils im Volke. Der Gegensatz gegen die höfische Dichtung tritt
darin entschieden zu Tage. Von dieser Seite wurde kaum
ein Ansatz zur dramatischen Gattung gemacht. Dieselbe
ist lyrisch oder episch. Die fremdher angeeigneten Stoffe
fügten sich kaum der dramatischen Behandlung; überdies
fand sich da, wo die Vorbilder gesucht wurden, die Form
des Dramas nicht. Der Wartburgkrieg, eine Dichtung,
zu der ein sagenhafter Sängerstreit den Stoff lieferte, ist
nicht einmal als Versuch eines Dramas zu bezeichnen, und

wollte man selbst einen solchen darin erkennen, so würde derselbe doch vereinzelt dastehen, da die höfischen Dichter des 14. und 15. Jahrhunderts bei den Streitgedichten, einer didaktischen Gattung mit dialogischer Einkleidung, stehen bleiben.

Das Urtheil über den Werth und die literargeschichtliche Bedeutung dessen, was auf dem Gebiete des Dramas und der dramatischen Kunst am Schluß des Mittelalters erreicht war, wird im ganzen wenig günstig ausfallen können. Auch in dieser Gattung, zu welcher der Entwickelungsgang des poetischen Lebens in Deutschland dennoch führen mußte, zeigt sich die sinkende Kraft jener Zeit. Aber schon darin liegt ein Gewinn, daß diese Anfänge nicht in der allgemeinen Verwilderung untergingen, sondern in eine bessere Zeit hinübergerettet wurden, welche nun doch nicht durchaus wieder von vorn anzufangen brauchte. Sie genügten, die ganze Dichtungsart zu erhalten bis zu dem Jahrhundert, welches das deutsche Leben, die Wissenschaft und die Poesie mit neuem Inhalt erfüllte.

Das deutsche Schauspiel des 16. Jahrhunderts gibt wie keine andere Gattung ein Bild des die Zeit bewegenden Grundgedankens. Wie das Epos auf der Vergangenheit beruht, so das Drama auf der Gegenwart. Dasselbe geht auch jetzt, im großen und ganzen aufgefaßt, aus den Bewegungen der Zeit hervor und sucht für dieselben wirksam zu werden. Neben demjenigen, was aus der Vergangenheit herübergenommen, diesem Zwecke dienen konnte, eignet das Drama sich alles dasjenige an, was nach Inhalt und Form die deutsche Dichtung der Gegenwart geschaffen hatte; es erweitert den Kreis der Stoffe und vermehrt seine Mittel durch den Erwerb, der aus der allgemeinen Bildung der Zeit fortwährend zufließt.

So trifft denn auch die Pflege des Schauspiels örtlich mit denjenigen Gegenden zusammen, wo die Reformation zunächst festere Wurzeln schlug. Die katholische Lehre hatte im Kampfe gegen ihre Gegner zu viel zu thun, um an dasjenige zu denken, was doch immer nur als ein Schmuck der Kirche und des öffentlichen Lebens anzusehen war; in dem Maße wie die Geistlichkeit und die Gelehrten, welche bisher für das geistliche Drama gewirkt hatten, sich zurückzogen, erkaltete auch die Theilnahme des Volks mit der darauf verwandten mindern Sorgfalt. Während das Fastnachtspiel als eigentliche Volksbelustigung auf der Stufe stehen blieb, welche es im vergangenen Jahrhundert erreicht hatte, zog auch das kirchliche Drama, wenn auch niemals gänzlich aufgegeben, aus dem geistigen Fortschritt der Zeit nur geringen Gewinn.

Eine desto wirksamere Waffe erkannten in dieser Gattung der Poesie die Leiter und Anhänger der reformatorischen Bestrebungen. In diesem Sinne waren nicht nur Gelehrte, Geistliche und Schulmänner thätig, sondern auch Männer des von der allgemeinen Bewegung ergriffenen Volks; zu diesem Zwecke wurde, ähnlich wie beim geistlichen Liede, Neues geschaffen und Altes zugerichtet.

Die Geschichte des deutschen Schauspiels des 16. Jahrhunderts hat deshalb von dem Lande auszugehen, wo ein freieres und in seinen Formen ausgebildeteres Leben, eine regere Theilnahme des Bürgerstandes an den öffentlichen Angelegenheiten in Staat und Kirche den Eingang der neuen Ideen und den Kampf gegen das Alte begünstigten. In den größern Städten der Schweiz, in Basel, Bern, Zürich, wo schon vor der Reformation das kirchliche wie das Volksschauspiel mit Vorliebe gepflegt worden war, wurde nun das letzte durch einzelne hervorragende Männer den neuen Ideen dienstbar gemacht. Wie die Predigt, so sprach auch das Schauspiel, nur noch lebendiger, für die Reformation der Kirche und des Lebens, für die Befreiung von der Herrschaft der Priester und dem Druck des Gewissenszwangs, für die Begründung des Lebens auf den Glauben, des Glaubens auf die Heilige Schrift. Auch äußerlich mit reichen Mitteln ausgestattet, oft mit verschwenderischer Pracht auftretend,

gewann das Schauspiel die lebendigste Theilnahme des Volks
und wurde auch bald in den andern Städten, Freiburg,
Luzern, Solothurn, Biel, mit Vorliebe gepflegt.

Von der Schweiz aus wurde zunächst das Rheinland
angeregt; ebenso das Elsaß, wo zuerst schweizerische Stücke
für die Fastnachtszeit bearbeitet wurden. Um die Bedeutung
der süddeutschen protestantischen Städte für das Drama an-
zudeuten, brauchen wir nur darauf hinzuweisen, daß in Nürnberg Hans Sachs, der größte Dichter der Zeit überhaupt,
lebte. Darauf näher einzugehen, ist hier unmöglich; für ihn
ist ein eigener Band unserer Sammlung bestimmt, der in
einer Schilderung seines Lebens und in einer Auswahl seiner
Schriften ein Gesammtbild seines Wirkens zu entwerfen hat.

Mit gleichem Eifer wie die Schweiz ist auch Sachsen
für das Schauspiel thätig. Hier aber sehen wir dasselbe
mehr in der Hand der Gelehrten, Geistlichen und Schulmänner. Der Kampf gegen das Alte steht nicht, wie in der
Schweiz, im Vordergrunde, sondern die Bestrebungen der
Dichter sind auf den dogmatischen Grundgedanken der lutherischen Lehre gerichtet und verfolgen daneben vorzugsweise
pädagogische Zwecke. Weiter breitete sich die Sitte dramatischer Uebungen über Mittel- und Norddeutschland aus und
drang selbst bis Brandenburg, Pommern und Preußen vor.
Ja hier (in Elbing) wurde, wie in der Schweiz, schon im
Jahre 1522 ein Fastnachtsspiel von antipapistischer Tendenz
aufgeführt.

Die von Italien ausgehenden humanistischen Bestrebungen hatten schon vor dem Schlusse des 15. Jahrhunderts,
vermittelt durch den kirchlichen Verkehr mit Deutschland, auch
hier eine bessere Zeit vorbereitet; durch sie wurde der Geist
der deutschen Universitäten mit neuem Leben erfüllt. Gelehrte
Gesellschaften, wie die rheinische, die baseler, die strasburger,
gaben den Bestrebungen einen gemeinsamen Mittelpunkt.

Auch den deutschen Schulen kam die neue kritische Richtung
der classischen Philologie zugute. Schon waren hier tüchtige An-

fänge gemacht. Von den Niederlanden angeregt, hatte sich zu=
nächst auf norddeutschen Schulen schon ein entschiedener Bruch
mit der Scholastik des Mittelalters vorbereitet. Durch die von
Gert Grote gegründete Brüderschaft des gemeinsamen Lebens
wurde auch der im argen liegende Jugendunterricht in andere
Wege geleitet. Neben einem auf sittlich=religiöse Lebensbildung
gerichteten Lehrplan begünstigte auch sie schon das Studium
der classischen Philologie. Unter ihrem Einfluß gelangte die
Schule zu Deventer zur Blüte; aus ihr gingen Männer
wie Thomas von Kempen hervor, dessen Schüler, die Lange,
Agricola und andere, als Reformatoren des deutschen Schul=
wesens zu betrachten sind. Seit dem Beginn des 16. Jahr=
hunderts gewannen auch die Sprachstudien, die ursprünglich
nur auf die Grammatik gerichtet waren, eine größere Aus=
dehnung. Mit dem Lesen lateinischer und griechischer Clas=
siker wurden Uebungen im Schreiben und in der Poesie ver=
bunden.

In den Umfang dieser Uebungen werden nun auch drama=
tische Vorstellungen aufgenommen; lateinische, ja selbst grie=
chische Schauspiele, zunächst als Uebung im Reden, werden
nicht allein mit vertheilten Rollen gesprochen, sondern auch
wirklich aufgeführt. Die Reformation, weit entfernt, hier
eine Aenderung eintreten zu lassen, war der weitern Aus=
breitung dieser Sitte entschieden günstig. Zunächst war
hier das Urtheil Luther's selbst maßgebend, der sich sehr
günstig darüber aussprach. Er erblickte darin nicht allein
ein Mittel zum bessern Erlernen der Sprachen, sondern
auch ein allgemeines pädagogisches Element. Als ihm einst
von der Aufführung eines Terenz'schen Stücks durch einen
schlesischen Schulmeister gesagt wurde, und daß viele ein
Aergerniß daran nähmen, „gleich als gebühre einem Christen=
menschen nicht solch Spielwerk aus heidnischen Poeten",
sprach er seine Meinung dahin aus: „Komödien zu spielen,
solle man den Schülern nicht wehren, sondern gestatten,
erstlich daß sie sich üben in der lateinischen Sprache, zum

**

andern daß in Komödien fein künstlich erdichtet, abgemalet und fürgestellet werden solche Personen, dadurch die Leute unterrichtet und ein jeglicher seines Amts und Standes erinnert und vermahnet werde, was einem Knecht, Herrn, jungen Gesellen und Alten gebühre, wohl anstehe und was er thun soll." *) Er selbst wohnte gern solchen Vorstellungen bei und lud andere dazu ein; vor allem aber war es ihm lieb, wenn die Darstellungen der Heiligen Schrift entnommen und neben der lateinischen auch die deutsche Sprache gebraucht wurde. Luther's Ausspruch genügte nun auch, Geistliche und Lehrer auf diese Schulübungen hinzuweisen, und wurde angeführt, wenn etwa einzelne Rigoristen, namentlich Anhänger der calvinischen Lehre und solche, die sich auf das kanonische Verbot des Verkleidens beriefen, als Gegner der Schauspiele auftraten. Diese dramatischen Aufführungen wurden nun in der That immer allgemeiner. Ja, was an sich schon eine erwünschte Unterbrechung des gewöhnlichen Lehrgangs war und dabei den Glanz der öffentlichen Schulacte erhöhte, wurde sogar ausdrücklich zur Pflicht gemacht. Schon im Jahre 1523 bestimmt die zwickauer Schulordnung, „daß Mittwochs nach geschehener Repetition und Sonntags nach der Kirche eine Komödie aus dem Terentius zur Stärkung des Gedächtnisses und zur Uebung in der Aussprache und in der Geschicklichkeit des Leibes" gespielt werden soll. In Magdeburg war sogar eine dreifache Art jährlich wiederkehrender Vorstellungen geboten: eine lateinische Komödie mußte in der Schule vor den Schulherren, um Zeugniß von den Fortschritten abzulegen, agirt werden; vor versammeltem Rathe hatten die Schüler darauf eine deutsche Komödie aufzuführen, welche endlich unter freiem Himmel für jedermann wiederholt wurde.

    Wie nun diese Aufführungen nicht blos auf die Räume der Schule beschränkt blieben und man begann, vor gemeiner

---

*) Tischreden (Eisleben 1566, Bl. 598).

Bürgerschaft zu spielen, wurde der Gebrauch der deutschen Sprache nothwendig. Zunächst ist hier an Uebersetzungen classischer Stücke und solcher zu denken, welche von gelehrten Latinisten in Nachahmung des Terenz und Plautus geschrieben wurden. Schon im Jahre 1486 war ein Stück des Terenz: „Der Eunuchus", übersetzt worden; der ganze Terenz folgte nach, ehe das Jahrhundert zu Ende ging. Zwei Komödien des Plautus erschienen am Anfang des 16. Jahrhunderts, in dessen erster Hälfte wieder der ganze Terenz und einzelne Stücke des Plautus, und zwar jetzt für die Aufführung geradezu bestimmt, während die vorhergehenden eigentlich nur der Nachhülfe für die Schüler dienen sollten. Die Anregung zu eigener Production konnte nicht ausbleiben, und die Menge der Stücke, deren Verfasser Lehrer sind, wächst im Laufe des Jahrhunderts zu einer bedeutenden Zahl an. In der zweiten Hälfte des Jahrhunderts konnte der Verfasser einer geistlichen Action (Joh. Baumgart im „Judicium, das Gericht Salomonis" ꝛc., o. O. 1561, in der Widmung) den Prologus die Worte sagen lassen:

> Der Brauch ist itzund weit und ferren,
> Das man aufs wengst ein mal im Jar
> Comedias spielet offenbar,
> Der Obrigkeit zu sondrer Er,
> Gemeiner Jugend z' nutz und Ler,
> In Summa jederman zum Frommen.

Die Schulübungen in ihrer Erweiterung sind für die Geschichte des deutschen Schauspiels von großer Bedeutung. Sie hatten die Kraft, auch die Theilnahme des gebildeten Laienstandes für sich zu gewinnen, der etwa von der Roheit des von alters her noch üblichen Volksschauspiels sich zurückgestoßen fühlte, und im Volke selbst dem Geschmacke an Besserm allmählichen Eingang anzubahnen.

Und ein entschiedener Schritt zum Bessern, wenigstens nach der Seite der Form, war mit der Nachahmung dieser

Vorbilder geschehen. Die Einsicht aber, welche man in das innere Wesen der dramatischen Composition gewann, blieb von sehr geringem Belang; zu Untersuchungen über das Wesen der Gattung war selbst die neue philologische Wissenschaft nicht gekommen. Die classischen Muster genügten kaum, um die gröbsten Unterschiede zwischen dem Tragischen und Komischen kennen zu lehren. Wenn man auch die Benennungen von Tragödie und Komödie für verschiedene Arten der Schauspiele zu gebrauchen lernte, schwankte man doch in der Anwendung derselben so sehr, daß man nicht einmal die allgemeinsten Gegensätze festhielt und oft geradezu Komödie nannte, was ebenso gut als Tragödie zu bezeichnen war. So mußte denn häufig die Benennung Tragikomödie aushelfen. Im ganzen scheint man jedoch auf den allgemeinen Verlauf der Handlung gesehen zu haben; eine feierliche und ernste, oder doch auf eine ernste Moral hinauslaufende Handlung entschloß man sich als Tragödie zu bezeichnen; zuweilen war, wie später im 17. Jahrhundert, der hohe oder niedere Stand der auftretenden Hauptpersonen bei der Wahl des Titels maßgebend; überall aber blieb man im Unklaren. Bei Hans Sachs heißen Tragödien alle diejenigen Stücke, in welchen gekämpft wird. Am liebsten hielt man an dem zweideutigen, althergebrachten Namen „Spiel" fest, wie denn auch für die eigentliche Posse das alte Wort „Fastnachtsspiel" auch da beibehalten wurde, wo diese Gattung schon zu einer Art für jene Zeit nicht ausschließlich berechneter Lustspiele erweitert worden war. Die Bezeichnung „Schauspiel" findet sich auf den Titeln der Stücke selten, obgleich das Wort sonst schon im Gebrauch war (z. B. bei Luther, 1 Kor. 4, 9). Als „Lustspiel" werden einzelne Spiele ebenfalls bezeichnet; aber auch hierbei scheint weniger an einen Gattungsunterschied gedacht zu sein als an eine Empfehlung der Stücke als „lustig" oder ergötzlich für die Zuschauer oder Leser.

Die nach und nach in Gebrauch kommende, wenn auch nie allgemein angenommene und eingeführte Abtheilung in Acte und Scenen (im Deutschen: Handlung, Wirkung, Ausfahrt; Gespräch, Fürtrag), welche man der claſſiſchen Komödie abſah, beruht ebenſo wenig auf einem Erkennen ihrer wahren Bedeutung; daß dieſelbe ſich auf innere Gründe ſtützen müſſe, dafür fehlte alles Verſtändniß; ſelbſt wo in einzelnen Stücken die Eintheilung mit den Hauptmomenten der Handlung ziemlich wohl zuſammenfällt, beruht dies nur auf einem unklaren, das Richtige treffenden Gefühl des Verfaſſers oder auf dem wirklichen dramatiſchen Werth des Inhalts ſelbſt. Allgemein ſcheint man nur darum für die-ſelbe ſich entſchieden zu haben, weil ſie manche äußere Vor-theile darbot. Durch die Nothwendigkeit, bei großem Um-fang der Stücke dieſelben auf mehrere Tage zu vertheilen, war man ſchon von alters her an eine Zerlegung der Hand-lung in einzelne Abtheilungen gewöhnt. Noch kürzere Ab-ſchnitte erleichterten aber dem Dichter die Gliederung des Stoffs, dem Zuſchauer die Ueberſichtlichkeit der Handlung und boten zugleich bequeme Ruhepunkte für die Schauſpieler. Uebrigens hielt man nicht an der bei den Vorbildern üblichen Zahl der Acte feſt; bei Hans Sachs z. B. ſteigt dieſelbe bis auf zehn. Weniger noch als die Eintheilung in Acte kam die in Scenen in Gebrauch, und dieſe war nicht nothwendig mit jener verbunden, namentlich dann nicht, wenn die Kürze derſelben eine fernere Gliederung unnöthig zu machen ſchien. Wo dieſelbe ſtattfindet, iſt ſie immer durch Aeußerlichkeiten, z. B. durch Kommen und Gehen, bedingt. Allgemeiner wurde die Sitte angenommen, das Stück durch einen Prologus zu eröffnen und durch einen Epilogus (oder „Beſchlußrede“) zu ſchließen, auch dem Ganzen, zuweilen den einzelnen Acten, ein „Argumentum“, einen kurzen Inbegriff der zu erwartenden Handlung, vorauszuſchicken.

In den liturgiſchen Aufführungen früherer Jahrhunderte, welche ſich an den Text der Evangelien anlehnten, wurde anfänglich die Proſa nur durch die Chorgeſänge in gebun-dener Rede unterbrochen, dann nach und nach der Vers auch im

Dialoge geduldet, bis derselbe endlich in den deutschen Spielen zu allgemeiner Geltung durchdrang. Der alte Vers,
wenn sorgfältig gebildet, bestand durchgängig aus vier Hebun-
gen; auch jetzt noch blieb der Reimvers von acht Silben im
allgemeinen Gebrauch, mehr oder minder jedoch in der alten
Strenge der Construction nachlassend. Auch die Uebersetzungen aus Terenz und Plautus, wo sie nicht, wie die ersten,
blos den Schülern zugute kommen sollten und deshalb die Prosa
wählten, blieben bei dem eingebürgerten Verse. Doch konnte
es kaum fehlen, daß einmal ein gelehrter Schulmeister auf
den Einfall gerieth, auch die classischen Versmaße zu versuchen.
Schon im Jahre 1532 wurde in der Schweiz ein solcher
Versuch gemacht. Der „Lehrmeister" Johann Kolroß verfaßte
ein Spiel („Von fünfferlei betrachtnussen, den menschen zur
buß reytzende"), worin freilich Acte und Scenen fehlen, die
Abtheilungen aber durch das Auftreten von vier Chören bezeichnet
werden, welche „tütsche Sapphica" singen. Ein anderer schweize-
rischer Dichter, Herm. Haberer („Ein gar schön Spyl von dem
gläubigen Vatter Abraham" u. s. w., Zürich 1562) führte
in seinen Chören neben Meistertönen und einem geistlichen
Liede sogar deutsche Reimhexameter und ebenfalls sapphisch sein
sollende Strophen ein. Dergleichen Bemühungen gingen ohne
Nachwirkung vorüber, und wir wissen nur noch e i n e n um-
fassendern Versuch zu nennen, auch in dieser Beziehung sich
den classischen Mustern näher anzuschließen.

Es ist schon bemerkt worden, daß in Sachsen das Drama
vorwiegend von Männern gelehrter Bildung gepflegt wurde
und mit der Schule im Zusammenhang stand. Die Reihe
der Dichter eröffnet hier nicht allein der Zeit, sondern mehr
noch der Bedeutung nach Paul Rebhun, dessen „Spiel
von der keuschen Susanna" für die Geschichte des deutschen
Schauspiels als erstes Kunstdrama der Form nach — denn der
Inhalt und die Behandlung sind durchaus volksthümlich — von
Bedeutung ist. Vorrede und Argument leiten das in Acte
und Scenen zerlegte Stück ein, ein Beschluß endet dasselbe;

zwischen die Acte sind Gesänge eingeschoben, merkwürdig durch das Streben des Verfassers, den Begriff, den er sich von dem Wesen und der Form des antiken Chors ge=bildet hatte, entsprechend auszudrücken. Rebhun sagte sich von der alten Weise schon dadurch los, daß er für diese Einlagen nicht alte Gesänge, die etwa zum Gange der Handlung paßten oder bestimmte Lehren des Stücks nur wiederholten, benutzte, sondern selbstgedichtete einlegte, welche sich auf die vorhergehende Handlung beziehen, und der Stim=mung der Zuschauer Ausdruck geben. Die bekannte alttesta=mentliche Geschichte ist in ihre bedeutendsten Momente mit ziemlichem Geschick zerlegt worden; nachdem im ersten Acte die Richter einander ihre unlautere Leidenschaft gestanden haben, beschließen sie den Ueberfall im Garten; Joachim nimmt darauf Abschied von Weib und Kind, wodurch eben die That erst möglich wird. Der erste Chor stellt nun Betrachtungen über die Gewalt unehrlicher Liebe an (Frau Venus), während die eheliche Liebe hoch gepriesen wird. In ähnlicher Weise schließen auch die übrigen sich den Vorgängen der einzelnen Handlungen an. Für den Gesang bestimmt, sind sie stro=phisch gegliedert und zwar in kunstvoller Weise; das erste Lied z. B. besteht aus zwei zehnsilbigen Strophen, denen zwei andere als Proportio (entsprechender Gegensatz) entgegen=stehen und die Melodie der beiden ersten, jedoch in verschie=dener Taktabtheilung, wiederholen. Sollte in diesem Bau auch eine Erinnerung an die strophische Gliederung des Meisterliedes zu erkennen sein, so ist es doch unzweifelhaft, daß der Dichter diese als Nachahmung des alten Chors in Strophe und Gegenstrophe benutzte. Auch im Dialog wird der Vers vom Herkömmlichen abweichend behandelt, indem der Dichter sich, nach seiner eigenen Aussage, „in mancherlei Versen, in metris trochaicis et jambicis, denen die deutschen Reime etzlichermaßen gemäß", versuchte. Hauptmotiv des Wechsels war ihm die dadurch erreichte mannichfaltigere Bewegung des Dialogs; doch verstand er es nicht, diese der Be=

wegung der Handlung anzupassen, sondern seine Kunst be=
steht lediglich darin, für die hochtönenden Reden erhabener
Personen einen längern Vers zu wählen als für die ge=
wöhnliche Unterhaltungssprache. So wechselt er denn je
nach Bedürfniß mit trochäischen Versen von sieben bis zwölf
Silben und fünffüßigen Jamben ab, wobei er jedoch die
Regel befolgt, daß dasselbe Maß in den einzelnen Scenen
eingehalten und nicht ein „unbesonnen Gemeng langer und
kurzer Silben zusammengeschlendert" wurde. Diese Neuerung,
bei welcher die Sprache überdies nicht immer sich fügte,
machte jedoch wenig Glück; das Ohr der Zuhörer und der
Mund der Spielenden waren zu sehr an den alten acht= oder
neunsilbigen Reim gewöhnt. Rebhun mußte sogar erleben,
daß ein anderer seine „Susanna" umarbeitete und, natürlich
nicht ohne arge Verstümmelungen, auf den alten Vers zurück=
führte. So strafte sich das Unternehmen des Mannes,
der vom Volksmäßigen, in welchem unzweifelhaft die Keime
naturgemäßer Fortentwickelung lagen, abweichend, zur Nach=
ahmung eines schon Fertigen, aber Fremden schritt. Die
Sache, abgesehen von wenigen sich an Rebhun's Dramen
anschließenden ähnlichen Versuchen, blieb ohne Nachahmung und
wurde als das betrachtet, was sie in der That war, als eine wun=
derliche Gelehrtengrille. Am Ende des Jahrhunderts war der Acht=
silber noch ebenso allgemein im Gebrauch wie im Anfang desselben.

Wie das geistliche Drama, nachdem es von dem engen
Verbande mit der Kirche sich losgesagt, einen allgemeinern
und freiern poetischen Charakter annahm, so erweiterte auch
das volksmäßige Schauspiel den Umfang seiner Stoffe mehr
und mehr, wenn dasselbe auch noch im ganzen an seiner
alten Gestalt und Behandlungsart festhielt. Dasselbe konnte
aus dem gesammten, durch das Mittelalter überlieferten
Schatz von Stoffen schöpfen, den schon die Epik ausge=
beutet hatte, den Novellen, Geschichten des Alterthums und
Schwänken, von denen ein großer Theil, in die Literatur
der Volksbücher übergegangen, ein Eigenthum nicht blos der

Gebildeten im Volke geworden war. Doch abgesehen auch hier von Hans Sachs, der auf der Höhe der Volksbildung seiner Zeit steht und zugleich diese mit der Bildung der Gelehrten vermittelt und deshalb beiden sonst noch immer im Zwiespalt stehenden Sphären nach der Seite der Stoffe sowol als der Form alles entnimmt, was dieser Versöhnung der Gegensätze dienstbar zu machen war, wurden solche Stoffe nicht gar häufig behandelt, vorzugsweise durch Meistersänger; 1538 z. B., die Geschichte vom „Treuen Eckart" durch Görg Wickram von Kolmar; durch Sebastian Wild nach den Volksbüchern „Die schöne Magellona", „Kaiser Octavian", „Die sieben Weisen Meister", von andern die Erzählung von Walther und Griseldis. In der Schweiz greift sogar einmal ein Dichter auf die heimische Sage zurück: die Geschichte von Wilhelm Tell (von Jakob Ruof) spielte die junge Bürgerschaft 1545 zu Zürich. Auch die heilige Legende wurde benutzt, wie es scheint fast ausschließlich von katholischen Dichtern; die Protestanten konnten diese Art von Stoffen kaum verwerthen; ja, die Strenge der antipapistischen Richtung mußte sich geradezu von denselben zurückgestoßen fühlen. Was endlich die hin und wieder behandelten Stoffe aus dem classischen Alterthume betrifft, so scheint hier die Bekanntschaft mit dem antiken Schauspiel von nur geringem Einfluß gewesen zu sein; weder Terenz noch Plautus weisen unmittelbar auf solche Stoffe hin; vielmehr nahm man aus dem Vorrath, welcher schon vor der Wiederbelebung der Wissenschaften und auf andern Wegen zum Mittelalter gelangt war, und eine directere Einwirkung dieser ist vielleicht nur darin zu erkennen, wie man die Figuren der römischen Mythologie zu allegorischen Einkleidungen benutzte.

Die Zeit wies vielmehr auf eine andere Quelle für die Dichtung hin. Wie die Reformationsbewegung die Bibel an die Spitze aller religiösen Erkenntniß stellte, zu ihr als letzter Richterin bei allen zweifelhaften und streitigen Fragen hinblickte, so mußte sie auch die hohe Bedeutung des erzähli-

den Theils des heiligen Buchs erkennen. Dieser bot eine
Fülle des Inhalts, der in seiner Einfachheit doch große dramatische Gestaltungsfähigkeit besaß, den Dichtern, namentlich
unter Geistlichen und Lehrern, eine unerschöpfliche Fundgrube
darbot, dem Volke aber, neben der Anziehungskraft der Darstellungen selbst, zur Quelle der Anregung und Erbauung
wurde. Und überdies war hier kein Bruch mit Altgewohn-
tem nothwendig, nur eine andere Wahl, Auffassung und Behandlung. Wiederum konnte das Drama in den Dienst
der Kirche treten, wenn auch in anderer Weise, zwar nicht
mehr zu ihrer ausschließlichen Verherrlichung, sondern zur
Befestigung im Glauben, zur Stärkung in den christlichen
Tugenden. Auch darin mußte das Drama dieses Jahrhunderts von dem alten abweichen, daß nicht mehr vorzugsweise
die äußere Geschichte Christi dargestellt wurde, welche mit der
Bibel selbst dem Volke zugänglicher geworden war. Vielmehr entschied man sich lieber für die Parabeln und Lehr-
erzählungen des Neuen Testaments, die sich dramatisch
gut fügten und dabei für besondere didaktische Zwecke zu verwerthen waren. Dagegen wenden sich die protestantischen
Dichter mit um so größerer Vorliebe den Erzählungen des
Alten Testaments zu. In ihnen fanden sie bequeme dramatische Motive und in ihrer vorbildlichen Bedeutung auf das
Neue Testament einen reichen Schatz christlicher Didaxis.
Luther hatte dies mit seinem sichern Blick und mit gesundem
poetischen Sinne sofort erkannt und, als er durch seine Bibel-
übersetzung diese Geschichten dem Volke zugänglich machte,
auch sogleich auf ihre Bedeutung in dieser Hinsicht hingewiesen.

In den Vorreden zu den Büchern Judith und Tobias
will er diejenigen nicht tadeln, welche diese Erzählungen nicht
für eine Geschichte, sondern für ein Gedicht „eines heiligen,
geistreichen Mannes" erkennen wollen. Er denkt sich, „die
Juden haben solche Spiele gespielt, wie man bei uns die
Passion spielt und anderer Heiligen Geschichte, damit sie ihr

Volk und die Jugend lehrten, als in einem gemeinen Bilde oder Spiegel, Gott vertrauen, fromm sein und alle Hülfe und Trost von Gott hoffen" u. s. w. Denn „Judith gibt eine ernste, tapfere Tragödie; so gibt Tobias eine feine, liebliche, gottselige Komödie. Denn gleichwie das Buch Judith anzeigt, wie es Land und Leuten elendiglich geht und wie die Tyrannen erstlich toben und zuletzt schändlich zu Boden gehen, also zeigt das Buch Tobias an, wie es einem frommen Bauer oder Bürger auch übel geht und viel Leidens im Ehestande sei, aber Gott immer gnädiglich helfe und zuletzt das Ende mit Freude beschließe, auf daß die Eheleute lernen Geduld haben und allerlei Leiden auf künftige Hoffnung gern tragen in rechter Furcht Gottes und ernstem Glauben." Wir führen diese Worte hier an, weil wir die ganze Gattung nicht besser zu charakterisiren wissen. In dieser Weise haben Paul Rebhun und Lienhart Kulman ihre Aufgabe aufgefaßt.

Aber neben diesem friedlichern Beruf, dem Ausbau des moralischen Theils der neuen Lehre, sahen sich die Verbreiter und Anhänger derselben auch auf den ernsten Kampf angewiesen. Neben der eigentlich gelehrten Arbeit, den Lehrbüchern, Streitschriften, der Predigt, will auch die Dichtung, vor allem die dramatische, sich an demselben betheiligen. Dieser Kampf, zu dem im einzelnen in jenen biblischen Dramen schon oft Veranlassung genommen wurde, trat daneben in einer Reihe von Stücken polemischer Tendenz mit vorwiegend satirischer Behandlung auf. Als einst Karl V. sich in Augsburg befand, wurde ihm über Tisch ein merkwürdiges Spiel vorgeführt, freilich nur eine Pantomime, in welcher bekannte, hervorragende Männer durch vermummte Personen dargestellt wurden. Reuchlin trug Holzscheite herbei, Erasmus von Rotterdam ordnete sie zu einem Haufen, den Luther anzündete, während der Kaiser mit dem Schwerte die Flamme schürte und der Papst Oel in das Feuer goß. („Ein Tragedia oder Spill; gehalten in dem künigklichen Sal zu Pariß"; v. O. im J. 1524 öfter gedruckt.) Der Ursprung und der Verlauf der Reformation konnte kaum treffender in kurzen Zügen geschildert werden als hier. In ähnlicher Weise, doch in dramatisch belebterer Behandlung, wird dann, namentlich in der Schweiz, die Waffe der polemischen Satire gegen Papst und Kirche gekehrt und der Werth der neuen evangelischen Lehre gegen die Lehre der alten Kirche und den Wandel ihrer Glieder hervorgehoben. Auch auf dem Gebiete des sittlichen Lebens galt es einen ersten Kampf. So richtet sich das Drama auch gegen die Schäden und Gebrechen des öffentlichen sowol als des Privatlebens, hier, wie wir oben schon bemerkten, zunächst wieder in der Schweiz. Aus diesen Bestrebungen geht dann, in immer weitern Kreisen ausgedehnt, eine Reihe von Dramen hervor, die bis über die Mitte des Jahrhunderts hinausreicht. Das Einzelne auch nur in flüchtigen Umrissen zu schildern, ist uns hier versagt, und wir können nur noch bemerken, daß die Schweizer und nach ihrem Beispiel die Elsasser gern die Verderbniß des Hoflebens und die Unsicherheit der Hofgunst hervorheben.

Daß die Dichter, welche vorzugsweise den dogmatischen Gehalt der Reformation ihren Dichtungen zu Grunde legen, gerade von dem Hauptlehrsatz, dem eigentlichen Schwerpunkt des ganzen Lehrgebäudes, ausgehen, lag nahe genug. In einer Reihe von Stücken, welche diese Tendenz verfolgen, bietet sich jedoch eine merkwürdige Erscheinung dem Blicke dar. Gerade die bedeutendsten derselben zeigen eine unverkennbare Aehnlichkeit in der Einkleidung wie in der ganzen Weise der Auffassung, die nicht zufällig sein kann und deshalb auf einem tiefer liegenden Grunde beruhen muß, welcher zu Forschungen in dieser Hinsicht anregt. Wir müssen darüber wenigstens das zum Verständniß Nöthige berichten.

Eine ursprünglich morgenländische Parabel von dem zweifelhaften Werth der Freunde in der Noth, welche ihre höhere Nutzanwendung in dem Gedanken findet, daß in der Stunde des Todes den Menschen alles verlasse, was ihm einst nahe gestanden und theuer war, und nur ein einziger Freund, seine guten Werke, in der letzten Noth ihm treu zur Seite bleibe, hat im frühen Mittelalter, wie manches andere Erzeugniß orientalischer Lebensweisheit, auch in das Abendland seinen Weg gefunden. Hier auf christlichen Boden verpflanzt, trieb dieselbe aus alter Wurzel neue Zweige. Unter den verschiedenen Auffassungen und Bearbeitungen, welche, wenn auch in mannichfachen Wandlungen, auf dieser Grundidee beruhen, ist zunächst für uns nur eine von Wichtigkeit. Etwa um das Jahr 1530 fand die Parabel in England in einem größern Sittenspiel (morality) dramatische Gestaltung. Gott sendet dem Every man (dem Sünder, wie sie alle sind, dem sündigen Menschengeschlecht) den Tod. Vergebens sucht jener Hülfe bei seinen Freunden, bei seiner Verwandtschaft und seinem Gute; endlich aber findet er dieselbe bei seinen guten Werken, welche seiner Seele Wohnung im Himmelssaal verschaffen. Nicht lange nachher wurde eine niederländische Uebersetzung (von Petrus van Diest) in Antwerpen aufgeführt; eine lateinische (von Christ. Sterck) unter dem Titel „Homulus" (das sündige Menschlein) erschien darauf in Köln und wurde von dem Verleger derselben, Jaspar van Gennep, deutsch bearbeitet; dieselbe gelangte 1539 zur Aufführung. Eine andere und zwar freiere Auffassung des Gedankens ging ebenfalls von den Niederlanden aus. Georg Lenkveld (Macropedius), ein durch Reuchlin angeregter lateinischer Dramatiker, ließ im Jahre 1538 von seinen Schülern zu Utrecht ein Schauspiel aufführen, das er „Hecastus" (Every man) nannte (gedruckt zuerst zu Köln 1539). Dieser, im vollsten menschlichen Glück und inmitten des Genusses, empfängt durch einen Legaten des höchsten Herrschers die Ladung, vor Gericht zu erscheinen. Nun sieht er sich nach Beistand auf dem schweren Wege um, aber Freunde und Verwandte verlassen ihn, seine Schätze wollen nicht über das Leben ihres Besitzers hinaus mitgehen und suchen sich einen andern Herrn. Den Tod vor Augen sehend, der ihm nur eine kurze Frist bewilligt, wendet er sich an Virtus und Fides, die er im Leben

vernachlässigt hatte. Diese treten denn auch in der Sterbe=
stunde siegreich gegen Tod und Teufel für ihn ein. Ein
Priester erscheint mit seinem Gefolge bei dem Gestorbenen
und verkündet allen die Hoffnung auf das ewige Leben, wenn
sie glauben und aufrichtige Werke der Buße thun. In
Deutschland wurde der „Homulus" zuerst in Nürnberg auf=
geführt (1549) und zwar in deutscher Uebersetzung, als deren
Verfasser sich Laurentius Rappolt nennt (gedruckt 1552). Diese
ist mit Hans Sachs' „Comedi, Von dem reichen, sterbenden
Menschen, der Hecastus genannt", identisch. Von jetzt an be=
ginnt die Wirksamkeit dieses Dramas in Deutschland. Aufführun=
gen in Basel und Königsberg werden erwähnt, und auf die ge=
nannte erste folgen andere zahlreiche Uebertragungen. Dichter,
welche der alten Kirche angehörten, eigneten sich die Moral der
Erzählung um so lieber an, als die katholische Lehre auf die
guten Werke bei der Buße das Hauptgewicht legte. Anders
gestaltete sich die Auffassung bei den geistlichen Dramatikern
mit dem Fortschreiten des Reformationswerks. An die Stelle
der Genugthuung durch die guten Werke trat im lutherischen
Bekenntniß die Lehre von der Rechtfertigung durch den
Glauben; die Augsburgische Confession stellte den Satz fest:
„daß unsere Werk nicht mügen mit Gott versühnen; sondern
solches geschieht allein durch den Glauben, daß uns um
Christus willen die Sünden vergeben werden". So erscheint
in der protestantischen Dichtung denn auch der Schwerpunkt
der Tendenz in der Parabel gänzlich verrückt, der didaktische
Gehalt fast in sein Gegentheil gewendet. An die Stelle der
guten Werke tritt der Glaube, um des Sünders Sache vor
dem Richter zu vertreten. Damit aber wird auch der ur=
sprüngliche Rahmen der Parabel endlich für die Dichter be=
deutungslos, und andere Einkleidungen von freierer Erfindung
treten an seine Stelle.

Wiederum in der Schweiz, wol von den Rheinlanden
aus angeregt, eröffnet Joh. Kolroß mit dem schon oben
erwähnten Spiel von „Fünfferlei Betrachtnussen" die Reihe der

auf diesem evangelischen Glaubenssatz beruhenden Stücke. Der Held ist ein Jüngling, der sich trotz geistlicher Warnung der Welt und der Sünde ergibt. Zu ihm tritt der Tod, trifft ihn mit seinem Pfeile, läßt ihn aber leben, als er Besserung gelobt; er wendet sich nun von allen Versuchungen ab, stärkt sich durch die Schrift und beruft sich auf Christus, als den Arzt seiner Seele, Mittler und vor Gott ewig geltende Gerechtigkeit. Aehnlich in der Erfindung ist Lienhart Kulman's in Nürnberg „Christenlich Teutsch Spil, wie ein Sünder zur Buß bekärt wirdt" (Nürnberg 1539), nur daß der Sünder noch im Leben gerettet und glücklich wird. Wir erwähnen von den bedeutendern Stücken dieser Art noch den „Christlichen Ritter" (Uelzen 1590) von Friedrich Dedekind, dem des Apostels Paulus Ermahnung von der geistlichen Rüstung gegen die listigen Anläufe des Teufels (Ephes. 6) die Idee an die Hand gab; Thomas Naogeorg's „Kaufmann" (1571) mit vorwiegend polemischer Richtung gegen papistische Werkheiligkeit, und endlich das niedersächsische Schauspiel des Striccrius „De Düdesche Schlömer" (Lübeck 1583), in welchem die ursprüngliche Idee, von der alle diese Stücke ausgingen, von der Unzuverläßlichkeit der Freunde in der Noth, noch einmal in den Vordergrund tritt, indem alle, Freunde, Verwandte, selbst die Gattin, sich weigern, das sündige Weltkind vor den strengen Richterstuhl zu begleiten. (Vgl. Goedeke, „Every-Man", Hannover 1865.)

Im Zusammenhang aber mit dem Grundgedanken der christlichen Heilsökonomie steht eine andere Auffassung derselben, welche in den genannten Dichtungen ebenfalls mannichfach als Motiv der Handlung benutzt wird. Die Sünde erscheint als ein Werk des Teufels, die Buße als ein Kampf gegen seine Anfechtungen; dem göttlichen Reiche steht das Reich der gefallenen Engel gegenüber, welches fortwährend die Menschen zu sich herüberzuziehen strebt, und das Werk der Erlösung erscheint als der Sieg Christi über die Hölle. Wir unterlassen es, die Dichtungen aufzuzählen, welche, mit

dem eben geschilderten Kreise sich berührend, auch diese Auf=
fassung dramatisch benutzen; nur eines, welches derselben
einen großartigen Hintergrund zu geben versucht, wollen wir
hier erwähnen. Es ist dies Clemens Stephani's von Buchau
„Geistliche Action u. s. w." (Nürnberg 1568). Beim Be=
ginn des Stücks ist die Scene im Himmel; Gott, unter
den himmlischen Heerscharen thronend, beschließt, sich der
Menschheit zu erbarmen, und sendet seinen Engel aus, sein
Volk gegen die Nachstellungen Satans zu beschützen. Der
zweite Act setzt der göttlichen Erhabenheit die niedrige Komik
der Hölle entgegen; der Fürst der Verdammten bläst mit
seinem Horn den höllischen Haufen zusammen, und die Teufel
fahren aus, um alles Unheil zu stiften. Dann wird der
Sünder in seinem weltlichen Treiben und vergeblich versuchter
Bekehrung eingeführt. Im letzten Act trifft der Tod den
Sünder, dieser aber bereitet sich zum Sterben, indem er Buße
thut und die Sakramente empfängt. Nun wehrt der Erz=
engel Michael dem höllischen Heer, das dem Sünder hart
zusetzt. Er ist gerettet, und die Engel singen: „Heilig bistu,
Herr Zebaoth, und hast nicht Lust an Sünders-Tod." Un=
sere Leser werden eine gewisse Aehnlichkeit mit dem letzten
Stücke in dem vorliegenden Bande unserer Sammlung nicht
verkennen. Dieses, wegen seines dogmatischen Gehalts der
letzte Ausläufer der auf Every man zurückreichenden Reihe,
ist durch diese neue Einkleidung, die es statt der alten gewählt,
doppelt interessant. Hier ist der Kampf um den Menschen
geradezu als Kampf gegen das Gottesreich aufgefaßt; da ein
solcher als directer Angriff auf Gottes Allmacht mit Gewalt
nicht durchgeführt werden kann, so nimmt derselbe die Form
der Berufung auf Gottes Gerechtigkeit an und tritt geradezu
in der Gestalt eines Rechtsstreits um das Eigenthum am
Menschen auf. Dieser Gedanke aber war nicht neu. Schon
ein Rechtslehrer des 14. Jahrhunderts, Bartolus a Saxo=
ferrato (Bart. a Saxof. Jc. Perusini Tractatus quaestionis
ventilatae coram Domino nostro Jesu Christo caet., in

den Ausgaben seiner Werke; besonderer Abdruck in: „Processus Joco-serius", Hanau 1611, 8.), hat denselben in einem eigenen Werke ausgeführt, welches den doppelten Zweck verfolgt, einen dogmatischen Satz der Kirche zu erläutern und seine Schüler mit den Formen des Processes bekannt zu machen. Satan tritt als Kläger auf, als Richter aber Christus, der auch schließlich das Urtheil spricht. Dieselbe Tendenz hat auch des Jacobus de Theramo „Belial" (am Ende des 14. Jahrhunderts, zuletzt Bischof von Taranto, in seinem Buch: „Compendium perbreve, Consolatio peccatorum nuncupatum. Et apud nonnullos Belial vocitatum caet.", ohne Ort 1483). Beide Schriften wurden schon früh ins Deutsche übersetzt, die erste von Georg Alt zu Nürnberg (1493) und Ulrich Tengler, Landvogt zu Höchstedt an der Donau, in dessen: „Der neu Layenspiegel" (Augsburg 1511, Fol., und öfter wiederholt), die zweite 1472 („Hie hebt sich an eyn nützlich Buch von der rechtlichen Ueberwindung cristi u. s. w.", Reutlingen; auch: Augsburg 1479, Strasburg 1507). Schon Clemens Stephani verräth Bekanntschaft mit Bartolus' Proceß; Meckel aber dichtete mit unmittelbarer Benutzung desselben; nur mußte er sich nach protestantischen Begriffen die Sache zurechtlegen. Das Auftreten der heiligen Jungfrau wollte nicht mehr passend erscheinen; an ihre Stelle tritt Christus, und das Richteramt übernimmt Gott der Vater selber. Der ganze Gang der Verhandlung ist beibehalten, und Einzelheiten verrathen sogar wörtliche Anlehnung an das Vorbild.

Ueber die Aufführungen selbst, über die theatralische Einrichtung und Ausstattung fehlen unmittelbare Nachrichten. Die Spiele des 14. und 15. Jahrhunderts erlauben jedoch sichere Schlüsse auch für die spätere Zeit. Seit der zweiten Hälfte des 16. Jahrhunderts enthalten die Schauspiele selbst Angaben, welche sich zu einem ziemlich treffenden Bilde zusammenfassen lassen.

Die Volkslustbarkeiten, in denen wir die Anfänge des

***

Dramas erkannten, wie auch in seiner weitern Entwickelung noch das Fastnachtsspiel, bedurften keiner besondern Zurüstung; oft fehlte jede eigentliche Handlung; immer genügte eine sehr einfache, leicht herzustellende Einrichtung: einige Bänke mit darübergelegten Bretern. In dem mitgetheilten Schauspiel von Sebastian Wild besteht der ganze scenische Apparat in einem Vorhange, hinter welchem der Zug mit dem Esel verschwindet und wieder herauskommt. Die Vorstellungen auf offener Straße, wie im ersten von uns aufgenommenen Stück, konnten alles Derartige vollends entbehren.

Selbst nach der Trennung des Schauspiels von dem Cultus, im 16. Jahrhundert und noch später, kommt es vor, daß Stücken geistlichen oder doch erbaulichen Inhalts eine Kirche eingeräumt wird. Im allgemeinen aber blieb das Schauspiel aus dem Gotteshause verbannt und mußte sich draußen so gut einrichten, wie es gelingen wollte. An eigentliche Theater ist jedoch überall nicht zu denken. Das schon im 13. Jahrhundert vorkommende Wort „Spielhaus" (spelhûs, spilhûs), durch theatrum übersetzt, scheint eben nur eine Uebertragung zu sein und nichts Einheimisches zu bezeichnen; höchstens könnten damit besondere Räume für Schaustellungen der Gaukler und dergleichen gemeint sein, wie solche in der That um 1226 schon erwähnt werden. (Pertz, „Monum.", II, 179.) Daneben findet sich aber auch „Spielstätte" und „Spielhof" (spilstat, spilhof). Diese Ausdrücke weisen auf Plätze im Freien hin. Man wird vorzugsweise solche in der Nähe der Kirchen, in den Städten die Märkte, außerhalb derselben Aenger und Wiesen gewählt haben. Aus den Stücken des 14. und 15. Jahrhunderts ergibt sich etwa Folgendes für die Aufführungen unter freiem Himmel. Die Bühne war in der Regel nicht durch eine Erhöhung über den Zuschauerraum hinaufgerückt. Der Platz oder Plan war eingehegt, etwa durch einen niedrigen Breterverschlag oder eine sonstige Abkleidung. Beim alsfelder Passionsspiel umgibt eine kreisförmige Umzäunung den Spielplatz; der Schultheiß straft diejenigen, welche diese unbefugt überschreiten, indem er sie den Teufeln im Spiel übergibt. Wahrscheinlich hatte der Zuschauerraum schon hin und wieder, wenn auch nicht immer, amphitheatralische Erhöhungen; ein Vocabularius von 1445 gibt für amphitheatrum die Uebersetzung: Lauben oder Platzen (Schmeller, „Bairisches Wörterbuch", I, 340). Da natürlich kein Scenenwechsel stattfinden kann, so sind die für die Handlung nöthigen Räumlichkeiten nebeneinander auf dem Schauplatz errichtet; diese sind entweder Gebäude für die Hauptpersonen des Spiels und ihr Gefolge, z. B. in „Der Himmelfahrt Mariä" (Mone, „Altteutsche Schauspiele", S. 21) für die Juden, für Maria (palatia oder castra, Burgen, genannt), und von Bretern und Leinenverschlägen leicht aufgeführt, die nach der Vorstellung wieder entfernt wurden, oder für besonders wichtige Vorgänge bestimmte Stationen, z. B. in demselben Stück für das Fasten, die Passion, das Grab, wo Maria beigesetzt wird, den Ort der Auffahrt zum Himmel. Dieser ist durch eine besondere Erhöhung ausgezeichnet, während auch die Hölle ihren eigenen Platz hat. Daneben wird auch noch (in einem Passionsspiel bei Mone, „Schauspiele des Mittelalters", Nr. 15) eine gemeine Burg erwähnt, unter welcher noch ein besonderer, vielleicht erhöhter Raum zu verstehen sein wird, wo die gewöhnliche Handlung vorgeht („darin man krönt, geißelt, das Nachtmal und ander Ding vollbringt").

Wenn die Zuschauer versammelt waren, erschienen die Darsteller des Stücks und betraten unter einem oder mehrern Zugführern den Schauplatz, nach ihrer Würde im Spiel, z. B. zuerst Christus, dann Maria, die Apostel u. s. w., im Zuge geordnet, ein Herold, nach dem Beispiel sonstiger Festaufzüge, voran. Dieser spricht die Exposition der zu erwartenden Handlung und führt die Personen ihrem Namen nach ein. Doch geschieht es wol bei kleinern Stücken, wie im Fastnachtspiel, daß die Spielenden sich selbst vorstellen: „Ich bins, der Adam", „ich bins, der Zwölfbote Petrus".

(Fronleichnamsspiel bei Mone, „Altt. Schauspiele", S. 145.)
Darauf nehmen sie ihre bestimmten Plätze ein, wo sie bleiben,
bis die Reihe an sie kommt.

Einer Passion aus der letzten Hälfte des 15. Jahrhun=
derts nach einer donaueschinger Handschrift (Mone, „Schauspiele
des Mittelalters", Nr. 15) liegt eine im 16. Jahrhundert entwor=
fene Zeichnung bei, welche noch nähere Auskunft gibt. Der
Schauplatz bildet ein längliches Rechteck in drei Abtheilungen
mit einem Hauptthor, durch welches die Schauspieler ein=
treten, und zwei andern zur Verbindung der getrennten
Räume. Die erste enthält die Hölle, den Garten Gethse=
mane und den Oelberg über demselben; die zweite verschie=
dene Häuser, des Herodes, Pilatus, Kaiphas und das Haus
des Nachtmahls; die dritte zeigt vier Gräber, zur Seite das
Heilige Grab, in der Mitte das Kreuz Christi zwischen denen
der Schächer, zuletzt an der schmalen Seite des Rechtecks,
als erhöhte Tribüne den Thoren gegenüber, den Himmel.
Die beiden langen Seiten außerhalb der Umgrenzung sind
für die Zuschauer bestimmt.

Diese Grundform ist unzweifelhaft noch im 16. Jahr=
hundert maßgebend geblieben; Abweichungen davon wurden
durch die gewählte Oertlichkeit wie durch den Inhalt der
Stücke bedingt. Man richtete sich so gut ein, wie die
Umstände erlaubten und soweit die Mittel reichten. Wo z. B.
der Platz, Markt oder Kirchhof durch ein Gebäude begrenzt wurde,
ergab sich ein Halbkreis für das Volk, und die Theile des Schau=
platzes konnten sich terrassenförmig von der Hölle bis zum
Himmel hinauf und an die Wand angelehnt übereinander
erheben. Eine solche Dreitheiligkeit der Bühne ist überall
da anzunehmen, wo die Handlung in der Hölle, auf der Erde
und im Himmel vor sich geht, also z. B. in den meisten
Dichtungen vom geretteten Sünder. Die oberste Abtheilung
bildet den Himmel oder das Paradies, wo Engel auf= und
absteigen und wohin der Sünder endlich gelangt; die mittlere,
die eigentliche Bühne, häufig die Brücke genannt, ist für die

Handlung im allgemeinen bestimmt, und die dritte für die Hölle. Sollte z. B. Meckel's „Anklage des menschlichen Geschlechts" aufgeführt werden, so läßt sich die Einrichtung kaum anders denken. Die Verhandlung des Rechtsstreites fände auf der Brücke statt, auf welcher der Sünder sich befindet und zu welcher Satan hinaufsteigt, während die Reden Gottes und Christi vom Himmel aus gesprochen würden. In andern Spielen weltlichen Inhalts bedurfte es selbstverständlich dieser dreifachen Gliederung nicht. Wir wollen hier noch bemerken, daß der Name Burg, welcher früher nur einen besondern Theil des Schauplatzes bezeichnet, später auch für die ganze Bühne in Gebrauch kam. Die Zirkeler in Lübeck hatten eine solche schon im Jahre 1458; in Hildesheim hieß die Bühne bis zu Ende des 16. Jahrhunderts „Pallast".

Wie jedoch die Fastnachtsspiele vorzugsweise in Privathäusern aufgeführt wurden, so finden die Vorstellungen größerer geistlicher und weltlicher Schauspiele ebenfalls in geschlossenen Räumen statt. Einzelnes wird wol auch für ein häusliches Fest, eine Hochzeit gedichtet. Zeugnisse für Aufführungen auf den Rathhäusern der Städte sind sehr zahlreich. Sie werden meist geradezu als allgemeine Angelegenheit der Stadt betrachtet und finden häufig an großen Festen, zur Fastnacht, in der Weihnachtszeit, statt; zuweilen, um der allgemeinen Ergötzung sich ungestört hingeben zu können, wurden dann die Thore der Stadt geschlossen. Meist pflegte auch der Rath die Kosten des Baues und der ganzen Einrichtung zu tragen, die Veranstalter der Aufführung durch ein Geschenk zu belohnen und eine Zehrung für alle Theilnehmer zum besten zu geben. Zu den Schulvorstellungen dienten häufig die Gebäude der Schule; manchmal wählte man auch Gasthöfe. Ueberhaupt ist die Theilnahme für das Schauspiel außerordentlich groß und durch alle Stände verbreitet; dasselbe wurde nicht allein von den Behörden der Städte begünstigt, sondern auch an den Höfen der Fürsten geistlichen und weltlichen Standes. Schon Johann Reuchlin ließ eines seiner

Stücke vor dem Schluß des 15. Jahrhunderts in Gegenwart des Bischofs Johann von Dalberg in Worms aufführen, Konrad Celtes in Linz seinen „Ludus Daniel" vor Kaiser Maximilian. 1509 veranstaltete die Stadt Freiberg Schau= spiele, an denen auch der Landesherr theilnahm. Vom Kur= fürsten Johann Friedrich zu Sachsen rühmt Joachim Greff von Zwickau (Vorrede zu seinem „Abraham" 1540), „daß er mehrere Tragödien mit sonderlichen Unkosten bestellet und befohlen, auch die Actores verehrt und begabet habe". Ueber Aufführungen an sächsischen Höfen, in Torgau, Leipzig, Dresden, wird mehrfach berichtet; dasselbe gilt von Hessen. In Rostock und Schwerin wurde der Besuch von Fürsten durch Schauspiele verherrlicht.

Für den Bühnenapparat genügte anfangs ein sehr ein= facher, die Illusion wenig fördernder Behelf. Die Hölle wird z. B. durch ein Faß vorgestellt. In einem nieder= sächsischen Schauspiel von Christi Auferstehung von 1464 (Mone, a. a. O., Nr. 12) sitzt Lucifer mit Ketten gebunden in einem solchen, ebenso im alsfelder Passionsspiel und sonst. Ein aufrechtstehendes Faß kann etwa einen Berg bedeuten. Ein Flintenschuß ahmt den Donner nach. Den Schächern hing ein gemaltes Bild aus dem Munde, ihre Seelen bedeu= tend, welche der Engel abnimmt, um sie in den Himmel oder die Hölle zu tragen. Judas hat einen schwarzen Vogel vor dem Munde, ihn an den Füßen festhaltend; er läßt ihn flattern zum Zeichen, daß seine Seele zur Hölle fährt. Die Kreuzigung und das Erhängen des Judas werden nachgeahmt, so gut es geht, ohne die Darsteller zu gefährden, deshalb häufig nur im Bilde. Auch die Bekleidung war im Anfang sehr einfach; bei den lateinischen Spielen in der Kirche ge= nügte das Priesterkleid, außerhalb der Kirche war dasselbe wol kaum erlaubt. Die Seelen der Altväter in der Vor= hölle tragen weiße Hemden, die der unschuldigen Kinder gehen ganz nackt. Engel und Teufel erforderten natürlich eine charakteristische Tracht. Viel wurde in Bezug auf Ma=

schinerie und die sonstigen Erfordernisse der Bühne auch später nicht geändert. Als die „Susanna" (von Sixt Birk) 1544 auf dem Kornmarkte zu Basel gegeben wurde, war die Bühne (Brügge) auf dem Brunnen errichtet; in einem zinnernen Kasten wusch sich Susanna. Ebendaselbst wurde zwei Jahre später „Pauli Bekehrung" gespielt. Der Strahl, der aus dem „runden Himmel" herabschoß, war eine feurige Rakete („so dem Paulo, als er vom Roß fiel, die Hose verbrannte"). Der Donner wurde durch in einem Fasse umgerollte Steine hervorgebracht. Zu einer Aufführung des „Tobias" in Speier borgten sich die Bürger die Hölle von den Jesuiten, die wol, ähnlich der gueule de dragon in französischen Mystères und Mirakelspielen, in einem künstlichen Höllenrachen bestand; wahrscheinlich wurde Feuer darin angemacht, denn der Apparat verbrannte während der Vorstellung.

Das Costüm mußte sich eben nach den Mitteln der Schauspieler richten; oft entfaltete man darin eine große Pracht, welche mit der Vorliebe für glänzende Aufzüge, namentlich in den Städten und an Höfen, gleichen Schritt hielt. Bei der Aufführung des „Paulus" in Basel hatte ein Hauptmann ein Gefolge von 100 Bürgern, alle in seine Farbe gekleidet, unter seiner Fahne. Ueberall aber, oder doch mit seltenen Ausnahmen, war, nach dem Gebrauch des Mittelalters auch in der Kunst, die Kleidung das Costüm der Zeit.

Wie schon in den alten liturgischen Darstellungen, so wurde auch jetzt noch in den eigentlichen geistlichen Dramen der recitirende Vortrag oft durch Lieder einzelner wie durch Chorgesang unterbrochen. Mit Gesang wurden die Vorstellungen eingeleitet und geschlossen. Schon oben haben wir erwähnt, daß Gesangeinlagen von alters her im Gebrauch waren. Derselbe bleibt auch später, gefördert durch die immer allgemeiner werdende Vorliebe für Musik und Uebung des mehrstimmigen Gesangs; vorzugsweise häufig finden sich bekannte geistliche Lieder eingelegt. Auch mit Instrumental-

musik wird das Spiel eröffnet; diese unterbricht wol auch
die Handlung und beschließt dieselbe. Häufig auch werden
Zwischenspiele eingelegt, vorzüglich in Niedersachsen, vorwiegend komischen Inhalts, meist Bauernscenen im Volks-
dialekt, oder es wird einem größern Schauspiele an einer passen-
den Stelle ein kleineres eingefügt, welches den didaktischen
Grundgedanken weiter erläutern will, zu der Handlung aber
in keiner nothwendigen Beziehung steht. Beispiele bieten die
schweizer Stücke; Nr. 4 unserer Auswahl ist ein solches. Bei
diesen Einlagen erlaubte man sich wol, fremde Stücke zu benutzen; auch das von uns mitgetheilte Spiel schließt sich
einem ältern Vorbilde, Hans Sachs' „Comedia von Pallas
und Venus" (1530, Werke, I, Bl. 216), an.

Außer Schülern und Studenten sind die Darsteller der
Schauspiele vorzugsweise junge Leute aus dem Bürgerstande.
Auch die weiblichen Rollen werden von Knaben und jungen
Männern gespielt. Das weibliche Geschlecht wurde wol aus-
geschlossen, weil oft zu sprechen war, was man eine Frau
nicht gern sagen ließ. In der Schweiz wird jedoch wol
eine Ausnahme von der Regel gemacht, in Deutschland kaum
anders als bei Vorstellungen, welche für einen engern und
gewähltern Kreis berechnet waren. Als im Jahre 1589
eine Komödie von der „Geburt des Herrn Christi" von
Prinzen und Prinzessinnen des kurfürstlichen Hauses, von
Personen des Adels und Bürgerstandes in Berlin gegeben
wurde, erhielt die Rolle der Maria ein sechzehnjähriges
Fräulein von Mansfeld. In den Städten traten oft einzelne Genossenschaften zum Zweck dramatischer Aufführungen
zusammen, so die Meistersänger, welche schon durch die
öffentlich gehaltenen Singschulen und durch ihre eigenen Pro-
ductionen darauf hingewiesen wurden. Im Jahre 1540
spielten sie in Augsburg des Joh. Kolroß „Fünfferlei Be-
trachtnusse". Sonst gingen die Vorstellungen von einzelnen
Zünften aus, z. B. in Frankfurt, wo vorzüglich Buch-
drucker und Schuhmacher, Meister und Gesellen, genannt wer-

den. Gegen das Ende des Jahrhunderts finden sich sogar freiere Vereinigungen, an deren Spitze ein Unternehmer steht, der es wol lediglich auf Gelderwerb abgesehen hatte. Im Jahre 1595 bearbeitete ein Joh. Schleiß eine Komödie „Joseph" nach einem deutschen und einem lateinischen Stück für einen solchen Unternehmer, Hans Pfister und seine ehrbare Gesellschaft. Dieser bemerkt in der Vorrede, daß er „schon häufiger deutsche Komödien aufgeführt", wobei ihm der Stadtrath mit Kleinodien und Kleidern ausgeholfen habe. In Heidelberg spielte ein Steinmetz, in Korbach ein Buchbinder mit Burschen und Gesellen. Oft nahm die Aufführung mehrere Tage in Anspruch, namentlich bei weitschichtigen biblischen Stoffen. Wir wollen nur eine solche Vorstellung erwähnen, weil dieselbe einen Begriff von dem bedeutenden Aufwand gibt, den solche öffentliche Belustigungen oft erforderten. Zu Basel wurde 1571 die Geschichte Saul's und David's gespielt („Ein schon new Spil, von König Saul, vnnd dem Hirten David" u. s. w., Mathias Holzwart). Es waren dazu die Eidgenossen und viele Grafen und Herren eingeladen. Gleich nach dem Imbiß begann die Vorstellung, welche hundert redende und fünfhundert stumme Personen beschäftigte. Prächtige Aufzüge waren eingelegt und in den Zwischenacten wurde musicirt. Auf dem Schauplatz wurden die Gäste aus silbernen Fäßlein bewirthet und abends zu Gast geladen. Die Vorstellung dauerte zwei Tage.

Die Leitung der Spiele erforderte eine genaue Kenntniß des Stücks und viel Umsicht. Schon früh, um die Mitte des 15. Jahrhunderts, findet sich deshalb die Sitte, das Geschäft durch den Gebrauch einer Rolle (rotulus) zu erleichtern. Dieselbe enthielt das Verzeichniß der Personen und die Anweisung zu ihrer Aufstellung auf dem Platze; einer der Zugführer hielt sie nebst dem Textbuche in der Hand, um danach die Ordnung zu überwachen und gelegentlich zu souffliren. Man wird diese nothwendige Einrichtung auch später beibehalten haben; wenigstens werden in der Schweiz (luzerner Bürger-

bibliothek) dergleichen „Denkrodel" und „Memorialbücher" aus
den Jahren 1545 — 97 aufbewahrt. Zu den Vorstellungen
wurde das Volk durch Ausrufer oder öffentliche Anschläge
eingeladen. Ein gedruckter Anschlagzettel aus dem zweiten
Viertel des 16. Jahrhunderts lautet: „Dorch gunst, vorlof
und fulbort, beide geistliker unde weltliker desser stat Rostock
overicheit wert men hier, wil God, up dessen tokomenden
sondach, alse den dach der medelidinge Mariä to der ere
Gades ein schone innich unde merklich spil anrichten von
deme state der werlte und söven older der min=
schen u. s. w. — Wenne sodans to schende belevet, mach
sik an den middelmarkt vögen, dar wert man halfwege twel=
wen anhevende. Alle to der ere Gades." Darunter geschrie=
ben: „so ferne sik dat weder to klarheit schickende wert".
(Lisch, Jahrbücher, I, 82.) Als in Kolmar 1579 die Bürger
ein umfangreiches Spiel von „Johannes dem Täufer" aufführ=
ten, verkündete am Ende des ersten Tags ein Trompeter:
jeder möge auf die Glocke Acht haben, sobald es morgen
neun schlage, werde man das Spiel wieder anfangen, jeder
möge desto zeitlicher essen.

Nach der Aufführung erschienen die meisten dieser Stücke
gedruckt, selten vorher; manche erhielten dadurch große Verbrei=
tung und wurden auch an andern Orten gespielt. Oft wurden sie
dann dem speciellen Bedürfniß angepaßt, geändert, gekürzt oder
verlängert; oft auch hielt man es für nöthig, den Ernst des
Originals durch zugegebene Komik zu unterbrechen. Vor der
Mitte des Jahrhunderts kommt es selten vor, daß nur das
äußere Gewand des Dramas geborgt wird und diese selbst nur
für das Lesen bestimmt sind. Solche Spiele sind in der Regel
satirischen Inhalts oder verfolgen dogmatische und allgemeine
didaktische Zwecke, wie unter anderm auch der „Proceß" des
Petrus Meckel.

Die vorstehende Einleitung zu den Stücken unserer Auswahl gibt neben einem allgemeinen Ueberblick nur das zum Verständniß des von uns Mitgetheilten durchaus Nöthige. Wir verfolgen den Verlauf der ganzen Gattung hier nur so weit, wie die Dichtung ihre eigenen Bildungswege geht, bis zu der Zeit, wo, zunächst durch das Auftreten fremder Berufsschauspieler in Deutschland veranlaßt, eine merkwürdige Wandlung eintrat. Zur Charakteristik der ganzen Gattung wollen wir nur auf Eines aufmerksam machen. Das kirchliche Drama trägt von Anfang an einen entschieden epischen Charakter. Dasselbe hat die Absicht, die den Glaubensgeheimnissen zu Grunde liegenden Vorgänge nach Anleitung der Evangelien darzustellen. Der Verlauf der heiligen Geschichte wird z. B., entweder im großen, oder in selbständige Abschnitte zerlegt, in einem fortschreitenden Gange geschildert. Erst mit der Vollendung der ganzen Reihe der Thatsachen ist das Drama geschlossen. Diesen Charakter nimmt das Schauspiel auch in das 16. Jahrhundert hinüber. Eine dramatische Entwickelung der Charaktere wird weder angestrebt, noch erreicht. Die Personen des alten Kirchendramas sind typisch; auch in den Stücken des 16. Jahrhunderts gleichen sie oft nur zu sehr den Figuren auf Gemälden des Mittelalters, denen Spruchzettel aus dem Munde gehen; dabei ist das Drama unbefangen anachronistisch, wie die bildende Kunst. Die dramatischen Grundideen erfaßt keiner der Dichter; das Tragische entzieht sich der Auffassung gänzlich; das Komische wird nur so weit begriffen, wie das Leben selbst es gelegentlich darbietet. Man sucht und findet dasselbe vorzugsweise in Vorgängen und Situationen, welche für die erzählende Dichtung sich ebenso gut hätten verwerthen lassen, oder es dient nur dazu, den Ernst der Darstellungen zu mildern, wie die Strenge der kirchlichen Baukunst durch die plastische Komik in den Ornamenten einzelner architektonischen Gliederungen unterbrochen wird. Die weltliche Schaulust zu befriedigen, hatte schon

das ältere kirchliche Drama einzelne volksmäßige Einschie-
bungen zugelassen, Scenen, wozu vielleicht die mit den hohen
Festen häufig verbundenen Märkte und Messen die Veranlassung gaben. Auch der Teufel wurde zur komischen Figur;
die Kirche konnte dagegen nicht viel einwenden, seine Macht
ist durch die Erlösung gebrochen und er verfällt der Lächer-
lichkeit, da er nicht mehr gefährlich ist; auch dieser eigenthüm-
liche Zug läßt sich noch in späterer Zeit nachweisen. Der
Narr tritt nun auch in das Schauspiel ein, wo ihm neben
dem Prologus und dem Herold seine Stelle angewiesen wird;
aber seine Bedeutung ist mehr eine innere, er ist die hier
freilich noch unbewußte Personificirung der ironischen Weltan-
schauung des Dichters selbst.

Bei der Aufnahme der chronologisch geordneten Stücke
leitete uns die Absicht, die Hauptrichtungen der Schauspiel-
dichtung des 16. Jahrhunderts unsern Lesern vorzuführen, und
zwar in solchen Erscheinungen, welche auch der Form nach
Beachtung verdienen. In Manuel's „kleinem Fastnachtsspiel" stellt sich der beginnende Kampf für die Reformation
der Kirche und des Lebens dar; die „Susanna" Rebhun's und
Kulman's „Wittfrau" sind Beispiele der Behandlung biblischer
Stoffe; Funkelin's „Spiel von dem Streit der Venus und Pallas"
und Wild's „Doctor mit dem Esel" stehen hier als Reprä-
sentanten einer aus dem alten Fastnachtsspiele hervorgegange-
nen volksmäßigen dramatischen Gattung; Meckel's „Proceß
Satans gegen das Menschengeschlecht" endlich, in welchem das
Grunddogma des protestantischen Lehrbegriffs in aller Schärfe
durchgeführt erscheint, bildet füglich den Schluß des vorliegenden Bandes. Der zweite wird in einer fernern Auswahl
hervorragender Dichtungen den Uebergang zu einer durchaus veränderten Behandlung des Dramas aufzeigen, die in-
folge der oben angedeuteten Verhältnisse am Schluß des
Jahrhunderts sich vorbereitete.

I.

Nikolaus Manuel.

Schauspiele. I.

Vorbemerkung.

Mit dem Jahre 1519 hatte auch in der Schweiz die von Deutschland ausgehende kirchliche Bewegung begonnen. Schon 1520 konnte der Große Rath von Zürich an die Prediger des Gebiets ein Gebot erlassen, fortan nur auf den Grund der Heiligen Schrift zu lehren.

Auch in die Mauern der Stadt Bern, der volkreichsten und mächtigsten Stadt im eidgenössischen Bunde, zog der Geist der neuen evangelischen Freiheit ein. Die Kirche entfaltete gerade hier in bequemer Sicherheit noch ihre altgewohnte Macht und gewährte dem verständigen Bürger das lebendigste Bild dessen, was jene Bewegung zuerst hervorgerufen hatte; hier erblickte er dreistes Uebergreifen der geistlichen Macht in die weltliche, Verleihung von Pfründen an Günstlinge des römischen Hofs, Häufung der Kirchenämter, ärgerliches Leben und träge Unwissenheit der Würdenträger und Genossenschaften, schamlosen Unfug mit Seelenmessen, Reliquiendienst, Wundern, Teufelsbeschwörungen und allem, was die Gewissen beschweren, die Gemüther ängstigen und die Hände zum Geben öffnen mochte. Zu allem dem hatte der Franciscanermönch Bernhardin Samson, der im Jahre 1518 die Schweiz heimsuchte, auch hier seine Ablaßbude aufgeschlagen. Endlich war ein Skandal, welcher selbst über die Schweizerberge hinaus Aufsehen erregte, zu jener Zeit noch unvergessen.

Wie überall, so standen auch in Bern Dominicaner und Franciscaner eifersüchtig und streitlustig einander gegenüber. Die letztern hatten in den Augen des Volks die Wunder ihres Stifters vor jenen voraus. Deshalb beschlossen die Ordenshäupter der Predigermönche im Jahre 1506 auf einem Provinzialkapitel zu Wimpfen am Neckar, diesem Uebelstande abzuhelfen. Zum Schauplatz ihrer

1 *

Thätigkeit erſahen ſie das Kloſter zu Bern, „weil dort das Volk einfältig, bäuriſch und ungelehrt, wiewol ſtreitbar und mächtig ſei, alſo nöthigenfalls der Sache Beiſtand leiſten werde und könne". Als Werkzeug mußte ein neu eingetretener Kloſterbruder dienen. Dem durch Dämonen Geängſtigten erſchien die heilige Jungfrau, deren Rolle ein Ordensmitglied übernommen hatte, mit Offenbarungen zur Verherrlichung der Ordenslehren; man drückte ihm die Wundmale auf, ließ überdies ein Marienbild weinen, und bald ſtand der neue Bruder im Geruch der Heiligkeit, welcher die Predigerkirche füllte. Zuletzt ſah man ſich aber genöthigt, den Getäuſchten in das Geheimniß zu ziehen; Verſuche, durch Gift ſich ſeiner zu entledigen, mislangen; er entkam aus dem Kloſter, wurde beim Rath klagbar, und die Geſchichte endete im Jahre 1509 mit der Verurtheilung und Hinrichtung von vier Hauptſchuldigen. Ebenſo wenig Glück hatte eine neu geſtiftete Brüderſchaft zu Ehren der heiligen Anna mit ihren frommen Speculationen; ein theuer erkaufter Schädel der Großmutter Chriſti erwies ſich als ein gemeiner Todtenkopf aus dem Beinhauſe eines franzöſiſchen Kloſters.

Solche Zuſtände waren es, in welche Ulrich Zwingli's Neujahrspredigt von der Reformation der Kirche und des Lebens hineintönte. Zunächſt fand die mahnende Stimme von Zürich Widerhall in dem Herzen eines trefflichen Mannes, des Leutprieſters am Münſter, Berchthold Haller, welcher von nun an für die evangeliſche Wahrheit zeugte, und bald hatte er wenigſtens eine ſtille Gemeinde zu ſich herangezogen.

Am Tage der ſogenannten Herren- oder Pfaffenfaſtnacht 1522 erfüllte eine ſchauluſtige Volksmenge die Kreuzgaſſe dem Rathhauſe gegenüber. Man glaubte ſich in die Hauptſtadt der Chriſtenheit verſetzt. Da ſaß der Papſt in großer Pracht, „mit allem Hofgeſind, Pfaffen und Kriegsleuten hoch und niedern Standes". Auf der Straße einher bewegte ſich ein Leichenzug. „Und ſtunden Petrus und Paulus weit hinten, ſahen zu mit viel Verwunderns; auch waren da Edle, Laien, Bettler und andere." Es war ein Schauſpiel, welches von jungen Leuten aus dem berner Adel aufgeführt wurde. Die Bahre hielt vor der „pfäffiſchen Rotte", und die Leibleute begannen ihre Todtenklage, in welche nacheinander die Würdenträger und Diener der Kirche mit ihrem Anhange ſich einmiſchten. Wie gut, ſo rühmen ſie, hatten ſie ſich bei den Todtenmeſſen geſtanden! Das aber wird nun bald zu Ende ſein; die groben Bauern und Laien wollen nun alles aus der Schrift lernen; durch die Druckergeſellen, die der Teufel holen möge, „die jetzt alle Dinge in Teutsch stellen", sind die Leute vergiftet worden; sie sind mit dem Paulo besessen und haben das Evangelium gefressen; da ließ sich besser umgehen mit dem Aristoteles, Thomas, Scotus. Was geht die Päpstischen Christus an? Weil er gegen die Priester war, wurde er dem Pilatus überantwortet. Da kamen denn ferner schöne Dinge zu Tage, Herrschsucht, Hochmuth, Habgier, Böllerei und unkeusches Wesen. Vor allem aber im Ablaßhandel ist der Papst zu preisen, „denn er hat viel Dings um Geld feil, das man nicht findet in aller Welt, den Himmel, die Eh, den Eid, die Sünde, die Tugend und alle Freiheit". Der klagende Einspruch schlichter Männer, eines armen kranken Hausmanns und eines biedern Edelmanns, verhallt in dem wüsten Lärm und wird übertönt durch lobpreisende Reden römischer Leibwächter, denen ihr Handwerk gutes Leben und fette Pfründen einträgt.

Die Scene wird plötzlich unterbrochen. Ein Rhodiserritter sprengt heran. Mit beweglichen Worten schildert er die Bedrängniß seines Ordens durch die türkischen Eroberer und die der gesammten Christenheit drohende Gefahr. Aber vergeblich hat er auf Hülfe gehofft; der Papst hat andere wichtigere Dinge zu thun. So geht das Spiel fort. Nacheinander treten ein Prädicant, ein Bauer und ein Ammann auf; ein Haufen fremden Kriegsvolks bietet dem Papst seine Dienste an und ist ihm willkommen. Endlich treten auch die Apostel herbei. Petrus kennt seinen Nachfolger nicht und muß sich von einem „Cortisan", einem römischen Pfründenjäger, über das ungewöhnliche Schauspiel wie über die Bedeutung des päpstlichen Reichs belehren lassen. Der Papst ertheilt zum Schluß allen seinen Segen, und eindringliche Worte des Prädicanten als Epilogus beenden die Vorstellung.

Am folgenden Aschermittwoch bewegte sich ein neuer Aufzug durch die Straßen der Stadt. Der Ablaßkram war bildlich dargestellt, und dazu sang man das „Bohnenlied", Spottverse, welche nach Art noch erhaltener Volkslieder mit dem Refrain schlossen: „Nun gang mir aus den Bohnen." (Vgl. „Liederbuch des sechzehnten Jahrhunderts", S. 128 und 130.)

Die alte oder Bauernfastnacht fand wieder das berner Volk in der Straße versammelt. Auch diesmal war der Papst zu schauen, aber neben ihm auch Christus mit den Seinen, den Mühseligen und Beladenen, allen denen, die das Kreuz auf sich nehmen und ihm nachfolgen. Der Heiland der Welt reitet auf der einen Seite der Gasse auf einem armen Eselein, während sein irdischer Statthalter in kriegerischer Rüstung und mit streitbarem Gefolge

auf der andern Seite einherzieht. Zwei Bauern unterhalten sich
über die Dinge, welche vor ihren Augen vorgehen.

Ueber diesen Aufzug berichtet der Chronist Anshelm: „Es
sind ouch diß Jahrs zu großer Fürdrung evangelischer Friheit hie
zu Bern zwei wohlgelehrte und in wite Land ausgespreite Spil,
fürnemlich durch den künstlichen Maler Niklausen Manuel,
gedichtet und offenlich in der Krüzgassen gespilet worden. — Durch
diß wunderliche und vor nie als gotteslästerlich gedachte Anschouun-
gen ward ein groß Volk bewegt, christliche Friheit und bäbstliche
Knechtschaft zu bedenken und zu underscheiden. — Es ist auch in
dem evangelischen Handel kum ein Büchle so dick gedruckt und so
wit gebracht worden, als diser Spilen."

Der Mann, welcher hier genannt wird, war einer der ange-
sehensten Bürger Berns. Die Nachrichten über seine Aeltern sind
unsicher. Seine Familie soll aus Nordfrankreich oder Italien ein-
gewandert sein und Alleman oder de Alamannis geheißen
haben. Er selbst pflegte sich auch wol „Deutsch" zu nennen.
Wahrscheinlich zu Bern 1484 geboren, bildete er sich für seinen
bürgerlichen Beruf, die Malerkunst, zunächst in seiner Vaterstadt,
dann in Basel aus, vielleicht auch in Kolmar und in Tizian's
Schule zu Venedig. Mit der Ausübung seiner Kunst finden wir
ihn in Bern und Basel beschäftigt und zwar in zwiefacher Thätigkeit, als Maler und Holzschneider. Er gründete 1509 einen eigenen Hausstand. Seine Ehe scheint nicht mit Glücksgütern gesegnet
gewesen zu sein. So ist es wol zu erklären, daß Manuel 1522
sich entschloß, Kriegsdienste zu nehmen. Er ließ sich bei den Hülfs-
truppen, welche die Schweiz Franz I. von Frankreich stellte, als
Schreiber anwerben, war mit bei der Einnahme von Novara und
kehrte nach der Niederlage bei Bicocca mit dem Reste des eidgenössischen Heeres zurück. Von nun an nimmt er in dem öffentlichen Leben seiner Vaterstadt eine hervorragende Stellung ein. Zunächst erhielt er die Landvogtei Erlach am Bielersee, wurde dann
Mitglied des neuerrichteten Chorgerichts, welches die Eheangelegen-
heiten zu besorgen, die Sittenzucht zu überwachen und Streitig-
keiten über die kirchlichen Stiftungen zu entscheiden hatte, und war
1529 einer der vier Venner der Stadt. Auf den Gang des Reformationswerks, welches seit dem Berner Religionsgespräch eine günstige Wendung erhielt, war seine Thätigkeit von entscheidendem Einfluß. Er starb am 30. April 1530 mit dem Bewußtsein, zum Siege
der evangelischen Sache durch That und Wort beigetragen zu haben.

In Bezug auf seine Leistungen als Künstler können wir hier

uur bemerken, daß dieselben neben den Werken bedeutender Meister seiner Zeit genannt werden dürfen.

Als Dichter begegnen wir ihm schon in seiner Jugendzeit. Sein letztes Werk wurde nicht lange vor seinem Tode vollendet. Auch seine Dichtung war derselben Sache dienstbar, der sein staatsmännischer Beruf gewidmet war.

Der Streit der Mönchsorden, der sich hauptsächlich um die unbefleckte Empfängniß der Maria drehte, welche die Dominicaner leugneten, gab ihm die Veranlassung zu einem strophischen Gedicht: „Ein schon bewerts lied vonn der reynen vnbefleckten entpfengnüß Marie, in der weyß Maria zart", das mit einer angehängten Prosaerzählung des Verbrechens im Predigerkloster und der Verbrennung der Schuldigen o. O. und J. (wahrscheinlich nicht lange nach 1509) gedruckt wurde. Vor seinen italienischen Feldzug fällt noch eine andere Dichtung, welche handschriftlich und mit erneuerter Schreibung in einem Druck von 1588 erhalten ist. Es wird nämlich unter den Gemälden Manuel's auch eine Darstellung des Todtentanzes genannt, auf einer im Jahre 1660 abgebrochenen Kirchhofsmauer des Predigerklosters ausgeführt. Die Verse zu den einzelnen Bildern mögen trotz des typischen Charakters derselben doch viel dem Maler eigenthümlich Zugehörendes enthalten. Wegen seiner übrigen Schriften verweisen wir auf C. Grüneisen's sorgfältige Arbeit: „Niclaus Manuel. Leben und Werke eines Malers und Dichters u. s. w." (Stuttgart 1837), und Karl Goedeke's „Grundriß zur Geschichte der deutschen Dichtung". Wir wollen nur noch erwähnen, daß noch ein drittes Spiel: „Von Elßlin trag den Knaben, vnd von Uly Rechenzan, mit jrem Eelichen Gerichtshandel, kurtzwylig zu lesen", o. O. und J. (gedruckt bei Keller, „Fastnachtspiele", Nr. 100), ihm zuzuschreiben ist. Die Sitzungen des Chorgerichts mögen ihm den Stoff an die Hand gegeben haben, den er hier zu einem lebendigen Sittenbilde gestaltet hat.

Die oben mitgetheilte Nachricht Anshelm's bezeichnet augenscheinlich unsern Dichter nicht als alleinigen Verfasser der genannten Spiele. Wir werden nicht irren, wenn wir ihm die Idee des Ganzen, sowie die Erfindung und Anordnung der Aufzüge, wozu ihn seine Kunst vorzugsweise befähigte, zuschreiben. Auch der erste Entwurf wird von ihm ausgegangen sein, wenn auch an der Ausführung im einzelnen andere Antheil gehabt haben mögen, wobei es nahe liegt, an die Mitwirkung Berchtold Haller's zu denken, der sogar unter der Person des Prädicanten im ersten Spiel gemeint zu sein scheint. So viel steht fest, daß Manuel bei der Aufführung der Fastnachtspiele persönlich nicht theilgenommen hat. Nachdem nämlich die französische Botschaft am 31. Januar eine Musterung über die eidgenössischen Truppen abgehalten hatte, mußte er noch an demselben Tage mit ihnen abziehen. Dagegen wird später die für den Druck bestimmte Bearbeitung durch ihn geschehen sein. Daß eine solche, theilweise mit Erweiterungen, stattgefunden hat, geht aus Andeutungen auf frühere Zeitereignisse, welche im ersten Spiel enthalten sind, hervor.

Der erste Druck hat am Ende die Bezeichnung: Getruckt im Meyen, im iare M. D. XXIII. Der zweite, als der älteste uns zugängliche, ist dem kleinen Fastnachtspiele in unserer Sammlung zu Grunde gelegt worden. Außerdem sind noch vier spätere Ausgaben bis zum Jahre 1540 bekannt. (Goedeke, a. a. O., S. 300.) Nach der letzten Ausgabe und nach Handschriften erschien eine neue in Bern (bei Jenni Sohn, 1836, 8.). Grüneisen gibt den ersten Druck.

Manuel's Stücke sind keine eigentlichen Dramen; das erste hat nur wenig, das zweite gar keine Handlung. Dasselbe ist nicht viel mehr als ein Fastnachtsaufzug, der sich wahrscheinlich zuerst durch verschiedene Straßen der Stadt bewegte. Die beiden Landleute, für die Bauernfastnacht die geeignetsten Personen, sind die Erklärer des Zugs, ihre Gespräche gleichsam die poetischen Texte zu dem lebenden Bilde; das Ganze ist den Darstellungen in Holzschnitt nicht unähnlich, welche unter dem Namen Passionale Christi et Antichristi Scenen aus dem Leben Jesu auf der einen Seite, aus dem eines Papstes auf der andern abbilden. Einer Bühne bedurfte es nicht, die offene Straße selbst ist der Schauplatz, und der Illusion, daß man sich in Rom befinde, kam das Costüm hinlänglich zu Hülfe.

Der poetische Werth der Dichtung liegt in dem lebendigen, für das Volk berechneten Vortrage und in der volksmäßigen Behandlung der Sprache, die, wenn auch nicht frei von Härte und Ungelenkigkeit, doch zum Herzen des Volks redet. Die Form ist ebenfalls schwerfällig, Reim und Versbau sind mangelhaft, aber alles ist von tüchtiger Gesinnung und fester religiöser Ueberzeugung durchdrungen, welche auf der Kenntniß der Quellen der evangelischen Wahrheit beruht.

So steht Manuel's kleines Fastnachtspiel nicht allein der Zeit seiner Entstehung, sondern auch seiner literargeschichtlichen Bedeutung nach füglich an der Spitze der von uns getroffenen Auswahl unter den Schauspielen des sechzehnten Jahrhunderts.

Ein Faßnacht schimpff, so zu Bern
vff der alten Faßnacht gebrucht ist jm xxij jar.
Nälich, wie vff einer syten der gassen, der einig
heiland der welt Jesus Christ, vnser lieber herr,
ist vff einem armē eßlin geritte, vff sinem
houpt die dörnin kron, by jm sine
jünger, die armen blinden
lamen, vnd mancher=
ley bresthaftigen.

Uff der anderen syten reyt b^r Babst im harnisch
vnd mit grossem kriegß züg, als härnach ver=
stäben wirt burch die sprüch, so die zween
puren geredet hand, Rübe Vogel=
näst, vnd Cläywe
Pflug.

(5 Bl. 8. Lezte Seite leer; auf der Stirnseite des fünften Blattes am Schlusse:)

End, Amen

Getrudt im britten tag Jenners
im Jar.

M. D. XXV.

Haupttitel des Drucks:

Ein Faßnacht spyl, so zu Bern vff
der herren Faßnacht in dem M. D. XXII.
jar von Burgers sünen offentlich gemacht ist,
darinn die warheyt in schimpffs wyß
vom Babst vñ siner priester-
schafft gemeldet würt.

(Holzschnitt.)

.

Item ein ander spyl, daselbs vff der
Alten Faßnacht barnach gemacht, anzey
genbe grossen vnberscheib zwüschen
bem Babst vñ Christum Je
sum vnserē säligmacher.

Vetter Rüde, was lebens ist nun vorhand?
mich dunkt, es sig aber neiwas nüws im land.
wer ist der gut, from biberman,
der da ein grauen rock treit an
und uf dem schlechten esel sitzt,   5
und treit ein kron von dörnen gespitzt?
er ist on zwifel ein trut biberman,
das sich ich im wol an sein angsicht an.
es ist kein hoffart in im nit,
sin hofgesind im des zügnus git,   10
die im nachgand, hinkend und kriechen,
die armen blinden und feldsiechen.
schou, was armer lüten gand im nach!
ich mein, das er nieman verschmach.
die armen stinkenden ellenden lüt,   15
si hand doch kein gelt und gend im gar nüt.
das ist doch eine ellende, unlustige schar,
und gand ouch so gar gotsjämerlich da har,

---

2 sig, sei. — neiwas, etwas. — 4 treit, trägt. — 8 sich, sehe. — 10 git, gibt. — 12 feldsiech, aussätzig. — 13 was, wieviel. — gand, geben. — 14 verschmach, verschmähe. — 16 gend, geben. — nüt, nichts.

der lam, der ander blind, der drit waßersüchtig,
und sitzt aber der gut man so herzlich, züchtig,   20
so ganz schemig und einfeltig uf dem tier.
lieber min etter Rüdi, wie gfallt er dir?
lieber etter, weistu wer er ist?
ach, so sag mirs ouch durch Jesum Christ!

Rüde Bogelnest.

Etter Cläwe, ich bekennen in vast wol,   25
darumb ichs dir ouch billichen sagen sol.
er ist unser höchster schatz und hort,
er ist des ewigen vaters wort,
das in dem anfang was bi Got,
do er alle ding beschaffen wot,   30
himmel und erden, tag und nacht;
on in ist ganz nüt gemacht,
noch das firmament, noch der erden klotz,
er ist der sun des lebendigen Gots;
es ist der süß, milt und recht demütig,   35
tröstlich, frölich, barmherzig und gütig
heilmacher der welt, herr Jesus Christ,
der am krüz für uns gestorben ist
in sinem dri und drißigsten alter,
unser schöpfer, erlöser und behalter,   40
ein künig aller künig, herr aller herren,
den ouch die kreft der himel eren.

Cläwe Pflug.

Verden plust willen, ist das der?
wenn er halb als hoffertig wer,
als unser kilchher und sin caplan,   45
so sähe er der betler keinen an.
was gemeint der alt glatzet fischer darmit,
das er so dapfer neben im daher trit,
und ouch die andern biderben lüt?
weist du ouch, was doch dasselb bedüt?   50

---

21 schemig, voller Scham, bescheiden. — 23 etter, Better. — 25 bekennen, erkennen. — 30 wot, wolt, wollte. — 33 klotz, Klumpen, Ball. — 43 Verden plust, blust, Betheuerungsformel, wie Potz plust, Gotts Blut. — 45 kilchher, Kirchherr, Pfarrer. — 47 glatzet, glatzköpfig.

Rüde Vogelneſt.

Der alt fiſcher das iſt ſant Peter.
der herr Jeſus hat keinen trumeter;
blind und lam ſind ſin trabanten,
und die in ein ſun Gottes erkanten,
das waren ſchlecht, einvaltig lüt;   55
die pfaffen ſchaßtend in gar nüt
und widerſtrebtend im alle zit.
ſo ſtraft er ſie umb iren git
und ander ſündlich wis und berben.
er kond nie eins mit inen werben;   60
darumb ſi in allwegen verſtießend
und zu leßt am krüz ermörden ließend.

Hie zwiſchen kam der babſt geritten in großem triumph, in harniſch mit großem kriegszüg zu roß und fuß, mit großen panern und fenlinen, von allerlei nationen lüt. Sin eid- 65 genoſſen gwarbi all in ſiner farb, trumeten, paſunen, trumen, pfifen, kartonen, ſchlangen, huren und buben, und was zum krieg gehört, richlich, hochprachtlich, als ob er der türkiſch keiſer wer. Do ſprach aber

Cläiwe Pflug.

Vetter Rüde, und wer iſt aber der groß keiſer,   70
der mit im bringt ſo vil kriegiſcher pfaffen und reiſer,
mit ſo großen, mechtigen hochen roſſen,
ſo mencherlei wilder, ſelßamer boſſen,
ſo vil multier mit gold, ſamet beziert,
und zwen ſpicherſchlüſſel im paner fiert?   75
das nimt mich fremd und mechtig wunder.
wärend nit ſo vil pfaffen darunder,
ſo meinte ich doch, es wärend Türken und heiden,
mit denen ſelßamen kappen und wilden kleiden,
der rot, der ſchwarz, der brun, der blau   80
und etlich ganz ſchier eſelgrau,
der wiß und ſchwarz in ägriſten wis,
und hand darneben ouch großen fliß,

---

58 git, Geiz, Habgier. — 71 reiſer, Reiſiger. — 73 boſſen, Poſſen. — 75 paner, Vanner, Panier. — fiert, führt. — 82 in ägriſten wis, wie eine Elſter.

das jeder ein besondre kappen hab,
der ein in lougsacks wis hinden ab, 85
der ander wie ein pfannenstil,
der drit groß holzschuch tragen wil,
rot hüt, schwarz hüt, und die flach, breit,
der drit zwen spiß am hut uf treit.
das sind doch warlich wild faßnacht butzen, 90
die sich doch so gar seltzamlich mutzen.
wie große richtum schint an disen herren!
ich glaub, es möcht all fürsten übermeren.
und warumb treit er dri hüpscher guldiner kronen?
das sag mir, das dir Got trülichen well lonen. 95

Rüde Vogelnest.

Das weiß ich ouch und kan dirs sagen.
man muß in uf den achslen tragen,
und wil darfür gehalten werden,
das er sig ein Got uf der erden.
darumb treit er der kronen dri, 100
das er über all herren si,
und sig ein stathalter Jesu Christ,
der uf dem esel geritten ist.

Cläiwe Pflug.

Das möcht wol ein hoffertig stathalter sin!
das lit heiter am tag und ist ougenschin. 105
das sind doch warlich zwo unglich personen:
des ewigen Gots sun treit ein dörne kronen
und ist der armut geliebt und hold;
so ist sins stathalters kronen gold,
und benügt sich dennoch nit daran, 110
er wil dri ob einandern han;
so ist Christus fridsam, demütig und mild,
so ist der babst triegsch, rumorisch und wild
und ritet da har so kriegsch und fri,
grad als ob er voller tüflen si; 115
die hand in ouch on allen zwifel besessen.
es rimt sich grad wie kochen und salz meßen

---

85 lougsack, Laugensack, Laugentuch, Aschenlaken. — 90 butz, Scheuche, Popanz. —
91 mutzen, putzen, auskleiben. — 93 übermeren, überbieten. — 95 well,
wolle. — 105 heiter, klar.

des babsts und demnach Christus exempel.
ich want, er sölte jetz ston im tempel
und predgen das evangelium fri   120
on alle eigenen sünd und alle triegeri.
so predgend jetz vast alle sine pfaffen,
wie sie sin und iren eignen nutz mögend schaffen.
sin nutz, sin er fürderet er alle stund,
die götlich er stoßet er zu grund,   125
so vil er mag und an im ist.
sie bruchend renk und alle list,
darmit man koufe vil ablaßbrief.
o, wäre der see nach so tief
und lägend sie darin am grund,   130
das wäre ein glückselig stund!
sie stond am kanzel jetz und liegend,
das sich ganze wend und bolwerk biegend.

Rüde Vogelnest.

Ja, sie predgend dik an gotsworts stat
ein märlin, das da gedichtet hat   135
ein altes wib, das bi der hechlen saß:
wie vorziten ein schüler was,
der fiel dri zän us der nasen.
der opferet sant Grix ein hasen,
zwei ristli werk, dri rümpfli harz,   140
ein feiste henn, die mußt sin schwarz,
mit gälen füßen und eim roten kammen,
und ouch von einer wyßen su ein hammen.
das trug er drimal umb den alter
und betet anderthalben psalter   145
und gab do dem kilchhern das hun zefreßen
und ließ im darzu sprechen drithalbe meßen
von sant Grix und siner götte,
und das mans eben lesen sötte

---

119 ich want, ich wähnte, meinte. — 134 dik, oft. — 139 sant Grix, Gregorius der Wunderthäter? — 140 ristli, riste, Reiste, ein kleines Bündel Flachs oder Werg. — werk, Werg. — rümpfli, Rumpf, Gefäß und Gemäß für Harz, vas ad resinam, Frisch, I, 136. — 142 gäl, gelb. — 143 hamme, Schinken. — 144 alter, Altar. — 148 götte, Gevatterin, Pathin, der erste Druck hat „sinem Götte". — 149 sötte, sollte.

funst nienen anders denn vorn im chor; 150
do stundend im die zän wider wie vor.
und also stoßend sie Gotswort under den bank
und predgend ir eigen tröum und gedank,
wie das si geschehen hie und dört;
eins hat er von siner muter gehört, 155
das ander in Esopo gelesen,
und ist also ein gouglerisch wesen.
das ist alles unser verstockten sünden schuld.
wir sind on allen zwifel nit in Gottes huld,
das er uns also lang hat laßen irren 160
und uns die klapperer so gar verwirren.

Cläwe Pflug.

Botz verden, angstiger, schwininer wunden,
wie hend uns die pfaffen geschaben und geschunden!
schou, etter Rüde, und hab acht,
was habend sie us unserem gelt gemacht, 165
das wir inen umb den ablaß gaben?
darmit versoldend sie die reisknaben
und hend groß büchsen laßen gießen.
das üch der donder müße schießen!

Rüde Vogelnest.

Botz verden, katigen, tredigen schweiß, 170
wie sind die leiben so glat und feiß,
wie hend wir die schelmen müßen mesten!
sie freßend und trinkend allweg des besten
und gebietend uns bi Gots ban
und wend uns ouch weder fleisch noch eier lan, 175
und freßend aber sie alles, das sie gelust,
rebhünli, gut feist kapunen und anders sust,
das bringt man inen uf roß und wägen.
das ins der tüfel müße gesegen!

Cläwe Pflug.

Ja, der brech inen ouch den hals ab! 180
ei, das ich inen je die guten guldin gab

---

150 nienen, niene, nirgend. — 157 gouglerisch, gauklerisch, betrüglich. —
161 klapperer, Plapperer, Schwätzer. — 163 hend, haben. — 167 reisknaben, reisiger Knecht. — 171 leib, Luder. — feiß, feist, fett. — 175 wend,
wollen. — 177 sust, sonst.

umb den ablaß und valschen betrug!
ich dacht vorhin, es wäre ein lug;
es bringt mir noch kummer und pin,
wir wend si lan des tüfels sin   185
und Christo, dem herren, hangen an,
der warhaft ist, nit liegen kan.
der ist allein die seligkeit,
zu gnad und ablaß stäts bereit.
wer im gloubt und tut vertrüwen   190
so dick, und in sin sünd gerüwen,
so wil er im barmherzigkeit erzeigen.
so spricht der bapst, Gots gnad sig sin eigen,
man muß es erst von im erkoufen
und all tag übern seckel loufen;   195
wer das nit glouben well,
der sig verdammt in die hell.
so gloub ich das und wil druf sterben,
sin ablaß mög mir kein gnad erwerben,
so mög mir ouch sin fluch nit schaden;   200
dann Christus hat uns selber glaben
zu dem himelischen nachtmal
in des öbristen künigs sal;
da lebt man wol, und gibt nieman nüts.
die ürten hat er selbs bezalt am krüz;   205
da werdend wir wie die fürsten leben,
ganz fri und umbsunst, geschenkt, vergeben.
welcher gloubt und glebt siner ler,
dem felt der herr Jesus nimmermer.

Rüde Vogelnest.

Ja, wenn ich sin gnad und huld mag han,   210
so gilt es mir glich, was lit mir dran.
Got geb, si tügend mich in ban oder ach,
da fragen ich denn ganz und gar nüt me nach,

---

185 lan, lassen. — 191 dick, oft, stets. — 205 ürte, irte, Zeche. — 208 glebt,
gelebt, nachlebt. — 209 felt, fehlt. — 212 tügend, thun, conj. praes. —
ach, für acht.

so ich denn ablaß in Jesu Christo wol mag han.
ich schiß in ablaß und wüste den ars an ban,   215
der allein umb gelt wirt erdacht,
von Rom uf einer hundshut bracht.
wenn si mich nun me beschißen,
so sönd sie mirs ouch verwissen.
des hab ich mich ganz eigenlich verwegen,   220
und sött es mich kosten min schwizer tegen.

---

215 wüste, wiste, wischte. — 219 sönd, sollen. — verwissen, abwischen. —
220 sich verwegen, sich vermessen, auf sich nehmen, sich fest vornehmen. —
221 tegen, Degen.

II.

Paul Rebhun.

Vorbemerkung.

Unter den Denkmälern altjüdischer Dichtkunst ist die an die Jugendzeit eines im Volke hochgefeierten Propheten anknüpfende Erzählung von einer unschuldig angeklagten, endlich aber durch Gottes Hand geretteten Frau eins der anziehendsten. Dieselbe gab den Dichtern des 16. Jahrhunderts einen willkommenen Stoff für die dramatische Behandlung. Sie bot bei klarer, durchsichtiger Anlage und natürlich fortschreitender Handlung eine Fülle dramatischer Momente in sich selbst dar und die erbauliche Absicht derselben entsprach vollkommen der Richtung der Zeit.

Luther hatte über die „Susanna" geurtheilt, sie sehe einem schönen geistlichen Gedichte gleich: „Denn die Namen lauten auch dazu. Als: Susanna heißet eine Rose; das ist: Ein schön fromm Land und Volk, oder armer Haufe unter den Dörnern. Daniel heißet ein Richter und so fortan. Ist alles leichtlich zu deuten auf eine Polizei oder frommen Haufen der Gläubigen, es sei um die Geschichte wie es kann." (Vorrede auf die Stücke Esther und Daniel). Einer solchen Empfehlung, die zugleich die christliche Nutzanwendung andeutete, hätte es bei dem innern Werth der Geschichte kaum bedurft. Ueberdies kam derselben zu statten, daß die so beliebte Form einer Gerichtsverhandlung hier den Mittelpunkt des Ganzen bildete. In der That haben schon ältere Dichter sich diesen Stoff mit Vorliebe angeeignet. Eine Bearbeitung aus dem 15. Jahrhundert wird in einer wiener Handschrift aufbewahrt; das 16. hat eine fast ununterbrochene Reihe dramatischer Bearbeitungen aufzuweisen. Im Jahre 1532 führte ein augsburger Schulmann, Sixt Birk, in der Mindern Stadt Basel „die History von der frommen, gottsförchtigen Frauwen Susanna" auf. Junge Bürger waren die Spielenden. Alles ging unter großer Erbauung des Volks vor sich. Der Proceß wurde nach allen Formen des hochnothpeinlichen Halsgerichts durchgeführt und endete mit der Steinigung der Ankläger. Zwölf Jahre später war das Stück noch beliebt und eine neue Aufführung fand auf dem Fischmarkte statt. Am Ende des Jahrhunderts (1593) wurde die „Susanna" des trefflichen Herzogs Heinrich Julius von Braunschweig zu Wolfenbüttel gedruckt.

Das „Geistliche Spiel von der Frau Susannen", welches wir unsern Lesern vorlegen, ist das bedeutendste nicht allein unter den Stücken dieser Art, sondern unter den dramatischen Dichtungen des Zeitalters überhaupt. Der Verfasser desselben ist Paul Rebhun. Von seinem Leben können wir kaum mehr als die äußern Umrisse geben. Einige Nachrichten nennen Plauen als seinen Geburtsort, andere lassen ihn, ohne Grund, aus Oesterreich stammen; wahrscheinlich war er ein Berliner. Gewiß ist, daß er in Wittenberg studirte, daß er Luther's Haus- und Tischgenosse war und Melanchthon nahe stand, welche beide sich ihm auch auf seinem spätern Lebenswege theilnehmend bewiesen. Nach der Vollendung seiner Studien kam er als Schulmeister nach Kahla, von wo er 1531 einem Rufe an die lateinische Schule zu Zwickau folgte. 1538 finden wir ihn als Lehrer und bald darauf als Prediger in Plauen. Luther's Empfehlung bei dem Kurfürsten Johann Friedrich verschaffte ihm endlich die Pfarre zu Oelsnitz und die Superintendentur im Amtsbezirk Voigtsberg. Hier ist er wahrscheinlich im Jahre 1546 gestorben.

Die Stellung, welche Rebhun zu der dramatischen Kunst überhaupt einnimmt, sowie die Anregung, die von ihm ausging, ist schon in der Einleitung gewürdigt worden; wir bemerken nur noch, daß er seine Behandlung der Versmaße auch theoretisch zu begründen suchte und zwar in einem nicht zum Druck gelangten Werke, welches, für seine Zeit gewiß ein kühnes Unternehmen, eine auf Luther's Schriften sich gründende deutsche Grammatik werden sollte.

Die „Susanna" wurde am Sonntage Invocavit 1535 zu Kahla, dem frühern Aufenthaltsorte des Verfassers, unter dessen Leitung „von etlichen burgern agiert und gespielet". Als dieselbe ein Jahr später im Druck erschien, sprach er sich in seiner Widmung an einen Freund und Gönner in jener Stadt über den Zweck seiner Arbeit dahin aus: „Er habe die Geschicht, oder, wie etliche achten, das geistlich Geticht in ein künstlich Spiel verfasset, um was lieblichs zu spielen, was auch Nutzen bringe." — „Es sei daraus viel guter Lehr zu nehmen, den Glauben zu stärken, das Kreuz zu tragen, Geduld zu haben, wie jede Frau ihre Ehre werthhalten soll, wie die Oberkeit sich halten soll in Rechten, was Herren, Frauen, Kind, Maiden und Knechten zugebührt." Aber dieser Absicht ist nicht, wie in den meisten Stücken der Zeit geschehen ist, die das einzelne allgemeinen didaktischen oder polemischen Zwecken dienstbar zu machen liebte, die Freiheit der poetischen Behandlung geopfert worden. Wir erkennen in dem Stücke die Hand des durch classische Studien gebildeten Mannes, den ein geläuterter Geschmack vor den Verirrungen der meisten seiner Zeitgenossen bewahrt. In der ursprünglichen Anlage der biblischen Geschichte sind freilich die Grundzüge für das Drama gegeben; zunächst eine in sich abgeschlossene einheitliche Handlung, die in natürlicher Bewegung zu Ende geht. Aber der Dichter hat es doch verstanden, die Haupthandlung in ihre einzelnen Momente zu zerlegen, indem er die Gliederung des classischen Dramas, auch äußerlich durch die Eintheilung in Acte und Scenen, auf dieselbe anwandte. Der Werth seiner Dichtung besteht jedoch auch darin, daß er, ungleich andern Bearbeitern dramatischer Stoffe, alle gewaltsamen poetischen Mittel verschmäht, daß die Haltung des Schauspiels der Zeit entspricht, welcher dasselbe angehört, und daß endlich in Bezug auf Zeit und Ort dem Zuschauer keine unmöglichen Illusionen zugemuthet werden.

Nur einzelnes hat der Verfasser aus eigener Erfindung hinzugethan. Im zweiten Act tritt eine arme Witwe auf, welche, wegen einer Schuld fälschlich verklagt, durch die bestochenen Richter, eben die Anstifter des über Susanna hereinbrechenden Unheils, verurtheilt wird. Eine andere tritt den zum Schauplatz ihrer Nichtswürdigkeit Eilenden in den Weg und bittet um Rechtshülfe, wird jedoch unbarmherzig abgewiesen. Durch diese an sich überflüssige Erweiterung wird dem lehrhaften Momente ein Zugeständniß gemacht. Nach Rebhun's ausdrücklicher Bemerkung sind die eingelegten Scenen bestimmt, die Ungerechtigkeit der Richter in recht helles Licht zu stellen. Zugleich war aber hier ein Mittel gegeben, die Wirkung des Schlusses zu verstärken. Die gekränkten Weiber treten nach der Verurtheilung der alten Sünder noch einmal auf die Bühne, um dieselben zur Erbauung der Zuschauer mit gerechtem Vorwurf und Hohn zu überschütten. Daß auch die Angehörigen der Susanna, Aeltern, Schwester, Mann und Kinder, sammt dem Hausgesinde eingeführt werden, ergab sich aus der Geschichte ohne Zwang; zugleich aber war dem Dichter dadurch Gelegenheit geboten, in einem hübschen Bilde das Hausleben der schwergeprüften Familie zum erbaulichen Exempel zu schildern.

Endlich läßt sich nicht verkennen, daß hier wenigstens ein An-

auf zur Charakteristik der handelnden Personen genommen ist, und
das Urtheil wird gerechtfertigt erscheinen, daß hier zum ersten male
in der Geschichte der deutschen dramatischen Literatur ein Stück
auftritt, welches dem Begriffe des Kunstdramas sich nähert. Die
Sprache ist im ganzen gebildet und gewandt, der Dialog bewegt sich in
natürlichem Fluß. Doch wollen wir auch die Mängel nicht verschwei-
gen. Schon früher haben wir bemerkt, daß wir in der Nachahmung antiker Versmaße einen wirklichen Vortheil für das deutsche
Schauspiel nicht zu erblicken vermögen. Ueberdies hat sich der
Verfasser seine Arbeit durch etwas nach meistersängerischer Kunst
schmeckende Mittel erleichtert. Dahin gehört die Verschleifung des
unbetonten e oder die Hinzufügung eines solchen am Ende, um
weibliche Reime in männliche oder männliche in weibliche zu verwandeln.

Dem ersten Druck, welcher hier mitgetheilt wird, folgte schon
im folgenden Jahre ein Nachdruck (Wittenberg 1537). Darauf
veranstaltete Rebhun eine neue, „gemehrte und gebesserte" Ausgabe, welche 1544 in demselben Verlage erschien. Auch wurde
die Aufführung in Oelsnitz wiederholt; mehrere andere folgten noch
in spätern Zeiten an andern Orten.

Ein zweites Schauspiel: „Ein Hochzeit Spiel auff die Hochzeit
zu Cana Galileae gestellet" (1546), ist viel schwächer als das erste.
Den Stoff mußte Rebhun zum größten Theil selbst erfinden. So
gehen demselben die Hauptvorzüge ab, die wir an der „Susanna"
zu rühmen haben, und es erhebt sich wenig über andere Behand-
lungen biblischer Stoffe. Dasselbe erlebte jedoch ebenfalls wieder-
holte Auflagen; eine Aufführung scheint es nicht erlebt zu haben.
Zwei geistliche Lieder Rebhun's stehen in „Bergkreyen": Auff zwo
stimmen componirt ꝛc. Gedruckt zu Nürnberg, durch Johann vom
Berg und Ulrich Newber. Anno M. D. LI.

Wegen seiner übrigen Schriften verweisen wir auf Goedeke's
„Grundriß", S. 307, und zu weiterer Belehrung auf Her-
mann-Palm's neue Ausgabe: „Paul Rebhun's Dramen" (Stuttgart 1859), in der „Bibliothek des literarischen Vereins in Stuttgart", XLIX.

Ein Geiſtlich ſpiel vō

der Gotfurchtigen vñ keuſch

en Frawen Suſannen, gantz luſtig

vnd fruchtbarlich zu leſen.

(Holzſchnitt.)

(42 Bl. 4; am Schluſſe:)

Gedruckt ÿn der Churfürſtlichen Stadt Zwickaw durch
Wolffgang Meyerpeck. M. D. XXXVI.

Vorrede diß spils.

Ir herren hochs und nidrigs stands zu gleiche,
alt oder jung, gewaltig, arm und reiche!
so jemand sich verwundert und gedächte,
was ich daher mit den personen brächte,
dem wil ich des bericht von stund an geben;   5
darůmb schweigt still und merkt auf mein wort eben.
sant Paulus gibt uns alln ein gmeine lere,
das jedermann sein tun und fleiß hin kere,
auf das er seinem nechsten müg gefallen,
zum guten und zur beßerung in allem;   10
demnach so seind auch wir itzund im willen,
zu gfallen euch was lieblichs hie zu spilen.
weil aber solchs auch nutz mit sich sol bringen,
so woll wir itzt von leichtfertigen dingen
nicht handeln, sonder habn für uns genummen   15
ein sach, aus der, wir hoffen, auch müg kummen
viel nutz und beßerung beid fraun und mannen,
als nemlich die geschicht der frau Susannen,
welch, wie euch wol eins teils ist offenbare,
unschuldig zu dem tod verdammet ware,   20
und doch sie Got ließ wider lebig zelen
mit wunder durch den knaben Danielen,

wie ir dann nach der leng jetzt werdt vermerken;
daraus viel guter ler, den glaubn zu sterken,
das kreuz zu tragn, gedult zu habn und mere,　　　　　25
wie jede frau sol halten wert ir ere,
wie öberkeit sich halten sol im rechten,
was zugebürt herrn, fraun, kind, meidn und knechten,
man nemen mag; drumb laßt euch nicht beschweren,
das spil mit fleiß und gneigtem willn zu hören.　　　　　30
das aber ir die sach mügt baß erkennen,
sol diser knab euch all person hernennen,
und auch den inhalt dises spils daneben
sol er aufs kürzt euch zu verstehen geben.

Argument oder Inhalt.

Susann, das from und keusche weib,
mit irer schön und zartem leib
die richter beid entzundet hat,
doch on ir wißen, willn und tat.
im garten sie ir stellen nach,　　　　　5
ir lust zu büßen ist in gach,
da sie ir meid von sich leßt gehn;
irs willns sie in nicht wil gestehn.
das bringt ir große angst und not,
mit grim sie drohen ir den tot;　　　　　10
ein zetergschrei sie machen schwind,
des ser erschrickt das hausgesind;
für gricht mit gwalt sies laßen holn,
beid er und lebn ir nemen wolln.
ir herr Joachim und ir kind,　　　　　15
ir vater, muter, schwester, gsind
mit ir mit weinen kummen dar.
die richter zeugen offenbar,
wie sie ein ehebruch hab verbracht.
die herrn verdammens on bedacht,　　　　　20

---

2 schön, schöne, Schönheit. — 6 ist in gach, eilen sie, streben sie begierig. —
8 Ihren willen will sie ihnen nicht zugestehen, nicht erfüllen. — 11 schwind, geschwind. — 12 des, deshalb, darüber. — 13 gricht, Gericht. — 17 dar, daher. —
19 verbracht, vollbracht.

den sträfern wird befelch getan,
das sie versteint werd auf dem plan;
da kümt ihr Got zu hülfe schnell,
erlöst sie durch den Daniel.
die richter werdn an irer stat   25
gestraft umb ire missetat.
die witwen auch gerochen werdn,
der ein gschach gwalt vom reichen herrn,
der andern ward der schutz versagt,
das sie Got, irem Herrn, geklagt;   30
die richter müßens glag bezaln.
Joachim mit den seinen alln
sich freut und jubilieret Got,
das er Susann errett vom tot.

---

21 befelch, von befelhen, org. Form, Befehl. — 22 versteinen, steinigen. — 31 glag, gelag, Zeche.

Unterredner diß spils.

Resatha, } die zwen richter.
Ichabot,

Simeon,
Gamaliel, } die vier eltisten oder ratsgenoßen.
Zacharias,
Nahor,

Daniel, der prophetisch knab.

Susanna, die keusche frau.

Joachim, } } man,
Helchias, } } vater,
Elisabet, } } mutter,
Rebecca, } der Susannen } schwester,
Beniamin, } } sönlein,
Jahel, } } töchterlein,
Sara, } } erste meid,
Dabira, } } andere meid.

Balbam, der reiche bürger.

Olympa, } zwo witwen.
Ruth,

Abbi, } } erster,
Gorgias, } des Joachims } anderer,
Samri, } } dritter knecht.

Abed, } die zwen schergen.
Giezi,

Actus primi scena prima.

Resatha. Jchabot.

Resatha.

Ein guten tag euch Got woll geben!

Jchabot.

Und euch vil guter jar daneben!

Resatha.

Wie sol ich das von euch verstehen,
das ir so traurig itzt tut sehen
und euren Kopf laßt niber hangen,   5
als het euch unglück übergangen?
ist euch was böses widerfaren,
so wolt mir auch das offenbaren.
obr seind euch sonst so schwere sachen
itzt kumen für, bie euch so machen   10
bekümert und so gar erschlagen,
wolt mir bie selben auch fürtragen.
villeicht ich etwo rat möcht finden
und euch des kümmernus entbinden.

Jchabot.

Die ding, so mich jetzt traurig machen,   15
seind nicht der gleichen richtersachen,
wie für uns kumen von der gmeine;
dann dise sach mich trifft alleine
und mich derhalb dest mer tut plagen,
das ich sie niemands wol darf klagen,   20

---

6 Als wäre Unglück über euch gekommen. — 11 erschlagen, niedergeschlagen. — 13 etwo, irgendwo. — 14 kümernus n., die Kümmerniß, Sorge.

noch mich zu jemands des vorsehen,
das er des orts mir bei werd stehen
und helfen mein betrübnus wenden,
das mir ist itzund under henden.

Resatha.

Wer weiß, was euch möcht widerfaren,   25
wenn ir mir das tet offenbaren!
ich trag auch selbs in meinem herzen
ein heimlichen, verborgnen schmerzen.
wenn ir mir nu eur not tet sagen,
wolt ich auch euch von meiner klagen   30
und eures rats darüber pflegen;
dann stets ein ander mir kan geben
ein beßern rat und mer ersehen,
denn ich het selber möcht verstehen;
drumb laßt uns einr dem andern sagen,   35
was jeder tut im herzen tragen.
ists sach, daß dann ist solche note,
die keiner mit seim guten rate
dem andern kan und weiß zu wenden,
so woll wir dann mit gleichen henden   40
die bürde unsers leibes tragen
und mit einander mitleidn haben.

Ichabot.

Weil das dann ja ist eur begeren,
euch mein anligen zu verkleren,
wil ich eurn rat auch nicht ausschlagen   45
und euch mein not on scheu aufsagen;
doch wißt zuvor, in solcher maßen,
das irs bei euch wolt bleiben laßen.

Resatha.

Ir dorft deßfals kein sorg nicht tragen.
tut mir eur not nur künlich sagen.   50
ja, wenn ir tet im ehebruch ligen,
sols doch bei mir wol bleibn verschwigen.

---

21 vorsehen, versehen. — 32 dann, denn. — 37 daß, das es. — 44 verkleren, erklären. — 46 aufsagen, erzählen.

Jchabot.

Habt freundlich dank der lieb und treue,
wil wider schaun', das euch nicht reue.
wolan, ich wils euch offenbaren: 55
ir habt on zweifel wol erfaren,
nachdem in Jochems haus wir haben
zuweilen klag und sach vertragen,
die uns daselbst für bringt die gmeine,
wie wir habn gsehen oft alleine   60
Susann in irem schmuck und zieren
im garten hin und her spazieren;
die weil ich nu darauf geachtet
und iren zarten leib betrachtet,
so hat sie mir mein herz besessen,   65
das ich ir schlechts nicht kan vergeßen.
ich siß odr steh, ich schlaf odr wache,
ich eß odr trink, odr was ich mache,
ich siß zu gricht, odr geh von dannen,
so denk ich an die frau Susannen.   70
vor irer lieb kein ru nicht habe,
zu tisch, zu bett, bei nacht noch tage;
all meine sinn seind mir verrucket
und in irn zarten leib verzucket;
mein herz das schmilzt mir ißt zusammen,   75
als leg es mitten in der flammen.
von solcher flamm und großer brunste
mir steiget under augn die dunste,
das, wenn ich sol die warheit jehen,
ich schier kan weder hörn noch sehen.   80
das ists, das mich so ser tut nagen,
davon ich niemals hab dörft klagen.
die weil ir aber habt begeret,
das ich euch meine not verkleret,
hab ich sie euch nicht wolln verhalten,   85
als meinem lieben herrn und alten.
so ir nu durch eur kluge sinnen
mir hülf und rat kunt gebn hierinnen,

---

66 schlechts nicht, durchaus nicht. — 78 Dunste, kom., der Dunst. — 79 jehen, sagen, gestehen.

wie ich mit fug nach meinem willen
der liebe brunſt bei ir möcht ſtillen, 90
ſo helfet mir zu diſer farte,
die weil ich werd gequelt ſo harte;
dann mir mein brunſt nicht wird geſtillet,
ich habe dann mein willn erfüllet.
mein will abr der iſt, und kein ander, 95
nur, das ich mit Suſann ſelbander
der liebe ſpil mit luſt ſoll pflegen.
wo das nicht gſchicht, kan ich nicht leben.

Reſatha.

Wiewol ich auch in meinem herzen
itzunder trag ein großen ſchmerzen, 100
doch iſts mir nicht ein kleine freude,
das ich nicht trag allein ſölch leide,
dazu meins leibs hab ſölchen gſellen,
wie ich in ſelbs hett wünſchen ſöllen.
drumb das euch auch nu werd entdecket, 105
was heimlichs in meim herzen ſtecket,
ſo wißet, das in dem ſpitale
auch ich lig krank und leid groß quale,
davon ir mir itz habt geklaget,
das ir darin ſeit hart geplaget; 110
dann auch Suſann, das zarte weibe,
hat mir entzundt mein herz im leibe,
mit irer lieb ſo gar umbgeben,
das mich ganz dunkt, ich künn nicht leben,
wo ich ſie teglich nicht ſolt ſehen 115
und etwo nahend umb ſie gehen.
als oft wir da ein ſach ſolln richten,
ſo tut mein herz nicht anders tichten,
denn nur wie mir wurd raum gegeben,
mit ir der liebe ſpil zu pflegen. 120

Jchabot.

Ei, lieber herr, was hör ich ſagen?
wo dem ſo wer, wolt ich nicht klagen;

---

91 zu diſer farte, diesmal, jetzt. — 117 als oft, ſo oft als.

dann ob man gmeinklich wol tut sagen,
wenn an eim bein zwen Hunde nagen,
das sie nicht frid beisamen halten, 125
besonder drüber sich zweispalten,
so hoff ich da doch nicht der maßen,
das wir uns werdn zerteilen laßen;
zu voraus, weil in diser sache
ein jeder ist allein zu schwache, 130
die auszufürn nach seim begeren.
so hoff ich, ir werdt euch nicht bschweren,
mit mir zugleich zu hebn am wagen,
das wir in aus der pfützen tragen
und dise sach zum ende füren. 135

Resatha.

Nicht anders ir an mir solt spüren.
so vil ich kan mit wort und taten
zu diser sach uns helfen raten,
solt ir mich unverdroßen finden.
wenn wir nur etwas schaffen künden! 140
denn ir das selber wißt und sehet,
wie es umb frau Susannen stehet.
sie ist ein frum, gotfurchtig weibe,
kein unzucht ist in irem leibe;
irn man sie helt in allen eren, 145
tut sich von seiner lieb nicht keren,
auf er und tugnt sie zeucht ir kinde,
dazu ir ganzes hausgesinde;
vol erbarkeit seind all ir sitten.
drumb hab ich sorg, wenn wirs gleich bitten 150
und ir annuten unsern willen,
sie werd uns disen nicht erfüllen.

Jchabot.

Die selbig sorg mich auch anfichtet,
es sei mit güt nichts ausgerichtet.
drumb müßen wir uns unterstehen 155
einr andern hinderlist und sehen,

---

126 Besonder, sondern. — zweispalten, entzweien.

ob wir durch unser gwalt sie biegen
und unsern willen möchten krigen.
wie rat ir aber, wann das were,
zu tun, das uns nicht brecht gefere?   160

Resatha.

Da dörft wir zu wol kluger sinnen,
das wir uns sehen für hierinnen;
dann so wir da die schanz versehen,
wurd es mit uns sehr übel stehen.
vor allem aber wer am besten,   165
das wir die zeit und stunde westen,
wenn gar allein sie etwo were;
so hett es nicht so groß gefere.

Ichabot.

Da weiß ich zwar ein rat zu geben;
ich hab darauf gemerket eben: 170
gemeintlich wenn warm scheint die sunne,
so gehts im garten zu dem brunne
und badet sich alda alleine;
der meid bei ir sie leßet keine.
drumb acht ich das nicht unbequeme,   175
das wir der warmen tag geremen
und uns zu weil verbergn im garten
und heimlich irer zukunft warten.
villeicht uns irgnt ein mal wirt bscheret,
was unsers herzens lust begeret.   180

Resatha.

Eur rat der gfelt mir aus der maßen;
drumb ichs dabei auch bleibn wil laßen,
und sol also darauf beruen;
wie ir geredt, so wolln wir tuen.

---

160 gefere, Gefahr. — 161 Dazu bedürften wir. — 163 Wenn wir nicht sehr
vorsichtig (in unserm Spiel) sind. — 166 westen, wüßten. — 169 zwar, zware,
fürwahr. — 172 gehts, geht sie. — 176 geremen, mit Genitiv der Sache, auf
etwas zielen, aufs Korn nehmen, wahrnehmen. — 178 zukunft, Ankunft.

Ichabot.

Got geb, das nur ein warmer tage
bald kum, sonst ich kein ru nicht habe!   185

Resatha.

Das wetter zwar sich fein tut schicken.

Ichabot.

Wolt Got, das uns solt heut gelücken!

Resatha.

Wir wolln zu ir ins haus itzt gehen,
das wirs doch nur die weil mögn sehen.   190
ei secht, ich halt, ir herr wöll wandern,
o glück, schick dich auch mit dem andern!

Actus primi scena secunda.

Joachim.   Abdi.   Ichabot.   Resatha.   Susanna.   Beniamin.   Jahel.

Joachim.

Knecht Abdi, mach dich auf mit mir,
zu gehn ein meil drei oder vier!

Abdi.

Ja, herr, es sol kein saumnus han;   195
ich wil mich rüsten auf die ban
von stund und euch geleiten recht,
wie zugezimt eim treuen knecht.

Ichabot.

Her Jochem, wo sol das hin sein?
wolt ir eur hausfraun lan allein?   200

---

191 secht, seht. — halten, dafür halten, glauben. — 195 saumnus, Versäumniß, Verzögerung.

Joachim.

Ich hab ein gscheft zu richten aus.
liebn herrn, secht auch mit auf mein haus,
wenn ir pflegt aus und ein zu gehn,
das mir nicht unfal möcht zustehn.

Resatha.

Wir wolln euchs gern zu gfallen sein   205
und schaun, das niemd nichts trag herein.
werdt ir nicht widerkumen bald?

Joachim.

Ich weiß nicht, wies noch hat ein gstalt.

Susanna.

Ach, herr, wo denkt ir aber aus,
das ir wolt ziehen aus dem haus   210
und mich in trauren sitzen lan?
dann ich kein freud im herzen han,
wo ir nicht nahend seit umb mich,
und ich euch teglich hör und sich.

Joachim.

Wie kem das, liebe fraue mein,   215
das ir darumb solt traurig sein
und habn kein freud, denn wo ich bin
bei euch? trag ichs doch nicht mit hin.

Susanna.

Ja, herr, mein freud fast alle gar
nemt ir mit euch, sag ich fürwar,   220
dann ja nach Got, dem herrn, ist mir
kein lieber ding auf erd, denn ir,
so gar, das, wo ir von mir seit,
so ists mein gröstes herzenleid;
dann eur ich sorg hab alle zeit,   225
das euch nicht widerfar ein leid.

---

206 niemd, niemand.

drumb bitt ich, so es sache wer,
das euch zu bleibn brecht kein gefer,
wollt dises wandern laßen stehn,
das ich sölchs leids müg müßig gehn.   230

Joachim.

Nicht achts dafür, o fraue mein,
das mir mit wandern wol kan sein,
so das ich mich on nötig sach
zu wandern auf den wege mach;
dann wo die sach nicht wer darnach,   235
wer mir zu wandern nicht so gach;
weil aber ichs nicht kan umbgehn,
so wollet des zufriden stehn.

Susanna.

Die weils dann ja nicht anders kan
gesein, und müßet schlechts daran,   240
so bitt ich, trauter herre mein,
wolt ja zu lang nicht außen sein.

Joachim.

Umb das bitt nicht, o fraue mein,
ich wil des sonst geflißen sein.

Susanna.

Ihr kinder, kumt zum vater vor;   245
er wil itz wandern aus zum tor.
bitt in, das er bald widerker
und euch was schöns mit im bring her.

Beniamin.

Lieb vater, kumt herwider schier
und bringt auch etwas schönes mir.   250

Jahel.

Mie auch, mie auch, lieb vate mein,
bingt was, das gulden ist und fein.

Joachim.

Ja, lieben kinder, seit nur frum,
so wil ich, wenn ich wider kum,

euch etwas schönes bringen mit.   255
secht, das ir Got auch für mich bitt,
auf das ich gsund herwider kum.

Beniamin.

Wir wollen alle sein sein frum.

Joachim.

Nu spar euch Got gesund und frisch,
ich wil herwider kumen risch;   260
wolt guter ding die weilen sein,
ir solt nicht bleiben lang allein.
und euch, ir herrn, gesegn auch Got.

Ichabot.

Wolan, Got bhut euch frü und spat!

Susanna.

Got helf euch gsund herwider schier,   265
das ir mit freuden kumt zu mir.

Rejatha.

Got geb, das er ein jar ausbleib,
wenn uns nur wurd zu teil sein weib!

Chorus primus.

Frau Venus, groß ist dein gewalt
bei allen menschenkinden;   270
vor dir bleibt weder jung noch alt,
du bringst ir vil zu sünden;
mit scharfen pfeiln dein blindes kind
durchdringt der menschen herzen schwind
und nimt sie gar gefangen.   275
wer da ein mal die schanz versicht
und erstlich im nicht widersicht,
an dir muß er behangen, an dir rc.

Wie wol nu junge leut gemein
durch dich vil werdn betrogen,   280

─────────────

260 risch, rasch, schnell, bald. — 274 schwind, geschwind. — 277 erstlich, im Anfang.

so werdn doch oft an deinen rein
auch alte narrn gezogen,
durch deine netz darnider- gsellt,
das sie kein erbarkeit aufhelt
von sünden noch von schanden.   285
so bringst auch sonst die all zu spot
vor aller welt und auch vor Got,
so stecken in dein banden, so stecken ꝛc.

Proportio.

Dagegen aber jung und alt,
so deiner sich erweren   290
und widerstehn mit ernst und gwalt,
die kumen recht zu eren,
als die vermeiden deine band
und gebn sich in ehlichen stand
und tun daraus nicht schreiten,   295
einander halten lieb und wert,
die werden auch von Got geert
und hie von allen leuten, und hie von ꝛc.

Denn was kan edlers sein auf ert,
denn so sich ehleut halten   300
gegnander allzeit lieb und wert
und laßen sich nicht spalten
durch unfal oder fremde lieb,
noch klafferei und bös getrib
das ehlich band zureißen!   305
sölch lieb kumt nicht von Venus her,
sant Paul gepeuts in seiner ler;
darumb wirs billich preisen, darumb ꝛc.

---

281 rei, reie, Tanz. — 304 klafferei, Verleumdung. — getrib, Verfol-
gung. — 305 zureißen, zerreißen. — 307 gepeuts, gebeut, gebietet es.

Actus secundi scena prima.

Haec scena cum sequenti extra argumentum admixta est, ad depingendam
iudicum iniquitatem.

Baldam.

Hab iz abermal besehen,
wie mein korn im feld tut stehen;
wil mir noch nicht wol behagen;
dann die andern acker tragen
neben meim vil schöner treide,   5
welchs mir ist ein großes leide;
sonderlich so hat mein nacber
nechst bei mir den besten acker,
das ich zwar im ganzen felde
keinen lieber haben wölde;   10
drumb ichs auch oft fürgenumen,
wie ich möcht darhinder kumen,
mannich practik auch ertichtet,
aber noch nichts ausgerichtet,
noch den acker kund erheben,   15
weil mein nacber war im leben;
nu er aber ist verschiden,
wil ich noch nicht sein zufriden,
biß ich in zu mir mög bringen
und darab die witwe bringen;   20
das ichs aber enden müge,
wil ich brauchen dise lüge,
wie ich hab zur zeit mein nacber
geld gelihen auf den acker,
weiland er noch war im leben,   25
welchs er mir nicht widergeben.
drumb ich sie wil iz verklagen,
das sie muß die schuld abtragen.
wenn sies dann nu nicht am gelde
haben wirt, so wirts ir selbe   30

---

5 treibe, Getreide. — 7. nacber, für Nachbar. — 15 erheben, erhalten,
erlangen. — 25 Einst, als er noch am Leben war.

müßen an der schuld mir geben;
so hoff ich, wöll ichs erheben.
wann sie schon wirt vil wolln klagen
und zu diser schuld nein sagen,
wil ich wol so vil verschaffen   35
bei den richtern, das ir klaffen
nicht sol werden angenumen;
dann ich itz zuvor wil kumen
und mit einem gschenk sie schmiren,
das sie mir mein sach ausfüren,   40
dann sie mir auch sonst gewegen;
drumb ichs leichtlich wil erregen,
das sie es nicht laßen feilen
und mir zu den acker teilen.
zwar wenn ich nur itzund wüste,   45
wo ichs etwo suchen müste,
wolt ich bald zu in mich machen
und verkleren in mein sachen.
sonst ich zwar hab oft vernumen,
das in Jochems haus sie kumen   50
und gericht zu halten pflegen,
weils in ist daselbst gelegen;
drumb ich itzt auch hin wil gehen
und mich bald nach in umbsehen,
ob ichs da antreffen kunde   55
und sie beid beinander funde.
zwar, so ich itz recht tu sehen,
dunkt mich, wie die statknecht stehen
beid beisamen vor der türe;
dran ich nu wol hab zu spüren,   60
das die richter nicht seind weite.
harr, ich kum zu rechter zeite;
dann ich sichs beim tische stehen,
hoff, mein sach soll itzt fortgehen.

41 gewegen, auf jemandes Seite sich neigen, gewogen sein. — 43 feilen, fehlen. — 62 harr, warte. — 63 sichs, sehe sie.

Actus secundi scena secunda.

Ichabot. Baldam. Resatha. Abed. Olympa.

Ichabot.

Ich wil itzt ein wenig sehen,   65
wies daheim im haus tut stehen;
dann ich halt nicht, das vil sachen
heut uns werdn zu schicken machen.
aber secht, ich bin betrogen,
dann her Baldam kumt gezogen!   70
acht, er werd uns etwas klagen,
muß vor hörn was er wirt sagen.

Baldam.

Geb euch Got ein guten tage!

Resatha.

Herr, habt dank! was ist eur klage,
oder was tut ir begeren?   75
sitzt herzu und laßts uns hören.

Baldam.

Weisen hern, das ist die sache,
das ich nicht vil umbschweif mache:
eine witwe in der gaßen,
welche nechst ir man verlaßen,   80
sol mir von irs mannes wegen
zehen gulden schuld ablegen,
welch ich im an barem gelde
auf ein acker daust im felde
glihen hab bei seinem leben,   85
die mir noch nicht widergeben,
und so vil ich dran kan spüren,
wirt auch sie mich wolln umbfüren

---

68 zu schicken, zu schaffen. — 72 vor, zuvor, vorher. — 80 nechst, neulich, kürzlich. — 82 ablegen, erlegen, bezahlen. — 84 daust, wie dauß, daußen, da außen, braußen. — 88 umbfüren, hinhalten.

und jer klagn ir unvermügen.
aber mir gschicht nicht genügen,   90
wenn ich drumb meins glihen gelde
irenthalbn entberen sölde;
drumb die weils ja nicht vermage,
das sie mir mit gelo abtrage
solche schuld, jo bitt ich jere   95
euch, wolt mich des ist geweren
und durch eure richters gwalten
dise witwen darzu halten,
das sie mir für solches gelde
jolgen laß irn ackr im jelde;   100
drauf ich ir hin aus wil geben,
was da billich ist und eben.
wil von euch auch, lieben heren,
solches nicht umbjonst begeren,
jonder mich erzeign der maßen   105
mit eim gjchenk, welchs ich wil laßen
bringen euch; jol euch nicht reuen,
steht mir ist nur bei mit treuen.

Nejatha.

Weil ir jolchs von uns begeret,
jolt ir des wol jein geweret;   110
dann zu tun nach eurm begeren,
jol uns keine jach nicht bjchweren;
bald wir sie wolln heischen laßen,
weil sie wont in diser gaßen.
Abed, heiß Olympa kumen,   115
dann wir habn ein jach vernumen,
drauf sie jol ir antwort geben.

Abed.

Herr, ich wils ausrichten eben.
frau Olymp, zu euch mich jenden
meine herrn, ir jolt behende   120
ist bei in vor grichte stehen;
was ir jolt, werdt ir wol jehen.

---

113 heischen, vorfordern.

Olympa.

Ja, ich wil von stund an kumen,
ob ich wol nicht hab vernumen,
das mich jemands hab verklaget.   1:

Abed.

So vil habn sie mir gesaget.

Olympa.

Grüß euch Got, ir weisen heren.
warzu tut ir mein begeren?

Resatha.

Frau Olymp, für uns ist kumen
Baldam, den wir habn vernumen,   13
wie eur man an barem gelde
auf eim acker daust im felde
hab von im auf borg genumen
zehen gülden zu seim frumen,
dran er noch nichts hab empfangen,   13!
welchs in etwas tut verlangen,
und darumb sich her gefunden,
das ir im zu diser stunden
solche schuld bezalen wollet,
wie ir dann von recht tun sollet.   140

Olympa.

Das wer mir, liebn herrn, zu schwere,
das ich so vil schuldig were;
hoff, ir werdts auch nicht begeren,
das man mich on not sol bschweren;
dann ich weiß von keinen schulden,   145
noch von acht, noch zehen gulden,
noch von sechsen, noch von siben,
die mein man wer schuldig bliben,
noch das auf den ackr im felde
im wer glihen wordn ein gelde;   150
drumb ich euch wil habn gepeten,
wolt mein unschuld treulich retten!

Ichabot.

Als ich hör, wolt ir nichts gstehen.
nein, es muß nicht so zugehen,
dann her Baldam ist der eren,   155
das er solchs nicht würd begeren,
wo ers nicht hett recht und fuge.
difes hab wir kundschaft gnuge;
drumb laßt ab von eurem klagen
und tut schnell, was wir euch sagen.   160
habt irs aber nicht an gelde,
so verlaßt im dran eur felde.
was es teurer ist am kaufe,
sol er euch bezaln mit haufe.

Olympa.

Herr Got, sol ich dann entrichten,   165
des ich gnoßen hab mit nichten,
muß es Got im himl erbarmen,
das ir so bezwingt mich armen!
all mein narung ist gestanden
auf dem kleinen ackerlande;   170
so ir mirs nu tut entwenden,
weiß ich mich mit meinen henden
und mein kinder nicht zu neren,
noch des hungers uns erweren.

Refatha.

Da hilft für kein weinn, noch klagen,   175
Baldam wil sein geld auch haben;
drumb, her Baldam, tut der maßen,
iren acker sols euch laßen;
drauf so wolt ir geld aufgeben,
was da billich ist und eben.   180

Baldam.

Weise, günstig liebe heren,
eurem urteil folg ich geren,

---

162 Ueberlaßt ihm dafür euer Feld. — 164 mit haufe, zu haufe, alles zusammen.

wil mich auch so laßen schlichten
und das übrig geld entrichten.

Sympa.

Aber mir geschicht gewalte,   185
sag ich frei für jung und alte.
drumb, o herr, der du verheißen,
das der witwen und der weisen
du wilt vater sein und neren,
wollest dich zu mir her keren   190
und das urteil selber rechen,
das man über mir tut sprechen!

Jchabot.

Halt eur maul, und laßt sölch klagen,
sonst man euch würd anders sagen.

Actus secundi scena tertia.

Beniamin. Susanna. Jahel. Dabira. Sara.

Beniamin.

O liebe muter, was hab ich vernumen?   195
ich war on gfer ißt in die küchen kumen,
nicht weiß ich, was ich drinnen hatt zu suchen,
da hört ich unsre meid, o greulich, fluchen;
sie wird nicht Got, den herrn, vor augen haben,
wie ir uns nechten tett im bette sagen,   200
das wir Got fürchten solln und allzeit eren
und hüten uns vor fluchen und vor schweren.
ei, wirt ir dann auch Got die sünde schenken?

Susanna.

Nein, liebes kind, er wirts ir wol gedenken.
secht nur, das ir nicht auch der maßen handelt,   205
noch in des teufels weg und sünden wandelt,

---

186 für, vor. — 196 on gfer, zufällig. — 203 schenken, erlassen, vergeben.

dann Got gedroet hat alln bösen kinden,
das er sie strafen wöll, als oft sie sünden;
so aber sie nach seinem willen leben,
so wil er endlich in den himel geben. 210

Jahel.

Lieb mute, werd ich auch in himel tumen?

Susanna.

Ja, liebes kind, sei frum, so wirst drein tumen.
ir meide, secht und räumt fein auf im hause
und kert den unflat allen fein hinause,
das, wenn der herre kümt, ers sauber finde 215
und sech, das er nicht hab ein faul gesinde.

Dabira.

Ja liebe frau, wir wollens nicht vergeßen
und räumen auf, als bald wir haben geßen.

Sara.

Wann meint ir, das der herr werd wider kumen?

Susanna.

Ich habs nicht eigentlich von im vernumen. 220
räumt immer auf und laßts an euch nicht feilen.
er wird wol kumen, wenns an seiner weilen,
nach eßen dann; so anders scheint die sunne,
so wil ich in den garten gehn zum brunne
und mich im kalten bad ein weil erquicken; 225
da werdt ir dann mit mir auch habn zu schicken.
ich wil abr vor zu meiner muter sehen;
drumb sol eur eine auch mit mir hingehen.

Actus secundi scena quarta.

Resatha. Ichabot. Ruth.

Resatha.

Wolt ir nicht gern hören gute mere?

---

222 an seiner weilen, an der Zeit. — 223 nach, hernach.

Ichabot.

Jo, wenn nur was guts verhanden were!   230
ists nicht etwas von der frau Susannen?

Resatha.

Jo, itzund, vor kleiner weil vergangen,
hört ich sie zu iren meiden sagen,
wie sie itzund bald nach mittem tage
sich wolt baden unden in dem garten;   235
drumb so müß wir fleißig nu drauf warten,
sölch gelegenheit mit nicht versehen;
dann wer weiß? wenns mer also möcht gschehen,
weil gleich itzt ir herr auch nicht verhanden,
sonder, wie ir wißt, ist überlande,   240
drumb so künn wir auch so vil dest feiner
warten ir, und ist die gfar auch kleiner.

Ichabot.

Ir sagt recht; drumb wolln wirs glück versuchen
und im garten heimlich uns verkriechen,
ob uns unser sache möcht gelingen,   245
und das glück uns lust und freud möcht bringen.

Ruth.

Lieben herrn, hört an mein nötig klage!

Ichabot.

Itzund nicht, sparts auf ein andern tage,
dann wir habn auf dißmal nicht der weilen.

Ruth.

Ja, mein sach wil aber haben eilen,   250
sonst man mich bringt itzund umb das meine.

Resatha.

Immer fort und laßt sie stehn aleine!

Ruth.

Sol ich dann also das mein verlieren?
herr, mein Got, laß biß dein aug anrüren,

---

241 feiner, besser.

sich, wie ich itzunder werd verkürzet. 255
mein gerechte sach wird mir umbgstürzet,
weil ich keinen schutz von den kan haben,
die mich sollen itzt vor gwalt handhaben.

Chorus secundus.

Diß ist der werlet lauf,
wer fleißig sicht darauf, 260
der findet, wie gewalt
allzeit das recht behalt.

Reichtum wird für gezückt,
armut gar unterdrückt;
wer nicht hat gut und hab, 265
muß allzeit sein schabab.

Gunst gilt bei jederman;
wer diser vil kan han,
der hat ein gwunnen spil,
unrecht schadt im nicht vil. 270

Freundschaft und groß geschlecht
macht viln ir sach gerecht;
ist einr ein schlechter man,
oft muß er unrecht han.

Witwen und arme kind 275
allnthalbn verlaßen sind,
für sünd man das nicht richt,
wenn in gleich unrecht gschicht.

Proportio.

Wie wol nu aber ist das glück
der armen hie auf erden, 280
das man sie bschwer und underdrück,
so wirts doch anders werden;

---

258 handhaben, schützen (vgl. maintenir). — 263 für gezückt, vorgezogen. —
266 schabab, nichts werth, verachtet. — 273 schlecht, schlicht, gering. —
279 glück, Geschick.

4*

denn Got sich irer not nimt an,
so sie zu im vertrauen han,
er hats in gwiss versprochen;   285
so jemands in ein leid zufürt,
sein aug im wirt damit berürt,
es bleibt nicht ungerochen.

   Darumb getrost und wacker seit,
die ir hie werdt geplaget!   290
eur leid sol kürzlich werdn zur freud,
wenn ir das kreuz nur traget
gedültig und mit sanftem mut,
nur Got eur sach befelen tut,
der wils zum besten wenden,   295
wenn er ersicht die rechte zeit.
verzagt nur nicht, es ist nicht weit,
er wirt sein hülf euch senden.

Actus tertii scena prima.

Susanna. Sara. Dabira.

Susanna.

Itzund scheint sein warm die sunn,
drumb ich gehen wil zum brunn
,und daselbs mich badn ein weil;
drumb so macht euch auf mit eil,
folgt mir in den garten nach,   5
dann richt aus auch eure sach.

Sara.

Liebe frau, wir seind bereit,
euch zu geben hin das gleit.
solln wir auch was tragen mit?

---

8 gleit, Geleit.

Susanna.

Nein, ir dörft itzunder nit;   10
darnach wil ich sagen wol,
was man mir als bringen sol.

Das folgent redet sie im garten.

nu geht itzund wider hin,
weil ich nu beim brunnen bin,
dann ich mich ein weil allein   15
baden wil, dörft nicht da sein;
aber übr ein kleine zeit
secht, das ir bei mir da seit.
bringt mit euch die salbn und öl,
seif und was ich haben söl.   20
dann so solt ir salben mich,
biß ich meine zeit ersich;
itzund aber habt in acht,
das ir wol die tür vermacht,
das nicht jemands kom herzu   25
und mir leid und ungmach tu.

Dabira.

Seit on sorge, liebe frau,
dann wir wolln mit aller trau
euch die tür verwaren fest,
wie wir mügn aufs aller best.   30

Sara.

Dörft ir unser sonst zu nicht?

Susanna.

Nein, secht, das ir das außricht.

---

12 als, alles. — 28 trau, Treue. — 31 nicht, nichts.

Actus tertii scena secunda.

Resatha. Susanna. Ichabot.

Resatha.

Wolauf, es ist itzunder zeit,
das glück hat uns den weg bereit.
ich hoff, wir wolln itzt werdn gewert,   35
was unser herz hat lang begert.

Susanna.

Hilf Got, was da? wo kumt ir her?
wie habt ir mich erschreckt so ser!

Ichabot.

Entsetzt euch nicht, frau tugentreich,
das wir itzt kumen her zu euch.   40
die ursach, die uns einher treib,
das ist eur edler, zarter leib,
in welches lieb wir seind entzündt,
das unser herz on aufhörn brinnt
und gar nicht kan geleschet werdn,   45
ir tut dann was wir itzt begern;
drumb ist das unser bitt gemein:
dieweil ir itzund seit allein,
wolt euch ergebn zu unserm willn,
der liebe brunst durch euch zu stilln.   50

Susanna.

Behüt uns Got, was saget ir!
eur bitten das sei weit von mir.
wolt ir mich heißen, lieben hern,
was ir eim andern selbs solt wern?

Resatha.

Einmal geht hin, es schadet nicht,   55
es kan so gleich nicht sein gericht.

---

35 wir werden gewert, uns wird gewährt. — 41 treib, trieb.

eur lieb die hat uns so entzündt,
das wir keins sinns nicht mechtig sind.
all unser gmüt sent sich nach euch;
drumb bitten wir, frau tugentreich,   60
dieweil eur lieb das hat getan,
wolt uns derselben gnießen lan.
ir solt es auch nicht tun umbsunst,
stets solt ir haben unser gunst,
dieweil wir leben hie auf erdn,   65
es sol auch wol verlonet werdn.
ein edel gschenk wir euch wolln gebn,
des gleichen ir bei eurem lebn
nie gsehen habt, das glaubet mir,
so ir itz tut nach unser gir.   70

Susanna.

Sölch gunst von euch ich nicht beger,
ist gnug, das mich mein lieber her
mit sölcher gunst umbfahen tut;
dazu beger ich nicht eur gut,
dann mir von euch kein gschenk kan werdn,   75
das mir möcht lieber sein auf erdn,
denn das ich halt meim lieben hern
den ehestand rein und bleib bei ern.

Ichabot.

Eur er und auch eur gut gerücht
wirt euch damit genumen nicht,   80
so ir itzt tut nach unserm will,
dann sölches bleibt wol in der still,
dieweil es niemand hört noch sicht,
und unser keiner saget nicht.
dann wer wolt euch das sehen an,   85
das ir hett unsern willn getan?
so ir euch aber bschweren werdt,
zu tun was unser herz begert,
so sol euch recht das unglück bstehn,
welchs ir itzunder wolt umbgehn;   90

---

70 gir, Begierde, Wunsch. — 87 sich beschweren, ungern thun, sich weigern.

dann erstlich solt ir eurer ern
durch uns erst recht beraubet werdn,
dann also wolln wir öffentlich
bezeugen, das wir sichtiglich
gesehen habn an diser stell,   95
das sei bei euch ein junger gsell
gelegen und der unzucht braucht,
biß das wir in habn weg geschaucht,
und das ir drumb von euch habt gsant
eur meid, das sölchs blib unbekant;   100
vors ander, weil wir habn gewalt,
zu richten über jung und alt,
so solt irs auch nicht haben gut,
es muß euch kosten leib und blut,
dann wir das urteil fellen wolln,   105
das euch die sträfer handeln soln,
wie man mit andern hat getan,
die ire ehe zurißen han;
so solt ir dann zugleich der ern
und auch des lebns beraubet werdn.   110
des werdt ir euch nicht mügen erwern,
dann, wie ir wißt, wir seind die hern,
die jetzund habn die größte macht,
und sind vor jederman geacht.
alls was wir redn, das glaubet man,   115
und darf uns niemand wider stan.
drumb laßt euch euren sin nicht sein
so lieb, das er euch bring in pein,
und folget unserm willen drat,
das ir vermeidet solche not.   120

Resatha.

Besinnt euch beßers, liebe frau,
das rat ich euch in guter trau,
verschont eurs lebns und eurer ern
und tut, was wir von euch begern.

---

104 leib, Leben. — 106 handeln, behandeln. — 108 zurißen, zerrißen. —
119 drat, schnell, bald.

Susanna.

Die angst die hat mich beider seit 125
verstrickt mit kumer und mit leid;
ich greif zu welchem ort ich woll,
so steckts mit gfärlichkeit ganz voll;
dann so ich tu nach eurm gepot,
so werde ich zu teil dem tot; 130
so abr ich euch tu widerstand,
so fall ich euch in eure hand
und werd eur straf entfliehen nicht;
dann ungerecht seind eur gericht,
die unschuld hat bei euch kein stat, 135
wenn euch der grim besessen hat.
vil beßer aber ist mir das,
das ich mein leben faren laß
und leid von euch den tot mit gwalt,
dann das ich mich versündign solt 140
vor Got, meins herren, angesicht,
der aller menschen werk ansicht,
und die wirt all zu seiner zeit
auch richten mit gerechtigkeit.
darumb, o Got und herre mein, 145
laß dir mein not befolen sein,
errette mich von diser hant!
ir frevel ist dir wol bekant.
wo seit ir ißt, ir knecht und meid?
kumt, kumt und helft mir aus dem leib! 150

Ichabot.

Ja, wolt ir daran? harrt ein weil,
eur lon der sol euch werdn zu teil;
lauft ir behend, die tür macht auf
und ruft dem gsinde allm zu hauf.
ich wil die weil sie halten wol, 155
das sie mir nicht entwerden sol.

---

156 entwerden, entkommen.

Resatha.

Wo seit ir, knecht und meid im haus?
wo seit ir? Lauft behend heraus!

Actus tertii scena tertia.

Gorgias. Samri. Dabira. Resatha. Sara. Ichabot. Susanna.
Beniamin. Jahel.

Gorgias.

Horch, lieber, horch, was hebt sich do?
ich hör ein gschrei, ich weiß nicht wo.　　　　　160

Samri.

Ich halt, es werd im garten sein.

Dabira.

O kumt und laßt uns sehen drein,
der fraun wirt was sein wiberfarn.

Gorgias.

Wie? ist sie drin?

Dabira.

　　　　Da ist keins harrn.　　　　165

Resatha.

Ir meint, ir habt ein frauen fein,
die ganz und gar sei keusch und rein,
so ists ein ausgeschütter sack,
ir schalkheit kumt ißund an tag.

Gorgias.

Bhüt Got!　　　　　　　　　　170

Sara.

Hilf Got, was sagt ir hie?

Dabira.

Wir habens traun gespüret nie.

Sara.

Ei, herzne frau, wie steht die sach,
wie kumt ir in sölch ungemach?

(Illa lacrimans tacet.)

Jchabot.

Wie kumt ein ander balg darein,   175
dem wol mit bulerei tut sein?

Dabira.

Bhüt, lieber herr!

Samri.

Was hats dann tan?
zeigt uns doch bald und klerlich an.

Jchabot.

Ein jungen gselln wir gfunden han   180
bei ir alhie, der hat getan,
das ich mich schäme auszusagn.
das wollen wir den hern fürtragn,
auf das man einst ir tück erfar,
die sie verborgn hat etlich jar   185
im schein der ern und züchtigkeit,
als wer sie selbs die reinigkeit;
dann wir auch selber hetten nicht
geglaubt, wo wir mit unserm gsicht
das selber hetten nicht erfarn.   190
wir wollen aber heint verharrn
biß morgn, so wolln wir weiter schaun
was sei zu tun mit eurer fraun.

Gorgias.

Wo hin ist dann der jung gesell,
der gwest sol sein an diser stell?   195

Resatha.

Der böswicht ist zu stark gewest,
ich kunt in nicht erhalten fest;

er sprang zur tür hinaus so schwind,
als wers ein hirsche oder hind.
künn wir in etwo treffen an,   200
so sol er auch erkrign sein lon.

Dabira.

Ach, liebe frau, weint nicht so ser,
wir glauben nicht, das wider er
ir habt gehandelt groß noch klein.

Sara.

Kumt, frau, mit uns ins haus hinein.   205
ich hoff, es sol nicht haben not,
der sach wirt aller noch wol rat.

Susanna.

Ach, das mein herr schier wider kem
und disen jamer auch vernem!
lauf eine hin und tu es kund   210
meinr muter, das sie kum von stund.
den vater auch zu mir her bitt
und heiß die schwester kumen mit.

Beniamin.

Was ist euch, liebe muter mein,
das ir so weinend kumt herein?   215

Jahel.

We hat euch tan, lieb memmelein?

Susanna.

Ich weiß nicht, lieben kinderlein;
ich kan euch itzt davon nicht sagn,
ich muß es Got, meim herren, klagn.

Dabira.

Die alten richter habens tan;   220
nicht weiß ich, was sie gsaget han,

---

207 aller, gen. pl. adv., durchaus, auf alle Fälle.

das geht der muter an ir er,
drumb weinet sie itund so ser.

Gorgias.

Die sach die wirt nicht recht zugehn;
wir häbn ja nie nicht mocht verstehn   225
an worten, noch an allm geper,
das unser frau ein solche wer,
dann sie ja uns beid, knecht und meid,
ser oft hat gwarnt für unkeuschheit
und stets uns tugnt und frumkeit glert.   230
wie sol sie itt sich habn verkert?

Samri.

Ich kan es auch nicht glauben wol
und weiß nicht was ich denken sol.
ich hör, das man im sprichwort spricht:
das alter hilft für torheit nicht.   235
die alten leut itt gleich so wol
als junge stecken bosheit vol,
drumb denk ich schier, die alten hern
villeicht der frauen selber werdn
ein untugnt angemutet han,   240
und weil sie nicht irn willn hat tan,
so werdns auf sie erzürnet sein
und wolln sie fürn in schand und pein.

Gorgias.

Ist warlich müglich, das so sei;
jedoch es bleib itund dabei.   245
wir türen sie darumb nicht fragn;
itt, wenn sies wirt irn eltern klagn,
so wolln wirs auch wol recht verstehn,
wies muß mit diser sach zugehn.

---

226 geper, das Gebaren, das Betragen. — 246 türen, turren, sich getrauen,
wagen.

Actus tertii scena quarta.

Helchias. Elisabet. Rebecca. Susanna. Samri. Gorgias.

Helchias.

Frid mit dir! 250

Elisabet.

O liebste tochter mein!

Rebecca.

O Susann, du traute schwester mein!

Elisabet.

Hilf uns, lieber Got, in ewigkeit!
wie kumts ewig, das in sölches leid
du, mein liebste tochter, kummen solt, 255
welchs ich lang der meid nicht glauben wolt?
solstu nu zur zeit deinr höchsten ern
für ein sölche erst gehalten werdn,
die du hast von jugnt dein lebn gefürt
keusch, wie einer frummen fraun gebürt? 260
ach, das dir sol gschehen sölche gwalt!
Got wöll sehen an dein unschuld bald.

Susanna.

Sei dann, das mir Got, mein herr, helf draus,
ist es auch mit meinem leben aus;
dann sie mir den tot gedrohet han, 265
weil ich nicht nach irem willn hab tan.

Helchias.

Liebe tochter, hör itz auf vom klagn;
dann wir wollen Got dein not fürtragn,
der on zweifel dir wirt helfen aus,
machen sie gleich was sie wöln daraus. 270

---

254 ewig, immer, besonders bei Fragen: wie kommt es immer, wie kommt es
nur; Grimm, Wörterbuch, 1203, 4.

wollst uns selber recht erzeln die sach,
wie du kumst zu disem ungemach.

Susanna.

Da die sonn heut warm zu scheinn anfieng,
nach gewonheit ich in garten gieng,
wolt beim brunn mich badn ein kleine weil,   275
drumb ich sant die meid von mir in eil,
ließ den garten fest beschließen zu,
meint, ich wer nu da mit guter ru.
da erhubn sich plötzlich zu mir her
dise richter, des erschrak ich ser.   280
bald sie mir ir unart muten an,
lagn mir auch mit bitten heftig an,
teten mir dazu verheißung vil,
das ich mich ergeb zu irem will;
da sie aber nichts mit güt von mir   285
kunten habn, da namens frevel für
und bedroten mich mit irer gwalt,
sagten, was für gfar mir folgen solt,
wie sie mir mein er und auch das lebn
nemen wolten, so ich nicht ergebn   290
würde mich zu irem willn so bald;
da ich aber in nicht ghorchen wolt,
wurden sie von stund vol zorn und grim,
rusten meinem gsind mit lauter stimm,
sagten, wie ich die und dise wer,   295
also kum ich leider in die gfer.

Samri.

Hab ich nicht die sach erraten sein,
das die richter selber böswicht sein?

Gorgias.

Das sie potz! wer het sich des vertraut,
das sölchs stecken sol in alter haut?   300

---

299 Das sie potz! Fluch, daß sie Gott (verdamme)! Wer hätte das gedacht?

Helchias.

Helf dir Got, du liebe tochter mein,
welchem wol ist kund die unschuld dein.

Susanna.

Wenn doch nur mein her vorhanden wer,
oder wüste disen jamer schwer!

Elisabet.

Schweig, villeicht wirt er nu kumen schier.   305

Rebecca.

Liebe schwester, Got wöll helfen dir.

Chorus tertius.

Dauid, der prophetisch man,
zeigt an,
durch Gottes geist geleret:
wer sich fest auf Got erbaut   310
und traut,
der wirt nicht umbgekeret;
wie Sion steht er unbewegt,
wird nicht geregt
von starken winden   315
des fleischs, des teufels und der welt,
gegn in sich stellt,
sich nicht mit sünden
von in läßt überwinden.

Sein haus, auf eim felsen hart   320
verwart,
ist gwaltig unterfaßet;
waßer, wind kans nicht bewegn,
noch regn,
on schad sichs alls abstoßet.   325
Got fürchten ist sein burg und schloß;
kein teufels gschoß

---

317 gegn, c. dat., stellt sich ihnen entgegen. — 322 mit gewaltigen Grundmauern
versehen. — 325 sich abstoßen, abprallen.

kan das zersprengen;
Gots wort sein waffen ist und schwert,
damit er wert,   330
läßt sich nicht drengen,
zu sünd und abfal brengen.

   Aber wer den herrn veracht,
nicht tracht
auf seine wort und wege,   335
den tut wie ein ror im teich
gar leicht
ein kleiner wind bewegen.
sein haus gebaut ist auf den sand,
hat kein bestand,   340
kan sich nicht halten;
wenn in ein kleine sünd anficht
und nur besticht,
wird er zerspalten
und läßt die bosheit walten.   345

Actus quarti scena prima.

Resatha. Jchabot. Simeon. Gamaliel. Zacharias. Nahor. Abed.

Resatha.

Das wir euch habn fordern lan, liebn herrn und alten,
neben uns auf disen tag gericht zu halten,
dran man sonst kein grichtssachen zu handeln pfleget,
wolln wir euch nicht bergn, was uns dazu beweget;
dann uns gestern hat ein sölche sach angstoßen,   5
die man nicht sol ungericht lang hangen laßen.
was es sei, darauf wolt fleißig achtung geben,
wie her Jchabot dieselb euch für wirt legen.

---

330 wert, wehrt, abwehrt, sich vertheidigt. — 332 brengen, niederd. Form für
bringen. — 343 bestechen, verführen. — 344 kommt er in Zwiespalt mit sich selbst.
   5 anstoßen, zustoßen, begegnen, widerfahren.

Ichabot.

Lieben herren, euch ist klar und unverholen,
wie uns Got durch Mosen hat mit ernst bevolen,   10
das wir die zubrecher irer ehe solln richten
zu dem tode und derselbn verschon mit nichten;
einer sei, was stands er sei, jung oder alte,
edel, gwaltig, reich, lieb oder wolgehalten,
sol man keines stand, person noch gwalt ansehen,   15
sonder über in das urteil laßen gehen
bei verlust des lebens und götlicher hulde.
das wir nu auf uns nicht laßen sölche schulde,
sonder als gerechte richter werdn befunden,
achten wir, das wir mit recht nicht schweigen kunden   20
einen ehebruch, den wir beide selber gsehen,
welchen, so wir wolten die person ansehen,
oder vom gesetze unser augen keren,
oder höher achten freundschaft, gunst und ere,
wolten wir in keinem weg euch offenbaren;   25
weil uns aber Moses gleich als zeucht bein haren
und auf unsern nacken dringt mit Gottes gsetzen,
wollen wir gunst, er und gwalt hindan itzt setzen
und den übelteter bei seim namen nennen
und darüber itz mit euch, was recht, erkennen.   30
nu ir wißet alle wol und habt gespüret,
wie im schein ein erbar leben hat gefüret
frau Susann, Helchie kind und Jochems weibe,
das man meint, kein unzucht wer in irem leibe;
dise haben wir im ehebruch selbs befunden,   35
wo und wie, das wolln wir alles machen kunde,
wenn sie selbs persönlich wirt für grichte stehen;
drumb so solln die knechte bald nach ir hingehen,
so irs auch für gut ansecht; drumb saget here,
was eur jeden dunket, das am besten were.   40

Simeon.

Eure wort die haben mich betrübet sere,
das ich sölche klag von frau Susannen höre,

---

25 in keinem weg, durchaus nicht, in keinerlei Weise. — 26 gleich als adv.,
gleichsam.

welch ich nicht kund glaubn, wo ich nicht tet versehen
mich zu euch, das ir nicht tut unwarheit jehen.
weil dann ir sölchs, wie ir sagt, habt selbs gesehen,   45
kan ich eurem vorschlag auch nicht widerstehen,
sonder sage, das man sie sol laßen holen
und darnach sie urteiln, wie uns Got befolen.

Gamaliel.

Unerhört ist mir von frau Susann die märe,
dann man nie vermerkt, das sie ein sölche were.   50
sol sie dann die untugnt itzt so habn beseßen?

Resatha.

Wollet eures leibs und nicht eur wort vergeßen.
gläubet mir, es wundert eben uns so sere,
als ein andern; glaubtens auch nicht, das so were,
wo wirs selber hetten sichtlich nicht erfaren.   55
meint ir dann, das wir allhie der warheit sparen,
oder das uns wol mit sei, das wir solln richten
einen menschen, der es hett verschuldt mit nichten?

Gamaliel.

Lieben herrn, eur wort wil ich mit nichte strafen,
sonder müget meinenthalben wol verschaffen,   60
das sie werd eur meinung nach für gricht gestellet
und das urteil über ire tat gefellet.

‡Zacharias.

Weiberlist ist ungezelt, sagt man gemeine;
drumb so denk ich nicht, das sie die sei alleine,
welche sei so rein, als hettens taubn erlesen,   65
und so gar kein lust nicht hab zu sölchem wesen,
oder auch nicht kund ein mal die schanz versehen.
drumb, dieweil ir sölchs von ir habt selbs gesehen,
mügt ir billich handeln auch mit ir der maßen,
wie ir gsaget und für gricht sie holen laßen.   70

---

57 das uns wol mit sei, daß uns angenehm sei.

Nahor.

Lieben herrn, ich gib es zu, das sei geschehen,
das von frau Susannen ir ein sölchs habt gsehen,
dann kein mensch so grecht nie ward, der nicht het fallen
künnen, wies dann leiber teglich geht uns allen.
das man aber sie laß holen durch die knechte,   75
bsorg ich, daß uns etwo nicht groß unglimpf brechte;
dann ein fraun, die sich bißher hat ghalten rechte,
auch geboren ist von tugentreichem gschlechte,
irer tugnt und erbarkeit nicht laßen gnießen,
wurde manches bibermensch auf uns verdrießen.   80

Resatha.

Meint ir nicht, wir haben sölches auch betrachtet
und zuvor denn ir bewogen und geachtet?
weil ir aber neulich habt von uns gehöret,
das uns Moses durch das gsetz gestrenglich weret,
das man kein person noch wirde sol ansehen,   85
solt ir billich anders laßen euch verstehen.
uber das, wie ire tugnt bißher geschehen,
nichts denn spiegelfechten gwest, werdt ir wol sehen,
wenn wir euch der sach nu geben volln berichte.

Nahor.

Nu wolan, so wil ichs hindern auch mit nichte.   90
mögt derhalben sie gefangen laßen bringen,
das wir weiter handeln über disen dingen.

Resatha.

Hört, ir knecht, geht hin und bringt uns her gefangen
frau Susannen, denn sie hat was bös begangen.
so sie sich des weren wolt, so fürts mit gewalte.   95
fecht und laßt euch niemand hindern noch aufhalten.

Abed.

Weisen herrn, wir wollen tun als treue knechte,
was ir uns bevelcht, wolln wir ausrichten rechte.

---

80 bibermensch (Mensch, gen. comm.), biedere Frau. — auf uns verdrießen, gegen uns erbittern. — 82 bewogen und geachtet, erwogen und
beurtheilt. — 85 wirde, Würde. — 86 verstehen laßen, berichten laßen. —
98 bevelcht, befehlt, organ. Form.

Actus quarti scena secunda.

Abed. Giezi. Joachim. Abdi.

Abed.

Was ists, mein lieber gselle,
das wir fur gricht solln stellen   100
die erbar frau Susannen?
was wirt sie habn begangen
so übels, das wir sollen
mit gwalt sie hieher holen?

Giezi.

Es wird kein gringe sache   105
fürwar nicht sein, die mache
die frau Susann zu schanden,
das wirs mit strick und banden
sölln öffentlich herfüren,
so man doch nie mocht spüren   110
an ir, das sie bös handelt.
wie hat sichs itzt verwandelt?

Abed.

Wir wollens dann wol sehen,
wenn sie für gricht wird stehen,
was man zu ir wird klagen.   115
itzt wil ichs niemand sagen.

Joachim.

Ich weiß nicht, wie mir gschehen,
es wirt nicht recht zugehen,
mir ist mein herz so sere
beschwert, als wenn im were   120
ein mülstein aufgeleget,
darumb ich bin beweget.
mich anet eines bösen;
Got wöll mich draus erlösen.

wenn nur meim frummen weibe   125
nichts bös an irem leibe
wer etwo widerfaren!

      Abed.

Ei, Got wirts wol bewaren
und alls zum besten keren;
laßt euch eur herz nichts bschweren.   130

      Joachim.

Es wirt vergebns nicht gschehen,
die sach wird übel stehen,
es sei gleich was es wölle.

      Abdi.

Ich wüst nicht, was sein sölle.

      Joachim.

Ei sich, was die statknechte   135
dort tun! es geht nicht rechte,
das sie mit band und stricken
vor meinem haus sich schicken,
als wolln sie jemands binden.
wen werdn sie drinnen finden,   140
der ubels hab begangen,
so das er werd gefangen
und gfüret mit gewalte.

      Abdi.

Weiß nicht, wofür ichs halte.

Actus quarti scena tertia.

Abed. Elisabet. Joachim. Susanna. Helchias. Giezi. Beniamin.
Jahel. Rebecca.

      Abed.

Glück zu!   145

Elisabet.

Hülf Got, sie wollen dran!

Joachim.

Was richt ir da für lermen an?

Susanna.

O lieber herr!

Elisabet.

O lieber son,
wie soll wir unserm leide tun?   150

Abed.

Die herren habn uns her gesant,
wir sollen eure frau zu hant
gefangen füren für gericht.
was sie hab tan, das wiß wir nicht.

Joachim.

Das sei mir fern, das ir hinaus   155
mein frau solt füren aus dem haus.
wie müst sie das verschuldet han?

Helchias.

Ach son, sie hat nichts übels tan;
die richter zeihen sie einr tat,
die sie mit nicht verschuldet hat.   160

Joachim.

Was ist es dann? zeigt mirs doch an.

Susanna.

Ach lieber herr, ich hab nichts tan!

Helchias.

Sie habn aus zorn auf sie erdacht,
wie sie ein ehebruch hab verbracht.

Joachim.

Mein frau? ach Got, wo kumt das her,   165
das sie wirt gschmecht an irer er?

Giezi.

Nu laßt uns hie nicht lang verharrn;
vor gricht da werdt irs wol erfarn.
die hern habn uns gepoten schwind,
das ja wir nicht lang außen sind   170
und das uns niemand hie aufhalt;
so soll wirs füren mit gewalt.

Joachim.

Ach frau, woher kumt dise schand?

Susanna.

Ach mein Got, dir ists alls bekant!

Helchias.

Schweig, liebe tochter, Got wirt sein   175
der helfer und erretter dein.

Elisabet.

Ach, das ich hab erlebt die zeit,
das ich an meinem kind sölch leid
und jamer erst erfaren sol!

Abed.

Ei schweigt, Got wirt es schaffen wol.   180

Beniamin.

Wo solt ir hin, lieb muter mein?

Susanna.

Ach liebes kind, ins todes pein!

Jahel.

O we, laß mie mein memmelein!

Giezi.

Nein, liebes kind, es kan nicht sein,
wir wolln dirs widerbringen schon.   185

Jahel.

Nen, nen, ie wedt ie etwas ton.

Susanna.

Laß gut sein, liebes kindlein mein,
es wil doch itz nicht anders sein.

Rebecca.

O liebe schwester, tröst dich Got
und helfe dir aus diser not!   190

Actus quarti scena quarta.

Abed. Resatha. Joachim. Ichabot. Helchias. Simeon. Gamaliel.
Zacharias. Nahor. Giezi.

Abed.

Weise herrn, da bring wir euch verstricket
frau Susann, nach welcher ir geschicket.

Resatha.

Fürts herzu und deckt ir auf das gsichte,
schafft auch, das sie sich gerad aufrichte,
das ein jederman sie wol beschaue,   195
wer sie sei, die frum und keusche fraue.

Joachim.

Weisen herrn, was hat verschuldt mein weibe,
die kein untugnt hat in irem leibe,
das ir ir ein sölche schand aufleget?
hat euch dann ir unschuld nichts beweget,   200
drin sie hat bißher ir lebn gefüret,
wie dann niemand anders hat gespüret?

---

191 verstricket, gefangen.

oder hab ich das umb euch verschuldet,
das ich hab bißher von euch geduldet,
oft in meinem haus gericht zu halten,   205
das ir also fart mit sölchen gwalten
gegn den mein, von den euch nie geschehen
irgnt ein leid, wie sol ich das verstehen?

Jchabot.

Lieber Jochem, dank wir euch des wißen,
sind auch zu verschulden das geflißen;   210
itzund aber kan es nicht geschehen,
dann uns Gots gepot im weg tut stehen,
welchs uns hart gepeut, nicht anzuschauen,
waser stands eins sei, man oder fraue,
gwaltig, reich, schön oder ungestalte,   215
noch wie sich zuvor hat eins gehalten;
sonder wo, wie, wenn eins übel handelt
und dem Gottesgsetz entgegen wandelt,
sol dasselb sein straf darumb bald leiden,
wolln wir anders Gottes zorn vermeiden.   220
aber wie eur frau nicht sei on sünde,
werdet ir in diser sach wol finden,
welche wir itzt wollen offenbaren,
wie wirs selbs gesehen und erfaren.
Resatha, ich wil euch das bevelen,   225
wolt die sach hie öffentlich verzelen.

Resatha.

Kumt und laßt uns ir die hand auflegen,
weil wir zeugnus über sie soln geben.
lieben herrn, das sei euch allen kunde:
da wir gestern umb die zwelfte stunde   230
on gefer spazierten in dem garten,
unser ru ein weil zu pflegn und warten,
unversehens kam die frau Susanne
mit zwei meiden in den garten gangen,
underm schein, als wolt sie badn ein weile;   235
drumb sie sant die meid von ir in eile,
ließ die tür am garten fest verwaren,
das ir bosheit niemand solt erfaren.

---

214 waser stands, welches Standes auch. Frisch, II, 424.

da die meid nu warn hinaus gewichen,
bald ein junger gsell herfür kam gschlichen,   240
eilt zu ir und tet sie bald umbfangen,
dran zu spürn, das sie sölchs mer begangen,
dann sie sich nichts weret überalle,
sonder ließ ir sölches wolgefallen,
senkt sich niber bald mit im zur erden.   245
da wir warten, was daraus wolt werden,
bald sie sich ergab zu seinem willen,
tet mit im der liebe lust zu spilen.
da wir sölche schand von in ersahen,
lüf wir zu und woltens beide fahen;   250
aber wir, dieweil wir schwach und alte,
kunten nicht den jungen gselln erhalten,
dann er riß sich schwind aus unsern henden,
lief zur tür und sprang hinaus behende;
aber sie ergriff wir im aufstehen   255
und gepoten ir, sie solt verjehen,
wer der junge gsell gewesen were,
dem sie het so fein gezilet here,
aber sie wolt in mit nichte nennen.

(Hic judices manus suas Susanne capiti impopunt.)

sölches tun wir öffentlich bekennen,   260
das wirs selbs mit unsern augen habn gsehen,
draus dann nu auch gut ist zu verstehen,
das ir züchtig lebn bißher alleine
sei geweßt ein äußerlicher scheine,
drunder sie ir bosheit hat verhüllet,   265
also das es niemand hat gefület,
biß das stündlein igt ist ausgeloffen,
das man ire list hat angetroffen.
drumb alhie ein jeder mensch nu schaue,
wer da sei die hochgelobte fraue.   270

Joachim.

Weise herrn, die sach macht mich bestürzet,
auch so ist mir dise zeit verkürzet,

---

250 lüf, lief, liefen. — 258 zilen, mit dem Dativ der Person, jemand an einen
Ort bestellen.

das ich künd erfaren wie im were
und meim weib erretten möcht ir ere;
dann ich allererst gewandert kumen,   275
drumb ich noch die sach nicht hab vernumen,
hoffe aber und bin des vertrauen,
das ich hab ein frum und keusche frauen.

Ichabot.

Joachim, ir dörst nicht lang erfaren,
dann wir euch der warheit nicht tun sparen.   280
wie ir itzt von im habt hörn verjehen,
also und nicht anders ist es gschehen;
dann wir seind euch nicht so feind fürware,
das wir euch mit willen umb ein hare
schaden wolten, gschweig in diser sachen,   285
wo wirs nach dem gsetz nicht müsten machen.

Helchias.

Liebe hern, erlaubt mir auch, zu sagen
und meinr tochter unschuld fürzutragen,
dann sie mich vil anders hat berichtet.

Ichabot.

Ist kein wunder, das die lügn ertichtet,   290
die ein sölche missetat darf wagen,
wie man itzt von uns hat hören sagen.
drumb, dieweil wir sie auf warer tate
gfunden haben, geben wir kein state
irer lügn, die sie aus list ertichtet;   295
sonder nach dem gsetz sols werdn gerichtet;
waser straf ir zuerkant wirt werden,
sol sie leiden hie auf diser erden.
drumb, ir herrn, wir beide euch itzt fragen,
jeder wöll von rechtswegn uns das sagen,   300
was in diser sach ir tut erkennen,
auch den tod, den sie verschuldt, uns nennen.

---

279 erfaren, nachfragen, sich erkundigen. — 280 Denn wir wollen euch die
Wahrheit nicht vorenthalten. — 281 verjehen, aussagen, fest versichern.

Simeon.

Weil sichs mit Susannen helt der maßen,
wie ich mir von euch hab sagen laßen,
sprich ich, das man über sie laß gehen, 305
was vom ehebruch im gesetz tut stehen.

Gamaliel.

Weil ir uns der frauen schuld genennet,
und das öffentlich auf sie bekennet,
wil ich eurem zeugnus nach außagen,
das von rechtswegn sie den tod sol tragen, 310
der im gietz dem ehebruch ist gestellet,
das sie werd mit stein zu tod gefellet.

Zacharias.

Meine meinung wil ich bald dar geben:
weil sie das getan, sol sie nicht leben,
sonder, wie uns heißt des herrn gepote, 315
sol sie gworfen werdn mit stein zu tode.

Nahor.

Eurm bericht kan ich nicht widerfechten,
drumb ich das erkenn nach unserm rechten,
das man sie mit stein zu tode werfe,
wie das gietz gebeut mit seiner scherfe. 320

Ichabot.

Weil ir habt wie recht die sach erkennet,
auch den tod aus Mose gietz ernennet,
wolln wir auch das urteil drüber schließen,
ungeachtet, wen es tu verdrießen,
und den stab, wie gwönlich ist, zubrechen, 325
das wir nach dem gietz den ehebruch rechen.
nu, ir knecht, ir wißt euch wol zu halten,
nemet hin das weib in eur gewalte,
steinigt sie, wie euch das urteil leret;
was man widerklafft, euch dran nicht keret. 330

---

303 helt, verhält. — 330 widerklaffen, dagegen schreien und sprechen.

Giezi.

Lieben herrn, was ir uns heißt ausrichten,
dürfen wir versagen euch mit nichten.
weil ir dann die frau uns gebt zu strafen,
wolln wir eur gepot mit fleiß verschaffen.

Chorus quartus.

O Got, du richter aller welt,   335
der du hast selbs bestellt
all oberkeit und gwalte,
du wolst dein ordnung nicht verlan,
drauf selber achtung han,
wie man darin sich halte!   340
dann dir ja wol bekant,
wo du dein hand
abzeuchst, wies pflegt zu stehen;
kein frevel ist zu groß,
den man nicht laß   345
der grechtigkeit fürgehen,
wie wir itzund wol sehen.

Die unschuld, so beschützt sol werdn,
erbarmklich zu der erdn
mit füßen wirt getreten.   350
des Pharao verstockter mut
ir vil besitzen tut;
vor den kan niemand retten,
denn du, o herr und Got,
der alle not   355
der deinen selbst erferest
und widers teufels rat
mit wundertat
in alls zum besten kerest,
dein kunst an in bewerest.   360

Denn das dein art und gwonheit ist,
wie in der schrift man list,

---

334 verschaffen, verrichten, ausrichten.

(wol dem der solchs kan merken!)
das wider aller werlet weis
mit rat und gutem vleiß   365
dich stellst in allen werken.
wen du wilt hebn empor,
den läßt zuvor
ein zeit im elend stehen,
biß das man denkt, sei aus,   370
werd nichts mer draus,
so läßt dein hülf erst sehen.
o hilf, das wirs verstehen!

Actus quinti scena prima.

Susanna. Joachim. Giezi. Helchias. Elisabet. Rebecca. Abed.

Susanna.

O Got in ewigkeit, der du alleine
all heimlich ding erkennst, beid groß und kleine,
der du zuvor weist alls, ehe danns geschihet,
dein auge auch in das verborgen sihet,
du, du erkennst, das dise haben geben   5
ein falsch gezeugnus, das sie mich vom leben
zum tode brengen unverdienter sache.
darumb, o mein Got, dich zu mir bald mache
und richt mein unschuld mit gerechtem grichte!
dann ich des lasters schuldig bin mit nichte,   10
das sie mit lügen habn auf mich ertichtet
und drauf zum tod verurteilt und gerichtet.
dieweil ich dann nu sol aufgebn mein sele,
so wil ich dirs in deine hend bevelen.
dann du, o mein Got, wirst mich nicht verlaßen   15
und diser rach zur zeit dich recht anmaßen.

Joachim.

Ach Got, das unschuld bleiben sol verschwigen
und recht dem gwalt sol undern süßen ligen,

---

364 werlet, Welt.
16 anmaßen, sich annehmen, sich angelegen sein laßen.

wie lang wiltu zu disen dingen schweigen
und deine augn zu uns herab nicht neigen? 20
wie kum wir itzt in solche schwere schande?
ach herr, erlös uns durch dein starke hande!

Giezi.

Frau, wollt uns das umb Gottes willn vergeben,
das wir itzt unser hend an euch werdn legen.
wir wolten uns vil lieber des enthalten, 25
wo wir nicht müsten ghorsam sein den alten;
drumb wollt euch nu gedultig drein ergeben
und eure hend für euch zusamen legen.

Susanna.

Ach, laßt mir noch ein klein weil frei mein hende,
das ich die mein müg gsegnen für mein ende. 30
gsegn euch Got, mein allerliebster here,
wolt euch mein tod nicht laßen kümmern sere;
denn Got der wirt den großen gwalt noch rechen,
mein unschuld laßen auch herfür noch brechen.
mein liebe kindlein laß ich euch zur letze; 35
an disen wollt euch eures leids ergetzen
und sie in Gottes forchten stets erhalten,
auf das sie mügen sein ein freud euch alten.

Joachim.

Fart hin nach Gottes will, mein liebste fraue;
eur angesicht ich werd nicht mer anschauen. 40
eur sel die neme Got zu seinen henden
und wöll das leid in freude wider wenden.

Susanna.

Mein liebsten eldern, euch ich auch gesegen;
mein lieber Got der wöll euch son drumb geben,
das ir auf tugnt und frumbkeit mich geleret; 45
dann ir mich habt eins großen trosts geweret,
das ich in unschuld sterb und nicht mit schulde.
drumb wollt auch ir das leiden mit gedulde;

---

35 zur letze, als Abschiedsgabe, zum Abschied.

mein Got der wirt es alls zum besten wenden
und euch nach mir auch gebn ein seligs ende. 50

Helchias.

Mein liebste tochter, weil wir das solln sehen,
so kan es uns forthin nicht wol hie gehen;
dann dises leid wird machen, das wir werden
nicht lang hie mügen bleibn auf diser erden.
drumb weil es ja nicht anders kan geschehen, 55
so far du hin, wir wolln dir bald nachgehen.

Elisabet.

O tochter mein, da ich dich underm herzen
getragen hab, fült ich nicht sölchen schmerzen,
als ich itzunder deinenthalben habe,
drumb werd ich auch nu eilen zu dem grabe. 60
mein Got der wöll in jener welt uns geben
beisam ein ewig unvergenglich leben.

Susanna.

Kumt her, ir lieben kindlein, zu mein henden
und laßt mich euch umbfahen für meim ende;
der liebe Got der wöll sich eur erbarmen 65
und euch nu selber fürn in seinen armen,
dieweil es im nicht gfellt, das ich fort mere
auf erden hie euch leiten sol und neren.
auch dich, mein liebe schwester, Got wol gsegnen
und dir kein übel laßen hie begegnen. 70

Rebecca.

Ach schwester mein, das dir sol widerfaren
ein sölcher tod, dein Got wol dich bewaren!

Abed.

Frau, zeit ist da, wir sollen euch nu binden.

Susanna.

Kan ich dann ja nicht lenger gnade finden,

---

67 fort mere, ferner, länger.

so wil ich mich in eure gwalt ergeben   75
und meinem Got aufopfern hie mein leben.

Actus quinti scena secunda.

Susanna. Resatha. Giezi. Daniel. Simeon. Gamaliel.
Zacharias. Nahor. Ichabot. Abed.

Susanna.

O allmechtiger herr und Gote,
der du kanst mitten aus der note
die dein erretten und verwalten,
die sich an dein verheißung halten,   80
du wollst dich auch zu mir her keren
und deine treu an mir beweren,
auf das dein name werd geeret
und viler herz zu dir keeret!

Resatha.

Wie lang verziecht ir mit der sachen,   85
wollt ir nicht schier ein ende machen?
was sol das lange wein und klagen,
das sie die irn dest mer tut plagen?

Giezi.

Nu, frau, wollt eure sel verwaren,
wir dürfen nu nicht lenger harren.   90

Daniel.

Ich wil am blut kein teil nicht haben,
mit euch auch nicht die schulde tragen.

Simeon.

Horcht da!

---

79 verwalten, für sie Sorge tragen. — 85 verziehen, zögern.

Gamaliel.

Was da?

Zacharias.

Wes ist die stimme? 95

Nahor.

Ein jungen knabn ich wol vernimme.

Resatha.

Wo kumstu her mit deinem schreien?
halts maul, man sol dirs sonst zerbleuen.

Gamaliel.

Halt innen, herr, fart nicht mit gwalte;
wer weiß, wies hab mit im ein gstalte. 100
laßt hören vor, was in beweget,
das er ein solches gschrei erreget.

Nahor.

Sag an, mein son, was bringst für mere,
das du uns nachschreist also sere?

Daniel.

Von Israel ir großen toren! 105
was hat euch so mit esels oren
gekrönt, das ir nichts mer verstehet
und gar nicht auf die warheit sehet,
das ir so gar unweis und blinde
verdammt von Israel ein kinde, 110
die sölches hat verschuldt mit nichte?
kert eilend wider zu gerichte;
dann dise habn auf sie getichtet
ein falsch gezeugnus und gerichtet
als schelk und bubn von haut und haren, 115
wie ir itzunder werdt erfaren.

Ichabot.

Das leugst du, bueb, in deinen rachen;
du solst uns wol ein irrtum machen.

zum henger weg und laß uns gehen!
was solstu dich darauf verstehen? 120
der böse geist hat dich beseßen,
daß dich der klugkeit tust vermeßen.
drumb schweig, man sol dich sonst zerhauen
und töten auch samt diser frauen.

Nahor.

Ei, nicht also! nemt euch der weilen, 125
man muß den knabn nicht übereilen;
er hat nichts unrechts noch gehandelt.
wer weiß, wies Got mit im noch wandelt?
es wirt so plumpsweis nicht geschehen,
drumb laßt uns vor das end besehen. 130

Simeon.

Mein lieber son, so dir ist geben
von Got bevelch, was fürzulegen,
das angelanget dise sachen,
drin wir villeicht was unrechts machen,
so bitt wir, wollest an die spißen 135
zu uns in das gerichte sißen
und selber dise sache richten,
die wir nicht recht habn künnen schlichten.

Daniel.

So laßt die richter greifen balde
und fecht nicht an ir große gwalde. 140

Ichabot.

Was? sol der los bueb uns noch richten?
das wollen wir gestehn mit nichten.
ir herrn, werdt ir ein frevel üben
und uns mit unrecht hie betrüben,
so sol es nicht umbsonst geschehen, 145
der schad der sol an euch ausgehen.

---

119 henger, Hänger, Henker. — 120 was, wie. — 129 so plumpsweis,
so plötzlich einfallend, übereilt. — 142 gestehn, zugestehen.

Resatha.

Wie, das ir setzt an unser stelle
ein buebn, das er uns richten sölle,
den jemand hat an uns gehetzet,
das er sich unser schand ergetzet?   150
wo habt ir das jemals erfaren,
das einem knabn von jungen jaren
gebüret hett, zu widerfechten,
was ausgesprochen ist im rechten?

Daniel.

Laßt euch nicht schrecken noch abwenden,   155
irn zorn den solln sie nicht vollenden.
laßt sie nur gfenklich bald annemen,
wir wollen sie wol recht bezemen
und iren hochmut niderlegen,
denn Got in selbs wirt widerstreben;   160
drumb hilft sie gar kein widerfechten.
allein bevelcht sie bald den knechten.

Gamaliel.

Ir knecht, die frauen ledig laßet
und an eur strick die richter faßet.
dörft euch vor in nicht fürchten sere,   165
sie werdn habn kein gwalt nicht merc.
ich ließ mich wol eins zwei bedunken,
es wer erlogen und erstunken,
was sie von diser frauen sagten,
weil sie so heftig auf sie klagten,   170
on das wir habn im maul kein zene
und laßen uns beir nasen denen.
nu müß wir lernen von eim knaben,
was wir zuvor getan solln haben.

---

157 gfenklich annemen, gefangen nehmen. — 162 bevelcht sie, überantwortet
sie. — 167 eins zwei, so schnell, wie man eins, zwei zählt, gleich. — 171 on
das, nur daß. — 172 denen, behnen, ziehen, führen.

Abed.

Ir hört wol diſe mär, ir herren;   175
drumb wollt euch wider uns nicht ſperren
und gebt euch gfangen alſo balde;
wir müßen euch ſonſt mit gewalde
angreifen und die hend anlegen,
drumb tut euch ſelber bald ergeben.   180

Ichabot.

Ach Got, wie kum wir zu der ſache,
das diſer bueb ſolch irrtum mache,
auf das er uns zu ſchanden bringe?
ich mein, das er nach unglück ringe.

Daniel.

Laßt euch ir klaſſen gar nicht hindern   185
und tut ſie bald vonander ſündern,
ſo wil ich kumen zu den ſachen
und ire bosheit ſichtbar machen.
den ein hieher fürs grichte füret,
den andern halt, wo ſichs gebüret,   190
biß das ich einen hab vernumen;
als dann ſol auch der ander kumen.

Simeon.

Flugs dran! was euch der knab tut ſagn,
das tut; dörft weiter nicht vil fragen.
ir ungnad ſol euch fort nicht ſchaden,   195
wenn ir ſie gleich auf euch tut laden.

Actus quinti ſcena tertia.

Abed. Ichabot. Giezi. Reſatha. Joachim. Helchias. Suſanna.

Abed.

Wolan! ſo nim bu da zuhanden
den Ichabot mit deinen handen

und fürn bei seits, wie sie gesaget,
biß Resatha wird ausgefraget;   200
verwar in auch mit gutem vleiße,
auf das er sich von dir nicht reiße.

Ichabot.

Ach, das erst du mir solst gepieten,
dazu mit stricken meiner hüten,
und beide uns solt gfangen halten,   •   205
die ir erst wart in unsern gwalten!

Giezi.

Das müßt ir selbs am besten wißen,   •
was ir für bossen habt gerißen,
das ir die schanz so habt versehen,
das wir mit euch umb müßen gehen.   210

Resatha.

Das macht der junge tellerlecker,
der roßlöffel und fingerflecker.
ach, das man zu eim jungen knaben
mer zuversicht und glaubn sol haben,
denn zu uns alten und regenten,   215
die wir in disen regimenten
nu lange zeit her seind geseßen!
ach, hat man aller ern vergeßen,
das man so blößlich stößt zu boden
die, so erst ißund schwebten oben?   220

Abed.

Das glück das tut sich bald verwenden,
ißt ert es ein, bald tuts in schenden.

Joachim.

Was wil da werden, liebe fraue?
mein Got der wirt eur not anschauen
und alle sach zum besten wenden;   225
vergebns wird er den knabn nicht senden.

---

208 bossen, Possen: was ihr verübt habt. — 221 sich verwenden, sich
verkehren, ins Gegentheil umschlagen.

Helchias.

Ich hoff, die schand sol werdn gerochen,
dann Got der hat uns hülf versprochen
und wil uns ja kein mal verlaßen,
wenn wirs im glaubn nur kunten faßen.　　　　　230

Susanna.

Wie wünderlich seind dein gerichte,
o herr, wer sich darein kunt richten!
wie seltsam greifstu zu den sachen,
dieweil du mich wilt ledig machen!

Actus quinti scena quarta.

Daniel. Resatha. Ichabot. Simeon. Gamaliel. Zacharias.
Nahor. Abed.

Daniel.

Nu für den ein heran mit gwalde,　　　　　235
so wil ich in verhören balde.

Resatha.

Wie kumt ir auf die weis, ir herren,
das ir euch laßt das maul auffsperren
und gebet zu eim jungen puben,
das er an uns sol frevel uben?　　　　　240

Daniel.

Du alter pub, darfst nicht lang fragen;
ich wil dir bald die antwort sagen.
was meinstu, das dein unrecht gwalte
dir Got zu gut sol ewig halten?
in bosheit hast zubracht dein jugent　　　　　245
und dich geflißen keiner tugent;
darnach hastu mit falschem scheine
dich gstellt, als werstu frum und reine,
mit sölchem schein die leut betrogen,
das sie dich habn herfür gezogen.　　　　　250

da du nu bift in fattel gſeßen,
deins Gottes haſtu gar vergeßen,
die grechtigkeit tetſt unterdrücken,
die unſchuld ſich für dir mußt bücken,
die ungerechten, die dir gaben   255
geſchenk, die ließt du ledig traben;
wer aber dir nicht tet zugfallen,
der ſelbig muſt das glag bezalen.
in allen ſölchen falſchen handeln
tetſt du on Gottes forchte wandeln;   260
an Gottes gſetz dein herz nie keret,
da er durch Moſen alſo leret:
den unſchuldigen und den frumen,
den laß nicht umb ſein leben kumen.
ſölchs aber haſtu alls verachtet,   265
noch je ein mal bei dir betrachtet,
das Got dein tück werd hinderkumen;
du haſt auch des nicht war genumen,
das nichts ſo gar ſubtil wirt gſpunnen,
es kumt ein mal auch an die ſunnen.   270
nu aber iſt die ſtund ausgloffen,
das Gottes urteil dich hat troffen,
und eben über diſer ſachen,
darin du wolſt zu ſchanden machen
ein frume frau, da ſolſtu werden   275
zu ſchand vor aller welt auf erden.
drum ſag mir her, du grechter richter,
vil mer ſag ich: du lügentichter,
bei welchem baum du habſt im garten
die zwei der unzucht ſehen warten,   280
wie du vorhin auf ſie gewaſchen.
ſag an, wo tets du ſie erhaſchen?

Reſatha.

Ich haſcht ſie unter einer aſchen.

---

267 hinderkumen, erfahren, durchſchauen. — 281 gewaſchen, geläſtert. —
283 unter einer aſchen. Die zweite Ausgabe der Suſanna von 1544 hat
hier die Anmerkung: „Umb gelegenheit des reyms willen ſind andre baum hie
genennet, denn im Text ſtehen." Luther's Ueberſetzung benutzte Rebhun nur
in V. 319 und 320.

Daniel.

Gots urteil sol dich recht erhaschen,
dann du in deinen hals tust liegen,   285
damit du dich wirst selbs betriegen.
drumb sich, Got hat das schwert gegeben
seim engel, das er dir dein leben
zerscheitern sol und dein nicht schonen,
dann itzt wil er dein sünd belonen.   290
fürt den beiseits und bringt auch here
den andern, das ich in verhöre.
wol her, der du von bösem samen
des Kanaans und nicht vom stammen
des rechten Juda bist geboren!   295
auf dich ist kumen Gottes zoren,
darumb dast dich unkeuschen alten
anfechten ließt Susannen gstalte.
die böse lust dein herz verkeret,
der gleich ir vilmals habt betöret   300
die töchter Israel und zwungen,
das sie nach eurm gefalln gesungen
und eurem willen raum gegeben,
dann sie nicht dorften widerstreben
aus forcht eur großen ungenaden,   305
die sie nicht türsten auf sich laden.
von Juda aber das frum weibe
hat euch nicht wolln irn keuschen leibe
zu eurem willen underlaßen.
des hat sie müßen auf sich faßen   310
eurn zorn und sich des lebns erwegen;
drumb habt ir auch falsch kundschaft geben
und euch vereiniget beisammen,
das ir sie wolt zum tod verdammen.
weil du nu gsagt, du habs gesehen,   315
das diser ehebruch sei geschehen,
so tu mir disen baum itzt kunde,
da du sie hast beisamen funden.

---

285 liegen, lügen. — 306 türsten, wagten. — 311 sich erwegen, verloren
geben.

Ichabot.

Ich fand sie unter einer linden.

Daniel.

Die rach des herrn sol dich auch finden,
dann du ein rechte lüg hast gsaget
und fälschlich dise frau verklaget;
drumb sich, der engel Got des herren
der wart auf dich und ist nicht ferren.
das schwert ist im in seine hende
gegebn, das er dein lebn behende
abhau und euch itzt beide töte
und biß unschuldig blut errette.
fürn weg, dieweil er ist nu gfraget
und hat sein lüg auch auf gesaget.

320

325

330

Zun rathern.

Ir herrn, dieweil ir habt gesehen,
wie sie mit lügen hie bestehen,
so wißt ir nu, was euch gebüret;
das rechten vollnt mit in ausfüret.
ir seit der engel, den ich meine,
dem Got hat gebn das schwert alleine,
die übelteter hie zu strafen
und frid vor in den frumen schaffen;
drumb secht, das ir in euren henden
das schwert nicht unrecht tut verwenden:
die schneid wollt gegn den bösen keren,
die frumen mit dem ruden eren,
das ist, auf eurer sorg sie tragen
als auf eim rüden und handhaben.
in sonderheit merkt dise lere,
das ir forthin nu nimmer mere
eim großen herrn zu wolgefallen
im seiner sach solt bald zufallen,
eh ir die sach im grund verstehet
und allenthalben wol besehet,

335

340

345

350

---

334 vollnt, vollent, vollends.

dann oft ein herr aus zorn und neide
dem armen denkt zu tun ein leide;
wenn ers dann sonst nicht kan verfügen,
so denkt er im darauf ein lügen,
verleßt sich auf sein er und gwalte,   355
man werd in für kein lügner halten
und nur seim wort on widerreden
von stund an gwissen glauben geben,
wie dann mit disen ist geschehen.
drumb wollt euch forthin baß fürsehen,   360
euch auch kein gwalt vom recht laßt schrecken,
ob einer schon die zen tut blecken,
er wirt euch drumb so bald nicht freßen,
dann Got des grechten nie vergeßen.

Simeon.

Wir danken Got in ewigkeite   365
das er ist noch zu rechter zeite
ißt kumen und nicht zugelaßen,
das würd unschuldig blut vergoßen.
und dich, du auserwelter knabe,
dieweil dir Got hierin sein gabe   370
hat mer gegeben, denn uns alten,
wolln wir in allen eren halten
und uns mit nicht des laßen bschweren,
fürbaß zu folgn bein guten leren.
was rat aber nu ir herrn und alten,   375
wie mans mit disen zwein sol halten?

Gamaliel.

Ein urteil hat uns Got gegeben,
dem sollen wir nicht widerstreben.
drumb dörf wir nu nicht lang ratschlagen;
den tot den solln sie selber tragen,   380
den sie der frauen aufgeleget,
durch ire bitterkeit beweget.
dann weil sie falsch gezeugnus geben,
gebürt sichs nicht, das sie solln leben;

---

382 bitterkeit, Erbitterung, Ingrimm.

drumb fol mans iß on alle gnade 385
mit steinen werfen bald zu tode.

Zacharias.

Ich tu der meinung auch zufallen.

Daniel.

So tut mirs auch nicht übel gfallen.

Simeon.

Im namen Gots so seis beschloßen!
ir blut das sol iß werdn vergoßen. 390
ir knecht, fürt hin die lügentichter
und halt sie weiter nicht für richter.
nach irem verdienst solt ir sie eren,
mit steinen solt irs zubeschweren;
ir keins solt ir aus gunst verschonen, 395
man würd euch sonst mit in auch lonen.

Abed.

Ich hoff, es sol an uns nicht feilen,
wir wolln in recht irn lon mitteilen.
entlauft uns einr, er wirts wol sehen,
wenn er wirt undern stein aufstehen. 400

Actus quinti scena quinta.

Giezi. Resatha. Abed. Olympa. Ichabot. Ruth.

Giezi.

Wolan, ir herrn, ziecht auf die fart!
es ist mit euch nu ungeharrt,
es gfall euch ubel oder wol;
ir hört wol, was geschehen sol.

---

394 zubeschweren, beschweren, sobaß sie damit bedeckt werden. — 402 Mit euch
wird nicht lange gewartet, es wird euch ein kurzer Proceß gemacht.

Resatha.

Wir hören leider alzu vil. 405

Abed.

Ir selber fürt euch in das spil.

Olympa.

Ir herrn, gedenkt ir noch daran,
das ir mir unrecht habt getan
und mich umb meinen acker bracht?
itzund hat Got eur sünd gedacht 410
und rechet ab die alte schuld,
die er biß her hat lang geduldt.

Ruth.

Ir herrn, habt ir auch itzund nicht
der weil, das ir mein sache richt?
darnach ir gestern eilet ser, 415
das wirt euch itzund alzu schwer.

Ichabot.

O we, wie hat sichs glück verkert!
erst neulich warn wir hoch geert,
itzund sein wir der werlet spot
und stecken in der tiefsten not. 420
wie gar ist nichts gewis auf erdn!
wer hett gedacht, das uns solt werdn
ein sölches schendlichs end beschert?
o glück, wie hastu dich verkert!

Giezi.

Nu secht euch für, es kost das lebn; 425
ir mußt itzund den geist aufgebn.

Resatha.

O we meins kopfs!

___

411 rechet, rechnet.

Ichabot.

O we meins rucks!

Giezi.

Was sichst dich umb? wirf auf sie flucks.

Resatha.

O Got, bis gnädig zu der stund,   430
mein sel die fert dahin vom mund!

Ichabot.

O Got, nicht sich mein sünde an,
die ich von jugent hab getan,
kum mir zu hülf in diser not,
das mich nicht halt der ewig tod!   435

Abed.

Wolan, halt inn! sie habn sein sat,
sie ligen beid an rechter stat;
sie werdn kein frauen schenden mer,
noch fälschlich bringen umb ir er.

Giezi.

Ei ja, wir habn in gebn dafür   440
ein erzenei, ligt für der tür,
sant Steffans brot mans nennen tut,
die ist für solch gebrechen gut,
der kauft man umb ein groschen vil.

.   Abed.

Mir nicht, das ich ir kaufen wil,   445
der erzenei zu meinem leib!
ich wil on das mit willn keim weib
abschneidn ir er und gut gerücht,
so darf ich diser salben nicht.

---

428 rucks, Rückens. — 430 bis, imp. zu bin, bist, sei.

Giezi.

Ich wolt, das ich die alle sol   450
mit kißlingschmalz recht salben wol,
die von irm nechsten sagen schand,
die sie an im nie habn erkant.
ich wolt in ire zungen schmirn,
sie sollns in dreien tagn nicht rürn.   455

Abed.

Wir wollen davon laßen ab,
und dise schicken zu dem grab.
was solln sie da lign auf der erdn,
das sie dem volk das maul auffsperrn?

Giezi.

Poßhinden, diser hat vil schmer!   460
er wird zu tragn sein leiden schwer.

Abed.

Die hellküchlein, die er verzert,
die haben im den bauch beschwert.
greift auch ein wenig zu, ir gselln,
vom trankgelt wir euch schenken wölln.   465

Actus quinti scena sexta.

Susanna. Beniamin. Jahel. Joachim. Helchias. Elisabet.

Susanna.

O Got, der du allein gerecht,
du hast mich nu gerochen recht
und mich errett aus disem tod,
denn du allein in aller not

---

451 kißling, Kieselstein. — 461 leiden, sehr. — 462 hellküchlein, Höllen=
küchlein: die Steine, die ihn getödtet haben.

der helfer bift und nicht verleßt,   470
die fich auf dich verlaßen feft.
dein zufag bleibet allzeit war,
kein menfch dich lügen zeihen tar;
du haft dein kindern zufag tan,
du wöllft fie nimmer mer verlan,   475
fie fölln die rach nur dir zugebn,
du wölleft fie wol rechen ebn;
das haft an mir auch war gemacht
und deiner zufag recht gedacht.
darumb ich dich auch preifen wil,   480
weil ich in mir das leben fül,
und wil auch weiter des zu dir
verfehen mich, du werdeft mir
mein leben lang in aller not
erzeigen dich ein treuen Got.   485
o lieben, frumen eldern mein,
und ir, o liebfter gmahel fein,
laßt uns von herzen lobn und ern
den almechtigen Got und hern,
der fich fo freuntlich her geneigt   490
und uns fölch woltat heut erzeigt;
und ir auch, liebften kindlein mein,
laßt das euch zum exempel fein,
das ir ftets fürchtet Got den hern,
in liebt, vertraut und halt in ern,   495
dann ir ja ißt habt gfehen frei,
wie Got der her mir gftanden bei,
mich hat errett bei meinem lebn
und mich gefund euch widergebn.

Beniamin.

Ja, liebe, herzne muter mein,   500
wir wollen nu vil frümer fein.

Jahel.

Ich auch wil frum und thofam fein.

---

473 tar, darf, wagt, ftarke Form des Präteritums von türren, für das Präfens.

Susanna.

Ja, tus, du liebes töchterlein.

Joachim.

Susanna, liebste fraue mein,
ein steinen herz fürwar müst sein,   505
das Got nicht danket für die gnad,
die er uns heut erzeiget hat,
das er euch hat errett so fein
und wunderlich vons todes pein.
ich hatt mich eur schon ganz verzign,   510
nu abr ich euch tu widerkrign,
so solt ir mir vil lieber sein,
weil ir eur ehe gehalten rein,
und Got eur unschuld selbs bekant
mit dem, das er von euch die schand   515
hat in die lügner selbs gesteckt
und wider sie den knabn erweckt.

Helchias.

Das ist mir auch ein großer trost,
das du dich rein gehalten hast
und heut bestehst mit allen ern   520
vor Got und auch vor disen hern.
das kan ich Got verdanken nicht,
das er dein unschuld hat gericht.

Elisabet.

Ja freilich künn wir nimmer mer
bezalen Got die große er,   525
die er an uns hat heut gewant,
das er den knabn hat gesant,
dein unschuld hie zu offenbarn;
drumb solln wir auch kein zeit nicht sparn
und danken Got on unterlaß,   530
das er uns hat erzeiget das.

---

510 Ich hatte euch schon aufgegeben, ich war darauf gefaßt, euch zu verlieren. —
522 Dafür kann ich Gott nicht genug danken.

Actus quinti scena septima.

Abed. Simeon. Susanna. Daniel. Joachim. Nahor. Abdi.

Abed.

Weisen herrn, wir haben eur gescheft vollendet
und die übelteter zu dem tod versendet,
auch bestatt zur erden, wie sich das gebüret.
hoff, wir haben dise sach recht ausgefüret. 535

Simeon.

Got sei lob, das er die unschuld hat gerochen
und den argen richtern ire gwalt gebrochen,
die uns hatten schier gefürt in große sünde,
wo uns Got nicht hett errett durch dises kinde
und sich selbs der frauen unschuld angenumen 540
und das unrecht blutvergießen underkumen.
frau Susanna, das wir eur auch nicht vergeßen,
bitt wir euch, wolt uns in argem nicht zumeßen,
das wir habn zuvor ein urteil laßen gehen,
welchem nach euch großer gwalt von uns wer gschehen. 545
dann wir achten, das es Got so hat gewendet,
das der richter bosheit wurd an euch geendet,
und eur tugnt man dester klerer kunt ersehen,
wie dann auch zu beidem teil nu ist geschehen.
dann die richter habn nu iren lon entpfangen 550
irer bosheit, die sie habn biß her begangen;
aber eure tugnt wirt weiter ausgetragen,
denn man hett zuvor gewüst davon zu sagen.
alle menschen, die von diser gschicht werdn hören,
werden euren namen halten stets in eren. 555
auch so werdt ir manchem biderweib hie geben
ein exempel eines reinen, keuschen leben;
über das, die ir ein kleine weil mit schanden
neulich seit alhie vor unsern augn gestanden,

---

541 underkumen, verhindern, abhelfen.

solt von uns dafür sibnfeltig er nu haben, 560
welchs ir Got zu danken habt und disem knaben,
welchen Got aus gnaden itzt zu uns her sante,
das eur unschuld jederman nu würd bekante.

Susanna.

Lieben herrn, das urteil, das ir heut tet sprechen,
wil ich euch forthin in argem nicht zurechen, 565
sonder wils für Gottes willen auch erkennen
und sein wundertat zu großem dank annemen,
welch er hat an seiner armen meid erzeiget
und so väterlich sich her zu mir geneiget.
dich auch, liebes kind, wil ich in eren haben, 570
weil dich mein Got hat begabt mit sölchen gaben
und durch dich mich hat errett von diser gwalte.
weil ich leb, wil ich gegn dir mich dankbar halten
und für Got meins herrn gesanten dich erkennen,
auch nach Got dich meines lebens heiland nennen. 575

Daniel.

Frau Susanna, keiner ern ich nicht begere;
dann ich meinenthalben nicht bin kumen here,
sonder Got der hat eur unschuld angeschauet
und eur herz, welchs im mit starken glaubn vertrauet,
welches halbn er eur gebet hat angenumen 580
und verschafft, das ich den tod must underkumen.
drumb so gebet Got allein hierumb die ere,
dann so habt ir auch schon tan, was ich begere.

Joachim.

Lieber son und ir, mein liebe herrn und alten,
billich soll von Gottes lob uns nichts aufhalten; 585
wolln derhalbn wir all zugleich mit höchstem vleiße
uns gegn unserm lieben Got mit dank beweisen
und der woltat forthin nimmer mer vergeßen.
weiter aber alle, die ir hie geseßen,
tu ich auf das freuntlichst bitten und begeren, 590
das ir euch mir nachzufolgn wollt nicht beschweren
und den tag mir helfen wollnt mit freudn vollenden,
dran mir Got mein leid in freud hat wollen wenden.

---

581 underkumen, hier: entgehen.

dann wir wollen lob und dank dem herren singen,
wolln uns frölich auch erzeign mit tanzn und springen, 595
alles unserm lieben Got zu lob und eren.
alle unkost sol mich gar mit nicht beschweren;
dann dieweil mein weib heut stund in todes gfare,
meins bedunkens ich gereit ein witwer ware;
weil sie aber Got erhalten hat beim leben 600
und mirs gleichsam wider zu der ehe gegeben,
wil ich auch gleich als ein neue wirtschaft halten.
drumb ich nochmals bitt, mein liebe herrn und alten,
wollet euch dabei zu sein nicht laßen bschweren,
Got zu lob und mir zu lieb, meinr fraun zu eren. 605

Nahor.

Wollet im ein antwort gebn von unserntwegen;
wie irs macht, so sols uns auch nicht sein entgegen.

Simeon.

Lieber Joachim, eur bitt wir habn verstanden,
wollen euch auch all zugleich nachfolgn zu hande,
dann eur frumen fraun und euch zu lieb und eren 610
sol uns diß und anders mer zu tun nichts bschweren.

Joachim.

Des bedank ich mich gegn euch mit höchstem vleiße;
wil mich wider dienstlich gegen euch beweisen.

Abdi ad spectatores.

Alle, die ir habt meim herren helfen klagen
und ob frau Susannen herzlich mitleidn tragen, 615
wollet euch auch frölich widerumb beweisen
und mit im den herrn für seine woltat preisen.

Cui uni sit gloria in secula. Amen.

---

597 unkost sing., Unkosten. — 599 gereit, bereits. — 602 wirtschaft, Gast=
mahl, Hochzeit.

Der Beschluß.

Großgünstig liebe herrn und freund
und all, so hie versamlet seind,
die ir dem spil habt zugehört,
merkt, was nu wirt von euch begert:
das spil der meinung ist geticht   5
und ißt darauf auch angericht,
das Got dem herrn daraus entstünd
sein er, und nuß auch schaffen künd
bei allen den, die solchs würdn hörn;
drumb tun wir fürnemlich begern,   10
das im ein jeder nem daraus
ein ler und trags mit im zu haus
und beßer sich in seinem stand,
er sei nu wie er sei genant.

Die richter das mit irer tat   15
uns lern, was schand es auf im hat,
wenn alte leut erst bulen wolln,
die sölchs den jungen weren solln,
und wie ein elend ding es sei
umb einen menschen, wenn er frei   20
gelaßen wirt seim eignen will,
wie im kein bosheit ist zu vil;
auch wies umb obrigkeit ein gstalt
hat, so sie faren mit gewalt
und die person der reichen herrn   25
anschaun, die armen aber bschwern

und richten nur nach gunst und neit,
verlaßen die gerechtigkeit,
wie sölchs nicht bleibet ungestraft
von Got, die rach auch selbs verschafft;   30
an in auch das ein jeder lere,
wer jemand schmecht an seiner ere
durch zeugnus falsch und lügentand,
das der auch gmeinklich werd zuschand.

   Die ratherrn uns das zeigen an,   35
das wir aus forcht nicht sollen lan
uns schrecken ab von dem, das recht,
wenns uns gleich selber nachteil brecht;
was unrecht ist, nicht willign drein,
in böser sach kein jaherr sein;   40
auch das kein herr sich schäme nicht,
von eim zu hörn ein gutn bericht,
der etwas gringer ist denn er,
wie die habn gfolgt des knabens ler.

   Der Daniel beweist uns alln,   45
wie herzlich Got die kinder gfalln,
und wie er in auch geben kan
sein geist, wenns gleich vernunft nicht han;
wie Got auch durch der kinder mund
gepreist wil werdn zu aller stund.   50

   Die frau Susanna gibt uns mer
vil christlicher und schöner ler;
dann erstlich ists ein spiegel klar,
darin sich solln beschauen gar
all frume frauen, die da wolln   55
gern wandeln, wie sie wandeln solln,
und trachten auch nach tugnt und er;
die habn an ir ein feine ler,
wie sie ir menner sollen ern,
erkennen sie für ire hern   60
nach Gots gepot und in zu gfalln
sich halten stets, auch in für alln
mit reiner lieb vest hangen an,
nicht volgen nach eim andern man;

wie sie solln leren oft und vil 65
ir kind und gsind den Gotteswill.
vors ander lerts uns all zugleich,
das man von Gots gepot nicht weich,
und keinr sich laß verfüren davon,
ehe setz sein leib und leben dran. 70
vors dritt so gibts uns ler und trost,
das wir gewiß solln werdn erlost,
wenn wir gleich lign in höchster not,
so wir nur halten vest an Got.
und unser kreuz gedultig tragn, 75
das uns von Got wirt aufgeladn;
dann ehe uns Got verlaßen kan,
so greift ers ehe mit wunder an,
wie ir itzt gsehen klar und hell,
das gschehen ist durch Daniel. 80

Die witwen uns auch das bewern,
das, wer die rach befilcht dem herrn,
das der aufs best gerochen werd,
mer, denn er selbest hett begert.

Der Jochem ein exempel fürt, 85
was einem frumen man gebürt,
der dann sein eheweib liebt und ert,
tregt sorg für sie, das ir nicht werd
zugfürt ein ungmach oder leid,
on not sich auch von ir nicht scheid. 90

An disen eldern das man spürt,
was er und freud uns das gepirt
zuletzt in unsern alten tagn,
wenn wir die kinder wol gezogn.

An knecht und meid man das betracht, 95
wie in gebür, das sie in acht

---

81 bewern, bewähren, als wahr erweisen. — 92 gepirt, gebiert.

wol han und merken gute ler,
die in fürgibt frau oder her;
ir gschest auch treulich richten aus,
was in bevolen wirt im haus. 100

Des gleichen die zwei kinderlein
die kinder leren ghorsam sein,
das sie mit lieb und nicht mit schleg
sich laßen fürn den rechten weg,
mit guter ler sich spilen tragn, 105
die in ir eldern vor tun sagn,
und was diß spil der gleichen mer
in im begreift für gute ler,
die ich nicht all verzelen kan,
der woll sich brauchen jederman 110
zu seinem besten, wie er weiß.
so krigt auch Got davon sein preis,
und gschicht dem tichter und uns alln
nach unserm höchsten willn und gfalln.
noch ferner aber, lieben hern, 115
wir all zugleich von euch begern,
dieweil wir fürnemlich euch alln
zu beßerung und wolgefalln
der müe uns unterwunden han,
diß spil gelernt und gfangen an, 120
ir wolt euch unsern dienst nu lan
gefalln und dankbar nemen an.
und so wirs etwo hetten nicht
nach notturft gnugsam ausgericht,
so bitt wir, nemt ißund für lieb, 125
biß sich ein jeder beßer ieb,
wenn er mer zeit und weile hat.
ißt nemt den willen für die tat;
dann das wir sölchs gefangen an,
das hab wir ja im besten tan 130
nach Gottes er, nichts gsuchet mer,
dann daß der jugnt ein reizung wer
zu Gottes forcht und erbarkeit,
zu tugent und gotseligkeit,

---

105 spilen, zum Spielen, im Spiel. — 126 ieb, üb.

und kem zu nutz gemeiner stat,   135
und auch zu er eim erbarn rat,
den wir daneben auch hiemit
verert wolln habn, mit gmeiner bitt,
er wolls im besten nemen an
und unsern dienst im gfallen lan.   140
das wolln wir fort in anderm fal
umb in verdienen all zu mal.

Finis.

Acta Calae Dominica Invocavit.   Anno Domini MDXXXV.

---

141 Dafür wollen wir ihnen künftig anderweit zu Diensten sein.

III.

Lienhart Kulman.

Vorbemerkung.

Lienhart Kulman, ein Theolog, der seiner gelehrten Schriften wegen zu seiner Zeit in Ansehen stand, wurde zu Krailsheim im würtembergischen Jaxtkreise 1498 geboren. Nachdem er die Universitäten zu Erfurt und Leipzig besucht, als Präceptor in Bamberg und als Meßner in Ansbach gestanden hatte, erhielt er 1522 die Rectorstelle an der Schule des neuen Spitals in Nürnberg und 1549 das Predigeramt zu St.-Sebald. Ein eifriger Anhänger Johann Osiander's, vertheidigte er dessen von Luther abweichende Lehre von der Rechtfertigung und büßte dadurch seine Stelle ein, wurde 1556 Superintendent zu Wiesensteig, zwei Jahre später Pastor zu Bernstadt bei Ulm und starb im Jahre 1562. Während der ersten Zeit seines Lehramts in Nürnberg war er in seinen nicht für Gelehrte bestimmten Schriften besonders als Pädagog thätig. Es erschienen von ihm zwei ansprechende kleine Büchlein: „Zuchtmayster für die jungen Kinder. Kauff mich deinen Kindern, o vater und muter und laß mich fleissig lesen, so werden sie eer un glori von Got uñ menschen haben. Durch Leonardum Kulman 1538." Am Ende: „Gedrückt zu Nürnberg durch Jobst Gutknecht. 8." und: „Jüngen gesellen, Junckfrawen vñ Witwen, so eelich werdñ, zu nutz ein undterrichtung, wie sie sich in eelichen Stand richten solln außgezogen durch Leonhardum Culman. 1532." Am Ende: „Gedruckt zu Nürnberg durch Jobst Gutknecht." Als dramatischer Dichter trat er erst später auf. Das erste seiner Dramen wurde in Nürnberg gehalten und gedruckt: „Ein christenlich Teutsch Spil, wie ein Sünder zur Buß bekärt wirdt, Von der sünd Gesetz vnd Evangelion, zugericht vnd gehalten zu Nürnberg durch Lienhardum Culman. M. D. XXXIX." Am Ende: „Gedrückt zu Nürnberg durch Hans Guldenmundt." Er fand die

Veröffentlichung nothwendig, weil, wie es scheint wegen seiner Ansichten über die Buße und Rechtfertigung, die verschiedensten Urtheile darüber laut geworden waren. Sein Zweck war ein rein didaktischer, es sollte „eine Warnung und Vermahnung der sichern Welt" sein. In einem angehängten Briefe des Doctor Wenzeslaus Rink wird dies weiter ausgeführt. „Man müsse jetzund Gottes Wort und Lehre, gute Sitten der tollen Welt und ungezogenen Jugend fürtragen mit Reimen, Liedern, Sprüchen, Spielen der Comedien und Tragedien ꝛc., ob vielleicht die das Predigen nicht hören, noch sonst Zucht leiden wollen, durch Spiel oder Gesänge möchten erworben werden." In demselben Geiste sind auch die weltlichen Schauspiele gehalten: „Ein schon weltlich spil, von der schönen Pandora aus Hesiodo dem Kriechischen Poeten gezogen (1554)." Am Ende: „Gedruckt zu Augspurg durch Hans Zimmermann. 8." Es soll aus demselben jedermann ersehen, was „angenumene Wollust für Plag mit sich bringt". Auch „ein Teutsch spil, von der auffrur der Erbarn weiber zu Rom, wider jre männer, gezogen auß Aulo Gellio, durch Leonharbum Culman von Krailßheim." Am Schlusse: „Gedruckt zu Nürnberg durch Georg Wachter. 8." will einen moralischen Lehrsatz zur Anschauung bringen.

Die „Witfrau", das letzte Stück des Verfassers, gründet sich auf eins der fünf Wunderwerke, welche nach dem zweiten Buch der Könige, Kap. 4, der Gottesmann Elisa verrichtet hat. Kulman hat sich die Erzählung in folgender Weise zurecht gelegt: Im ersten Act klagt ein Selbstgespräch des Mannes, dem die Witwe schuldig ist, über das schlechte Eingehen der Gelder; er redet sodann mit einem Nachbar über seinen Entschluß, die Schuldnerin persönlich zu mahnen, schickt jedoch auf seinen Rath einen Diener ab. Sie bittet um Frist, und der Knecht sucht seinen Herrn zum Mitleid zu stimmen, doch vergebens; seine Seele hängt an Geld und gutem Leben; er geht zur Tafel, um sein Gewissen in Veltliner und Rheinwein zu betäuben. Darauf sehen wir im zweiten Act die Witwe selbst mit ihren beiden Kindern auf dem schweren Gange zum Wucherer. Ein Bürger der Stadt ist als Vorsprecher mitgekommen, die Knaben flehen umsonst um ihre Freiheit, die dem harten Manne verfallen soll, wenn die Zahlung nicht erfolgt, und so rückt die böse Stunde immer näher heran. Die dritte Handlung stellt die Gerichtssitzung dar; der Richter schlägt wohlwollend einen Vergleich vor, aber der Kläger bleibt auch jetzt unerbittlich. So muß das Urtheil dahin ausfallen, daß die Strenge

des Stadtrechts in Ausführung kommt, und nur eine zehntägige
Frist gestattet wird. Der trostlos Heimkehrenden begegnet Elisa,
der Prophet, und gibt den Rath, aus einem Oelkruge, dem einzigen Be-
sitzthum der Witwe, andere, von Nachbarinnen entlehnte Gefäße zu
füllen. Beim Beginn des vierten Actes rührt sich alles vor dem
Hause der armen Frau in geschäftiger Thätigkeit; Krüge werden
herbeigeholt und füllen sich. Da tritt Elisa herzu und befiehlt, das
so gewonnene Oel zu verkaufen und vom übrigen zu leben. Darauf erscheinen in der letzten Handlung ein Krämer und ein Kaufmann; sie haben von dem Verkauf gehört und treten in das Haus.
Nun tritt der Gläubiger wieder auf und beauftragt den Knecht,
die Schuld einzutreiben; dieser empfängt das Geld mit der Mah-
nung an seinen Herrn, gegen Witwen und Waisen in Zukunft
mehr Barmherzigkeit zu üben.

An sich ist die jüdische Sage ein hübsches Bild eines von Liebe
erfüllten Hauslebens, tröstlich zunächst für Frauen, denen der Ver-
sorger durch den Tod entrissen worden ist. In diesem Sinne auch
faßte der Verfasser dieselbe auf, als er den Druck des Schauspiels einer bekümmerten Witwe, der „Frau Aemilia", der Ge-
mahlin des Markgrafen Georg von Brandenburg, eines gottseligen
Herrn und eifrigen Beförderers des Reformationswerks, zuschrieb.

Mit der sich von selbst ergebenden Moral glaubte der Verfasser
noch kein Genüge gethan zu haben; dieselbe mußte deshalb bis
ins einzelne durchgeführt werden. Jede der eingeführten Personen,
deren Zahl sich unter seinen Händen erweitert hat, dient dem Ausdruck einer besondern guten Lehre. Der Nachbar des Wucherers
z. B. soll vor dem Schuldenmachen warnen und eilt dann fort,
indem ihm einfällt, daß es für einen Handwerker nicht gut sei, so
lange außer dem Hause zu sein. Vor allem kam dem Dichter die
Möglichkeit, in seinem Stücke auch Kinder mitspielen zu lassen,
sehr gelegen, um ein Beispiel christlicher Kinderzucht aufzustellen.
Zum Ueberfluß führt der „Beschluß" dies alles den Zuschauern
noch einmal zu Gemüth, um endlich noch an eine weitere Lehre,
die ihnen entgangen sein könnte, zu erinnern. Dieselbe ist
gegen die communistischen Bewegungen unter den Wiedertäufern
gerichtet, „welche alle Dinge gemein haben wollen, kein Gericht,
kein Recht anerkennen, sondern nur was ihnen gefällt für recht
halten". Dagegen zeigt die Erzählung, daß es Christen an sich
nicht unerlaubt ist, Handel und Wandel zu treiben, mit Gewinn
zu kaufen und zu verkaufen, wenn nur das Herz dabei nicht ver-
härtet, und die Hand zum Geben bereit bleibt.

Zu loben ist die Kunst, mit dem das Stück angelegt und durchgeführt ist. Wir wollen hier nur noch einer Flüchtigkeit Erwähnung thun, die sich der gelehrte Theolog in der Auffassung des Wunders zu Schulden kommen läßt. In der letzten Scene des dritten Actes erwidert die Witfrau auf die Frage des Propheten:

> Dein Weib hat nichts im ganzen Haus,
> denn ein Oelkrug, der geht nicht aus.

Der Krug wäre also der Träger des Wunders, ein zauberhaftes Geräth, gleich dem nie leer werdenden Seckel und andern Wunschdingen des Märchens und der Sage, während doch sonst die Sache als eine besondere Wunderthat Gottes durch seinen Propheten im Sinne der Bibel genommen wird.

Ein schön Teutsch Geistlich
Spiel, von der Widtfraw, die Gott wun=
derbarlich durch den Propheten Elsia, mit dem Oel
von jrem Schuldherren erlediget. Gezogen auß dem
andern Theyl der Königen, am 4. Cap. Zu trost
allen Widwen vnd Waisen, durch
Leonhardum Culman von
Craylßheim.

An die durchleuchtige, Hochgeborne
Fürstin vnnd Frawen, Frawen Aemilia,
Margräffin zu Brandenburg ꝛc.
Geborne Herzogin zu
Sachsen.

(Holzschnitt.)

(36 Bl. 8.)

Gedruckt zu Nürnberg, durch
Valentin Newber.

Die perſonen in diſem ſpil.

Vorreder.

Redner des inhalts.

Schuldherr.

Handwerker.

Siba, ſchuldherren knecht.

Witfrau.

Aſer, } der witfrau ſön.
Jero, }

Burger, der witfrau freund.

Richter.

Strato, des richters knecht.

Eliſa, der prophet.

Kaufman, } die das öl kaufen.
Krämer, }

Schlußreder.

Prologus oder vorreder.

Achtbarn, ersam günstige herrn,
auch euch erbarn frauen zu ern
seind wir herein zu euch kummen,
berüft und nicht unbesunnen.
so ist unser brauch lang gewesen,   5
das wir uns was haben erlesen
aus Gottes wort, das tröstlich ist,
ein schön histori, die man list
in der bibel, heilig schrift genant,
daraus man Gottes kraft erkant,   10
die er auf erd noch wirken tut
in dem, das er die sein behüt
vor dem übel und sie dabei
teglich schlafend erneret frei,
wie er dann hat den vätern tan,   15
das nun bekant ist jederman.
nun haben wir für uns genummen,
darumb wir auch herein sein kummen,
ein geschicht und wunderwerk groß,
das on frucht nit wird abgehn ploß.   20
solchs vor euch zu spiln sind bereit,
damit wir auch vertreiben die zeit,
do andre frisch und frölich sein;
das ists, das wir kummen herein.
ein schöns spil und gschicht bringen wir,   25
die ir solt mit herzen begir

hörn, faßen in eur herz hinein,
sonder was witwen, waisen sein,
alle, die sein in großen nöten,
daß irs ellends ein fürbild heten,   30
damit sie iren glauben sterken,
wie ir allhie wol werdet merken,
das die, so Got vertrauen teten,
der heiligen väter unfal sich trösten.
drumb ich bitt, hört uns zu mit fleiß,   35
dann Gottes wort wil han den preis,
das man mit ernst handel und hör;
das ist auch der aller beger,
die darumb sind tummen herein;
nicht das irs acht, als spilleut sein,   40
die narrenteidung bringen für;
solchs gehört als hinder die tür;
unser tun ist göttlich und recht.
ob wir gleich klein sind und auch schlecht,
bitt ich doch, habt mit uns vergut.   45
der knab, den man herfüren tut,
der wird erzelen die geschicht;
im end werdt ir hörn den bericht,
was man guts daraus lernen sol.
seid still, so künt irs hören wol.   50

Argumentum oder inhalt.

Zur zeit Achab, des königs Israel,
sein ehlich weib genant Isabel,
wurden die propheten, Gotts knecht,
verfolgt, geplagt, übel geschmecht,
verstect, darzu auch vertriben,   5
als im buch der könig ist beschriben,
das sie leiden musten groß not,
hunger, kummer, zu letzt den tot.

---

28 sonder, besonders. — 30 daß, daß sie. — 40 Nicht daß ihr meinen sollt,
es seien Schauspieler, welche närrische Dinge vorbringen. — 42 als, alles.
Solche Dinge sind der Beachtung nicht werth. — 45 habt mit uns vergut,
nehmt mit uns fürlieb.

Gottes wort, frei von in bekant,
warb veracht in dem ganzen land;   10
abgötterei warb aufgericht,
Gottes dienst abtan, wie denn gschicht,
wo gottlos herrn regenten sein;
das gret in auch zur ewigen pein.
Achab, Ahasia, des son, vergleich,   15
nach im Joram kam in das reich,
all übel vor dem herren teten,
in großer abgötterei lebten;
Gottes wort wurd von in veracht,
was die propheten sagtn, verlacht.   20
es gieng gar wenig ein in beiden;
drumb musten die propheten leiden
groß armut; hunger, schuld sie bringt,
wie auch eine witfrau fürbringt,
den propheten Elisa schreit an,   25
weil auch gewesen wer ir man
ein prophet, Got des herren knecht,
gottsförchtig, von jugent auf schlecht,
schon gstorben wär, verlaßen het
zwen sön, die sie aufziehen tet.   30
die wolt ir der schuldherr mit rechten
nemen hin zu eigenen knechten.
Elisa, der prophet, Gottes man,
fragt, was er ir darzu solt tan,
obs nicht was hab in irem haus: 35
ein öltrug; heißt ers schicken aus,
entlehen bei nachbarn läre gfeß
gar vil und die alle vol meß,
daß die tür hinder ir zuschlüß
mit iren sönen on verdruß,   40
und wenns die gfeß gefüllet hab,
hin geb, damit die schuld zal ab.
dem wort Gottes sie ghorsam war,
was der prophet hieß, tet sie dar.
so vil gfeß die knaben trugen zu,   45
sie füllts vol, spricht: noch eins her tu;

---

14 gret, geräth. — 28 schlecht, schlicht, redlich. — 34 tan, des Reims wegen für thun. — 44 dar, da.

der knab der sprach, keins wer mer do;
do stund das öl, des warn sie fro.
Elisa, dem man Gotts, sagt sies an,
fragt, was man mit dem öl solt tan.   50
er spricht, sie sol es hin geben,
die schuld zaln, vom übrigen leben,
sie und ir sön davon ernern.
also kan und wil Got die gwern,
die in in nöten rüfen an.   55
nun wöll wir das spil fahen an.

_____

54 **die gwern**, deren Bitte erhören.

Actus primi scena prima.

Schuldherr.

Ach wunder über wunder dar,
das unser handel jetz so gar
nimt ab und nichts mer gelten wil!
ich hab der schuld und irer zil
geschribn so vil in meinem buch!   5
wenn ich die gegen schuld auch such
und die rechnung dargegen betracht,
welchs mir manch große sorge macht,
wenn die kommen, den ich schuldig bin,
sagn von gutem kauf, zil und gwin,   10
wöllen zalt sein mit groben gelt,
wies denn der brauch ist in der welt,
so machts mich unlustig überaus,
das ich oft geh aus meinem haus.
aber die mir schuldig sein umb war,   15
drei poten schick ich in fürwar,
daß ir schuld sollen zalen all;
und was für red in disem fall
mein knecht von in oft hören muß!
mir nicht, spricht er, ja solchen gruß!   20
sie segen mit dem teufel ein,
sagen, er soll gotwilkum sein,
kein gutes wort gebens darzu;
sol das nicht sein ein groß unru,
zum borgen, sorgen leiden das?   25
und so jemand von in sagt was,
künnen drei und zehen sagen drauf:
ei, (sprechens) wart, das ich dir entlauf!

---

4 zil, Zahlungstermin. — 15 umb war, für Waare.

des muß ich auch gewarten sein.
sih, dort komt der nachbaur mein   30
ganz recht, wil im das alles klagen,
hören, was er darzu wil sagen.
er ist ein frommer handwerksman,
der sein haus wol regieren kan.

Scena secunda.

Handwerker. Schuldherr.

Handwerker.

Glück zu, lieber nachbaur und herr!   35
wie so frü? allein was ist eur beger?
wo wolt ir hin, das ir also eilt,
was ists, das euch so frü austreibt?

Schuldherr.

Ach, ich sol gehn schuld fodern ein;
hab daheim die register mein   40
übersehen, was ich und andre mir
schuldig sein, das ich der begir
erfüllet, wie denn billich ist,
weil jetzt vorhanden ist die frist,
auch sunst jetzt schlecht ist unser gwin.   45

Handwerker.

Dank Got, das ich euch nichts ztun bin!
we dem, der schuldig ist, sag ich,
kein ding auf erd plagt herter mich,
dann schuldig sein, sag ich fürwar.
bei tag und nacht kein rue gar   50
der hat, welcher vil schuldig ist.
man sagt: die geiß kein zil abfrißt.

Schuldherr.

Wolan, es kan nit sein überal;
wer handeln wil in disem fal,
der muß schuldig sein und borgen.   55

---

46 Daß ich euch nichts schuldig bin.

Handwerker.

Auwe nein, borgen macht sorgen;
darvor behüt mich Got, mein herr,
die gfar gsteh ich nimmer mer.

Schuldherr.

Wenn irs künt überhaben sein,
wol euch, es ist überaus fein!
in hendeln geht es anders zu.

60

Handwerker.

Darumb machens euch groß unru.
lieber herr, sagt, wo wolt ir hin?

Schuldherr.

Ich het mir gnommen in mein sin,
bei einer witfrau fodern schuld.

65

Handwerker.

Schaut nur, daß nit sei ein unhuld,
oder ein zornigs weib, weins vol;
möcht euch sonst zaubern, plagen wol.

Schuldherr.

Ei nein, ich hör, das sie from sei,
züchtig, keusch, gotförchtig dabei.

70

Handwerker.

Wolt irs fodern und sprechen an,
dieweil gestorben ist ir man?
es wer ein schand, fodert euern knecht,
das er die sach ausrichte recht.

Schuldherr.

Ir gebt fürwar ein guten rat;
mein knecht doch sonst nichts zu tun hat.

75

---

58 Der Gefahr setze ich mich nimmermehr aus.

Scena tertia.

Schuldherr. Handwerker. Siba, knecht.

Schuldherr.

Hörstu, knecht? bald hieher kum,
hörstu? doch sih dich nit lang umb.
kom her zu mir, du must außgan,
einer witfrau schuld fodern an.   80
das sie zal; ir zil ist schon auß.
du weist, in der gaß ist das haus,
laß dich nit bald lär weisen ab.

Siba, knecht.

Wie, wenns spräch: gar kein gelt ich hab,
was solte ich denn darzu sagen?   85

Schuldherr.

Sprich, ich wöls für gricht verklagen;
gelt oder pfand mußs geben mir.
hör, knecht, noch eins befil ich dir,
sih mit fleiß im haus dich wol umb.

Siba.

Wie, wenn mir zu kurz würd das trum,   90
daß mich jagt aus dem haus hinaus?
denn ich geh nicht gern in ein haus,
do ich schuld sol foderen ein;
man leßt mich auch nit gern hinein.

Schuldherr.

Versuchs, ich hoff nit, daß gfar hab,   95
erschrick nit so leichtlich darab.

Handwerker.

Ich wil nun auch gehen zu haus,
mein arbeit vollend richten aus,

---

90 trum, das Ende; wie, wenn es unglücklich für mich abliefe?

damit mein gsind nichts versaum.
wann die katz wendt den rücken kaum, 100
so tanzen dmeus; also das gsind,
wo es nicht stets vor augen findt
ir herrschaft, meinens, sie sein frei;
richten zwar wenig aus darbei.

Schuldherr.

So wil ich auf den kaufmans plan, 105
sehn was da handel ieberman.
geh hin, knecht, versuch dein heil,
wenns dir jetzt geb den halben teil,
nims an zu gut; für böse schuld
krigt man warlich oft solche huld. 110

Scena quarta.

Siba, knecht. Jero, knab. Witfrau.

Siba, knecht.

Hört, hört, ist niemand in dem haus,
der tu mir auf, oder geh heraus?

Jero, knab.

Was ists, ich geh gleich raus on gfer.
wen suchstu, was ist dein beger?

Siba, knecht.

Wo ist die frau, zu der ich wil? 115
sag mirs bald, mach der wort nit vil.

Jero, knab.

Du bist gwaltig und trutzig gnug;
schau, das dein fürbring habe fug,
doch nit so ser, obb gleich reich bist;
trutz, reichtum, groß er, gwalt oft frißt 120
irn eigen herrn, demütigt den;
dann hochmut nit lang tut bestehn.
sihe, da kumt die mutter mein!

---

101 dmeus, die Mäuse.

Witfrau.

Was ist es, das du kumst herein?
von wem bistu geschicket her,   125
sag, lieber, was ist dein beger?

Siba, knecht.

Mein herr der hat befolen mir,
wast im ztun bist, fodern von dir.
verschinen ist lang zeit und zil;
drumb er nicht lenger borgen wil.   130
zal oder gib pfand, oder sih drauf,
das dir der schuldturn nicht nachlauf.
mein herr ist ein heftiger man,
er darf fürwar solchs alles tan,
oder dein sön zu eigen knechten   135
nemen, wies leren die rechten.
darumb so gib mir kurz bescheid,
damit dir nit daraus kumm groß leid.

Witfrau.

Ach lieber knecht, bedenk mein not!
do mir mein man abgieng durch tot,   140
gar nichts er mir verließ nach im,
klein war unser solbung und gwin,
die zwen söne und schulden vil,
die ich all mit Gotts hilf zalen wil;
den laße ichs nun fortan walten.   145

Siba.

Habt villeicht übel haus ghalten,
kein ordnung gehabt mit eurem zern,
wies geht, wenn man wil mer anwern
denn gwinnen, kumt schuld hernach,
darzu auch oft groß schand und schmach.   150

------

128 wast im ztun bist, was du ihm schuldig bist. — 129 verschinen, ver-
flossen, abgelaufen. — 147 zern, zehren, verzehren. — 148 anwern, anwerben,
loswerden, ausgeben, verthun.

Witfrau.

Nein zwar, mein lieber man frum war,
einer aus der geistlichen schar,
ein prophet, Got unsers herrn knecht,
ganz treu in seinem ampt und schlecht,
auch nüchtern und meßiger speis,   155
Gottes wort, dienst wart mit fleiß;
ganz gring unser haushalten was,
trank wenig wein, häbern prei aß.
noch hat Got über uns verhengt
solch schuld und kreuz, das mich hart drengt,   160
ja, auch schwecht, krenkt und frißt mich ser,
wie wol ich hoff, trau, Got, mein herr,
werd mich geweren meiner bit,
mich drin laßen verderben nit.
er wird mir helfen aus der not,   165
wie sein heiligs wort verheißen hat,
das ich bezal denn deinen herrn
redlich, wie er es tut begern.

Siba.

Wenn wirds werden? gelob mirs an,
auf das ichs meinem herrn sag an.   170

Witfrau.

O lieber knecht, kein zeit ich weiß,
auch gar nichts gewiß dir verheiß;
in meim haus ist nichts denn armutei.
beschert mir Got was, so sol er frei
bezalt werden, als frum ich bin.   175
sprich, ich beger gnad von im,
das er gen mir barmherzig sei,
hab gebuld, das sag im dabei.

Siba.

Wils tun, besorg, er werd der bit
von dir ja gar annemen nit.   180

---

151 zwar, fürwahr. — 158 häbern prei, Haferbrei. — 159 noch, bennoch. —
175 als frum ich bin, so wahr ich ehrlich bin.

Scena quinta.

Siba, knecht.

Secht, lieben, was sol man nur sagen,
was die knecht des herrn tun klagen?
leiden not und auch armut groß,
haben nichts, gehn schier nacket, ploß;
mein herr und ander kaufleut mer   185
han kleider, eßen nach irm beger,
seind wol ghalten von jederman;
die armen pfaffen haben kaum,
das sie erhalten mögen werdn;
also muß es hie gehen auf erdn,   190
wer Gottes kind wil sein und leben
from, grecht, nach dem himel streben,
der muß das kreuz auf sich nemen;
wil er Gottes wort bekennen,
vil armut, not und trübsal leiden,   195
die sünd und der welt gunst auch meiden;
dann was man lert und glaubt, muß sein
bekant offenbar in der gmein,
das es sicht all welt, jederman;
drumb wer wil sein ein christen man,   200
der darf der welt nicht heuchlen vil,
er verleurt sonst kleinot und zil.
botz, da ist mein herr, ich kom gleich recht!

Scena sexta.

Schuldherr.   Siba.

Schuldherr.

Ich mein, du bulst umbd witfrau, knecht,
das du so lang bist ausgewesn;   205
oder hats dir ein kapitel glesn?
ich merks, du bist ganz traurens vol.

Siba.

Weiß schier nicht, was ich sagen sol;
es ist ein from, gotsfürchtig weib.

Schuldherr.

Ei, secht! 210

Siba.

Nein, kein spot ich treib,
das glaubt sicher, bei meiner treu.
ich reb es hie on alle scheu:
wenn ich het so vil gelt, als ist
schuldig, gleich jetzt zu diser frist, 215
so zalt ichs euch; danns jammert mich,
das ein weib so vil sol leidn sich.

Schuldherr.

Was sagts, wils zalen oder nit?
es hilfts wenig alle fürbit;
zaln oder in schuldturn gehn, 220
oder ir sön zu dienst anstehn,
zu eigen knechten in meim haus.
bei dem müst ich verderben gar.

Siba.

Ja, also reden all fürwar,
die geizig, filzig, karg leut sein. 225

Schuldherr.

Was sagst? ich mein, du spottest mein.

Siba.

Nein herr, ich hab die warheit gsagt.
die gut, frum frau sich nur ser klagt,
sei arm, hab darzu nie ghabt vil;
so kum ir bald zu zaln das zil. 230

Schuldherr.

Ach, was sagst! du redst nach irer gunst;
die geistlichen vil klagen sunst,
können nicht erfüllet werden.

Siba.

Ja, ich sih wol jetzt auf erden

---

217 sich leiden, sich quälen, bekümmern, Sorge haben.

wies zugeht, sie haben den sack	235
und ir das gelt, den edlen schmack.
seint sie die ehe haben erkorn,
habens monstranz, pacem verlorn;
sie haben kaum, das dsuppen tregt,
das sie denn oft zu borgn bewegt.	240

Schuldherr.

Drumb seins geistlich, das nit soln han
vil gelts, sonder vor jederman
in armut, geistlich, ellend leben,
so wird in Got das ewig geben.

Siba.

Was, euch? lieber herr, was meint ir?	245

Schuldherr.

Schweig! was sagst? geh herein mit mir,
das wir eßen; alsdenn ich wil
sie fürfordern fein in der still
für die oberkeit, unsern gwalt,
also wird mir mein schuld bezalt.	250

Siba.

Ja, traun gilt wol, wa das geschicht!
manchem an parem gelt vil bricht,
der sonst alle sein schuld zalt gern.
des tet sie auch von mir begern
ein lange frist on alle pfand.	255

Schuldherr.

Nichts, nichts, bei meiner rechten hand
ich schwer, das nichts sol erlangen,
im schuldturn muß ligen gfangen,
so lang biß mich gar zalet ab.
geh, schau was ich zu eßen hab;	260

---

236 schmack, Geschmack, was gut schmeckt. — 251 wa, wo. — 252 bricht, gebricht.

heiß richten an, und trag du auf,
nach wein gar bald in keller lauf,
bring wermut, reinisch, veltliner wein.

Siba.

Ja, herr, ich wils ausrichten fein.

Actus secundi scena prima.

Schuldherr. Siba. Burger.

Schuldherr.

Geh, knecht, sih, wer da klopfet an.

Siba.

Es ist die witfrau und ein man,
ir zwen sön; sol ichs laßen ein?
sie begern villeicht bei euch zu sein.

Schuldherr.

Ja, wenns bschuld brecht und zalet ab!   5
geh, frags, ob sie das gelt als hab;
wo nit, so wirds ein bösen bescheid
erlangen, dann ir würd sein leid.

Siba.

Was sagt ir guts, wo komt ir her?

Burger.

Zu deim herrn ist unser beger.   10
bitt dich, laß uns zu im hinein.

Siba.

Bringt ir gelt, werdt ir wilkum sein.

Burger.

Wie mögt ir nur nach gelt fragen,
des man euch doch vil tut zu tragen
mit groß haufen und secken vol?   15
des warlich ein ser wundern sol,

das ir noch geizig darzu seind;
darumb man euch billich ist seind.
lieber redt auch das best darzu,
damit mein geschrei sei zu ru.   20
dein herr ist sonst wolhabend reich;
ob er der frauen das nachließ gleich,
er verdürb sein nit, schadt im nit.

Siba.

Ja wol, ja wol, weit weg mit der bit!
nur sagt im nicht von solchem ding;   25
sein gesang heißt: gib her und bring!
das gelt ist sein Got, dem er traut;
wenn der gülden wol klingt und laut,
so lacht sein herz vor freuden ser;
wer aber gar nichts bringt, komt ler,   30
den sicht er saur und übel an.

Burger.

Wenn er noch wer so ein zornig man,
wölln wir bennoch reden davon.

Siba.

In Gotts nam versuchts, ich geh dahin;
ich bsorg, es werd klein sein eur gwin.   35
botz, secht, dort geht er gleich daher!
sagts im selbs, was sei eur beger.

Scena secunda.

Schuldherr. Witfrau. Burger. Siba.

Schuldherr.

Was ists, das ir unter euch sagt?

Siba.

Sie haben da ir armut klagt.
diß ist die frau, die schuldig ist,   40
zu der ir mich schickt, als ir wißt.

Schuldherr.

Was sagt denn ir, lieber freund mein?

Burger.

Nicht sonders, ich kom da herein
mit der frauen, das ist mein mum.
ir man ist gstorben und davon,   45
hat ir die zwen sön gelaßen,
die noch nit sein gar ser gewachsen,
darzu der schuld und armut vil,
die ich nit all erzelen wil.
die haben mich durch Got gebeten,   50
weils je arm sind und wenig heten,
ich solt für euch ir fürsprech sein,
damit erlöst würden aus pein,
das teglich anficht, kümmert ser.

Schuldherr.

Ja, sagt an, was wer ir beger?   55
ists bereit, hat sies gelt? so wolauf!
par gelt, grob münz war der kauf.
so kumt in mein schreibstübelein,
da wil ichs zeln und nemen ein.

Witfrau.

Ach, mein herr Got, verleihe gnad!   60

Schuldherr.

Daran ich, liebe frau, nit gnug hab.

Burger.

Mein herr, als ich von ir werd bericht,
so kans sies euch jetzt geben nicht;
verhanden ist groß armutei;
doch tut gmach, sie möcht noch zaln frei   65
als, was sie euch schuldig sein mag;
glück kumt oft auf unversehen tag,
ein tag gibt oft, das ein ganz jar
nicht mit het bracht, sag ich fürwar.

Schuldherr.

Botz mist, botz haut, was sol ich sagen?
wie das jederman so tut klagen,
wenn man schuldig ist, zalen sol!
wenn man sol panketiern, leben wol,
auf gastung, kindtauf, hochzeit gan,
da hat man gelt, kan wol bestan!
ich wil mein gelt han, bezalt sein.

Burger.

Ach herr, vernemt die rede mein,
wenns denn nichts hat, was sol sie geben?

Schuldherr.

Ei, sie wird wol darnach streben,
sie zal mich noch in kurzer zeit,
in zweien tagen, ist nicht weit;
wo nit, so muß im schuldturn ligen,
oder ir beide sön mir dienen.

Witfrau.

Ach, lieber herr, erbarmt euch mein!
laßt mich euch durch Got befolen sein;
tut nicht so übel an mir armen,
tut euch über mich erbarmen;
secht an mein ellend, armut groß,
das ich je an gelt bin ganz ploß.
armer kindlein zwei ich noch hab,
die mir Got aus sein gnaden gab,
zwen junger sön, noch unerzogen.

Schuldherr.

Ach, es ist nichts, alles erlogen,
die weiber allweg klagen vil.
ir hört, das verschinen ist eur zil,
das ir solt zaln, da wird nichts aus,
kein gnad ist do; drumb geht zu haus
und bringt das gelt alsbald da her,
das wil ich und ist mein beger;

ober fürn statrichter müst ir 100
pfand legen und vergwiffen mir
das mein, ober ich bife nim an,
dafs ir lebtag fein untertan
in meim bienft für eigene knecht,
dafs mir bienen für die fchuld recht. 105

Elter fon Afer.

Ei, mein herr, tut fo übel nit,
erbarmt euch, gewert uns unfer bit!
Got wird euch zalen hie und dort,
glück und heil werdt ir haben fort,
Gottes fegen wird mit euch fein. 110

Schuldherr.

Von Got künt ir zwar fagen fein.
het ich mein gelt und wer bezalt!
hört, lieben, es hat die geftalt,
verloren fein all red und bit,
macht nit vil wort, es darf fein nit. 115
kein folcher nachlaßer ich bin;
zalt, ober legt pfand, ober dahin
in fchuldturn! ober die zwen knaben
wil ich ganz für leibeigen haben,
fo lang biß ir mich zalet ab. 120

Jofia, der jünger fon.

O lieber Got, ein junger knab,
als ich bin, was könt ich noch tan,
wenn ir mich gleich jetzt nemet an?
mein leib ift fchwach, mein glidmaß klein.
folt unfer mutter fein allein, 125
hilf Got, vor leid würd ich bald fterben.

Schuldherr.

Ja, mit dem müft ich verderben,
wenn ich all fchuld folt nach laßen.
albe, ich wil gehen mein ftraßen,
der fach bald helfen zu eim end. 130

Witfrau.

O Got, tum mir zu hilf behend!

Burger.

Ei, herr, verziecht, gebt guten bscheid,
secht, in was jammer, herzen leid
die frau mit samt irn kindern ist!
gebt ir noch zu ein gute frist;   135
Got möcht sich über sie erbarmen,
der ein nothelfer ist der armen
zu rechter zeit, in höchster not.

Schuldherr.

Boz veltin, sagt mir vil von Got!
glaub, das ir aus mir treibt eurn spot,   140
het ich mein gelt, das wer mir lieb.
einsperrn wolt ichs, das mirs kein bieb
solt stelen, noch eins abtragen.
hör, knecht, was ich dir wolt sagen,
all sach dieweil eben versorg,   145
nur niemand fort an nichts mer porg,
wer nicht gelt hat, laß ler abgehn,
das ich mit meim tun wiß zu bstehn.

Siba.

Wolan, ziecht hin, ir habt eurn bscheid!
das mir warlich für euch ist leid.   150
mein herr ist zwar ein zeher man,
der nicht vil vergebens geben kan.

Scena tertia.

Burger. Witfrau.

Burger.

Secht, mein mum, was für groß unru
richt nur reichtum und armut zu!

_____

132 verziecht, wartet noch. — 143 eins, irgendjemand. — abtragen,
davontragen. — 151 zehe, jähe, unerbittlich. — 152 vergebens, umsonst.

euer schuldherr ist geizig aufs gut, 155
unbarmherzig, Got verachtn tut,
seins nechsten not gar nicht betracht,
als gring helt, was man tut, veracht;
wenn er nur gelt und gut vil het,
dargegen aber wenig tet, 160
das wer sein lust, freud, himelreich,
fragt nicht, wo sein sel hin komm gleich;
vil in mich, und wenig in dich,
ist jetz ja der welt lauf, merk ich.
ir secht, wie jederman schindt und schabt, 165
leuget, teuscht und die armen plagt.
alles wil sich mit feiren neren,
vil gewinnen und reichlich zeren,
mit wucher, finanz, anderm mer,
practik und was sein mag ongfer. 170
drumb kans in die leng nicht bestehn,
es muß über und über gehn;
Got kan es in die leng nit leiden,
mit der straf wird er nit ausbleiben.
darumb seid getrost, vertraut Got, 175
der kan euch helfen aus der not;
ziecht heim mit euren sönen zwen,
rüft Got an, es wird beßer ergehn,
denn ir jetz meint; hab oft gesehen,
das die so Got trauen und flehen, 180
nie von im verlaßn worden sein.
das ir secht am exempel mein,
in was kreuz und not oft bin gstekt,
wenn ich mit dem gebet erwekt
mit rechter zuversicht unsern Got, 185
ders in seim wort verheißen hat;
ob er gleich mit der hilf verzug,
wie denn sein wort ist on betrug,
half er mir wunderbarlich aus.
solt er auch nit versorgn eur haus, 190
die ir witfrau und waisen seind,
den sonst dwelt, tyrann, teufel ist feind?

---

167 feiren, feiern, nichts thun. — 169 finanz, Geldgeschäft. — 170 practik,
Ränke und Kniffe.

jederman wil sie unter drücken,
vor allen müßen sie sich bücken;
drumb in Got hilf verheißen hat,   195
das er sie wöll aus irer not
raus helfen; das wird er auch tan,
wenn man in ernstlich rüfet an.
ich wil jetzt auch heim zu meim gsind
sehen, ob ich all ding recht find.   200
wo ir in der sach mer bedürft mein,
wil euch allzeit gern willig sein.

Witfrau.

Habt groß dank, mein herzlieber freund,
das ir mir so gutwillig seind.
gehet ir, mein sön, auch hinein,   205
ich wil bald drinnen bei euch sein;
bett und seid gotsfürchtig darbei,
damit unser herr Got bei uns sei!

Scena quarta.

Witfrau.

O Got im himel, vatter mein,
der du hast in dem worte dein   210
armen, witwen, waisen zugesagt
dein hilf, so sie hie werden plagt,
die sonst kein trost noch hilfe haben,
wie du den vätern tetst zusagen
durch dein wort, in Christo verheißen,   215
Abraham und andern wolst leisten,
im Mose dein heiligs wort verheißt,
das du schon vilen hast geleist,
den witwen, waisen beistand tan,
das dich erkenn, lob jederman!   220
nun, lieber Got, der du allmechtig
bist, deine tat wunderbarlich,
das du aus nicht erschaffen hast
himel und erd, das ist mein trost,

---

223 nicht, nichts.

drumb ich weiß, das kein ander Got 225
uns helfen kan aus unser not.
so sih nun an dein heiligs wort,
das ist mein höchster trost und hort;
in diser not dein hilf beweis,
ists dein will, auch dein lob und preis; 230
du bist ein helfer zu rechter zeit,
in nöten bist von uns nicht weit;
so errett und erlös dein meid,
die steckt in angst und großem leid.
nirgend ist kein hilf, auch kein trost, 235
denn allein wie du verheißen hast.
du bist gtreu und allmechtig zwar,
was du verheißt, das heltst fürwar
denen, die im glauben zu dir
rüfen mit mund und herzen begir, 240
wie Hanna, Samuels mutter schon,
irs herzen begir vor deinem tron
aus schüttet, und sie gwerst ir bit,
also wolstu dich wegern nit,
deiner magd zu helfn in der gfar. 245
wo dus tust, verheiß ich fürwar,
dein namen zu loben all tag,
dein hilf verkünden, wie ich mag.
nun herr Got, lieber vatter mein,
gedenk an das zusagen dein, 250
an Abraham, Isaac, Jacob, all,
den du gholfn hast in manchem fall
und andern mer nach deinem wort,
Mose, deim volk in Egiptn dort.
dein kraft zu helfn nimt nicht ab, 255
drumb so sich vom himel herab,
erbarm dich mein, errette mich
aus der großen not, so wil ich
dir lob, er, preis und dank sagen.
des hoff ich, drumb wer wolt verzagen 260
an deim wort und heiligem namen?
darauf sprich ich von herzen: amen.

---

233 meid, Magd, Dienerin.

nun wil ichs Got laßen walten,
wil mich zu meinem hausbienst halten,
des warten, meiner kinder pflegen,   265
das sie in zucht und Gotsforcht leben,
so wirb Got gnebig bei uns sein;
brumb so wil ich gleich gehen hinein.

Actus tertii scena prima.

Richter.

Wie ein schwer ampt ists zu der zeit,
regieren über land und leut,
das so vil sorg hat und unru!
als sich benn teglich tragen zu
vil haber, zank, bös tück und list,   5
als unglück teglich umb sich frißt,
vil große sünd und alle plag,
das ich wol billich wundern mag,
weil Gottes wort und straf babei
neben den sünden gehen frei,   10
das niemand zu herzen nemen wil.
all tag für rat, gricht kummen vil
bös henbel, groß sünd und schand,
krieg und teurung im ganzen land;
bannoch bleibt jederman wie vor,   15
obgleich alle plag sind vorm tor,
niemand wil sich zu beßern fahen an,
kein straf schier die leut beßern kan.
macht man lang der guten gseß vil,
so findt man der hacken ein stil;   20
so balb das gseß ist aufgemacht,
der gemein man ein anders betracht,
damit das gseß, straf bahinden bleibt,
das ists, jeßt man am meisten treibt;

---

20 So findet man immer eine Handhabe, ein Mittel, dieselben zu umgehen.

jung, alt, auch darzu arm und reich, 25
keiner wil dem andern zugleich
weichen, überſehen, nachgeben;
ir gar wenig nach eren ſtreben.
ſchwern, ehebruch, liegen, hurerei,
neid, haß, zoren und füllerei 30
haben ſo gar über hand genummen,
das ich mich oft hab drob beſunnen,
wie doch den laſtern zu weren wer,
ſo kein gſetz, ſtraf wil helfen mer,
ſind aber wenig hilf und rat, 35
beſorg auch, es ſei vil zu ſpat,
weil die ſtraf zugleich nit abgeht,
wie denn im gſetz geſchriben ſteht,
das zugleich all täter verdammt.
nun iſts zeit, wil gehn zu meim ampt 40
für das rathaus, auf unſern plan.
was begert ir, mein lieber man?

Scena ſecunda.

Schuldherr. Richter. Strato, des richters knecht.

Schuldherr.

Herr richter, erbar weiſer her,
ich kum und von euer weisheit beger
eurn knecht, das er mir hie her hol 45
ein witfrau, die mich zalen ſol,
und doch nichts denn wort geben wil;
vor der zeit verſchinen iſt ir zil,
hab lang gedult mit ir gehabt,
mein knecht oft zu ir hat getrabt, 50
gefodert das gelt, das ſchuldig iſt.
ſie hat mir gehalten nie kein friſt,
gut wort geben, lang auf gezogen;
ich ſih, das es iſt als erlogen,
kein zuſagen ſie ghalten hat, 55
ich ſchick zu ir gleich frü und ſpat,

so hats kein gelt und wil nichts geben.
ire zwen sön bring mit darneben,
in der gaßen zu haus sie wont.

Strato, richters knecht.

Weiß wol, sie ist mir auch bekant;
eins propheten weib ists gewesen,
der uns Gottes gsetz hat gelesen.

Richter.

So lauf hin, beut ir bei irer pflicht,
das sie alsbald jetz kumm für gricht
und ir zwen sön auch mit ir bring;
teglich tragen sich zu der ding,
verziecht alhie ein kleine weil.

Schuldherr.

Ich kans wol tun, es hat nicht eil.

Scena tertia.

Strato. Witfrau.

Strato.

Hört, hört, wo ist die frau im haus?
tut auf, gehet zu mir heraus!

Witfrau.

Hie bin ich, was ist eur beger?

Strato.

Es schickt mich mein herr richter her,
leßt euch bieten bei ghorsam und pflicht,
das ir alsbald kumt für gericht.

Witfrau.

Bald ich gehorsam wil erscheinen,
ja, mit beiden sönen meinen.

---

bieten, gebieten, entbieten.

geht hin, wil euch gleich volgen nach.
ach lieber herr Got, sihe doch,
du mich ja probierest nur wol,
damit ich dein nicht vergeßen sol.   80
mein frommen ehman hastu mir
aus diser welt gnommen zu dir,
in dein hand, in Abrahams schoß,
denn er deines worts nie vergaß,
tag und nacht sich darinnen übt.   85
nun sih, wie ich jetzt bin betrübt,
verlaßen ganz und gar in not,
niemand ist, der mitleiden hat.
ich muß für gricht von meiner schuld;
ach, herr, gib gnad, das ich find huld   90
des richters und meines schuldherrn,
tu mich meiner bitte gewern,
das ich in bzal und nicht betrieg,
damit er nicht spreche, ich lieg!
denn sünd, schand, lügen und betrug   95
bei dir haben gar keinen fug,
den bistu feind, die haßt dein sel;
gib, das ich kumm aus diser quel.

Scena quarta.

Witfrau. Aser. Josta.

Witfrau.

Auf, ir lieben sön, geht mit mir!

Aser.

Was ists, das wir solln gehn mit dir,   100
o liebe mutter, wo solln wir hin?

Witfrau.

Für gricht mit euch gefodert bin
von unserm schuldherren, der klagt,
das wir die schuld nicht haben bracht.

---

98 quel, Qual.

Josia.

Gottes hilf wird nit außen bleiben,   105
wie er es denn von im leßt schreiben
in seim wort, das die warheit ist,
wie du uns das all tag vorlist.
weißt nit, das Got im richter buch,
im Mose ich oft les und such,   110
im psalter, propheten all zu vil
schöne ler, sprüch, die ich nit wil
jetzt all erzeln, auch exempel mer
und was die ganz schrift gibt für ler?
die solln jetzund unser trost sein.   115

Witfrau.

Dank hab, herzlieber sone mein,
dein trost mich sterket in der not;
drumb wer Gottes wort bei im hat,
all anfechtung leicht überwindt.
so laßt uns gehen, ir lieben kind,   120
auf Gottes wort und sein genad,
der uns behüt für schand und schad.

Scena quinta.

Strato. Richter. Witfrau. Schuldherr.

Strato.

Herr der richter, die frau ist kummen,
gar bald hat sie sich besunnen,
ist ghorsam, willig eurem Gebot.   125

Richter.

Des sols genießen on allen spot.
trett wol her, hört was ich euch sag:
der herr albo bringt für ein klag.
ir seid im nun lang schuldig vil,
und verschinen sein lengst die zil,   130
drumb er bezalt von euch wil sein;
gebt antwort auf dise wort mein.

Witfrau.

Ich bekenns, das ich im schuldig bin,
aber wolt gern oft zalen in;
so hab ich doch nicht so vil gelt. 135
do mein man schiede aus der welt,
die zwen knaben er mir verließ,
groß armut, jedoch on verdrieß;
dann aus Gottes gnad leben wir,
nach großem gut ist unser begir, 140
auch nach großer er nie gewesen,
wie wirs haben teglich gelesen
in Gottes wort, so han wir glebt;
denn wer nach groß gut und er strebt,
der fellt ins teufels strick und band. 145

Schuldherr.

Herr richter, nach eurem verstand
habt ir mein klag vor gnug gehört;
die weiber vil haben betört
mit irer süßen, geschmirten red.

Witfrau.

Ach traun nein, herr richter, wir beb, 150
mein lieber hauswirt und sein kind,
auch ich also nicht gewenet sind,
süße, geschmirt wort zu geben.
in Gottes forcht wir teten leben,
die bibel ist uns oft gewesen, 155
wenn er zu tisch daraus tet lesen,
für trank, speis, wasser, kes und brot,
das uns ja oft erquicket hat.

Schuldherr.

Hört, lieber richter, sol ich mich
also zalen laßen? das tu ich 160
heut nit; weiß nit, was morgen gschicht.

Richter.

Wie ich von euch beidn wird bericht,

---

162 wird, wirde, werbe.

das irs gelt gern, als das eur, het,
und sie euch das gern geben tet,
und doch nit hat, dass zalen kan,   165
welches schwer ist eim weib, des man
gestorben ist, und ir verlaßn hat
groß armut, kinder; hört mein rat:
wie wenn sie es zilweis zalt ab,
und irs nemt ein für eure hab,   170
die ir ir zu borg habt gegeben?
das deuchte mich gut für euch beden.
frau, wie gfellt euch das urteil mein?

Witfrau.

Herr richter, wol, wils halten fein,
so mir Gott gnad dazu verleicht.   175

Schuldherr.

Schaut, wie fein sie den fuchsen streicht!
herr richter, ich habs versucht mit ir,
vor oft zil geben nach ir begir,
keins hats ghalten, das sag ich frei.
noch eins, das merket auch dabei,   180
mein knecht saget in irem haus
sei nichts, was sol ich tragen draus?

Richter.

Weil ir je abschlacht alle frist,
sagt, wo her sie euch schuldig ist?

Schuldherr.

Vom glihen gelt, von aller war,   185
die ich ir selb zelt, gabe dar.

Richter.

Wievil mag doch der schulden sein?

Schuldherr.

Es stet als daheim gschriben ein;
bei fünfzig gülden, acht ich, seis.

---

183 abschlacht, abschlaht, abschlagt, versagt.

Richter.

Wie vil? sagts laut, ir redt zu leis; 190
secht, ich bin gleich alt, hör nit wol.

Schuldherr.

Bei fünfzig gülden ichs achten sol.

Richter.

Wie wenn ir den halben teil dran het?
das ander durch Gots willen gebt
der frauen und den kindern beid, 195
das möcht euch bringen große freud.

Schuldherr.

Gib nicht gern durch Gotts willen vil.

Richter.

Was sagt ir so leis in der still?
wolt irs tun oder nicht? sagts frei.

Schuldherr.

Was recht gibt, dstatordnung, dabei 200
wil ich bleiben, nichts nachlaßen.

Richter.

Was wolt ir abziehen den bloßen?
die nichts haben, können nichts geben.
kaum hat sie, davon sie kan leben,
ir zwen sön ernern, ziehen auf; 205
darzu so secht eben darauf,
weils eins propheten kinder sein,
von jugent auf erzogen sein
in Gottes forcht und Gottes wort,
daß euch nit hart verklagen dort ·210
für Got, dem herrn, am jüngsten gricht;
solcher gebet den hals abbricht,
der witfrauen, waisen hart richt.

---

202 bloß, entblößt, hülflos.

Schuldherr.

Aufs jüngst gericht hab ich lang frist;
wer wil mich dieweil erneren?   215
drumb ich tu das urteil begeren,
zalt wil ich sein bei einem heller,
oder im haus sol nicht ein teller
bleiben, als tragen aus, so lang
biß ich zalt bin auf den anfang,   220
oder im schuldturn muß sie sitzen,
in kein bad so wol sol sie schwitzen,
oder ir zwen sön sollen sein
leibeigne knecht im hause mein.

Richter.

Weil ir je nichts nachlaßen wolt,   225
so hört, frau, wie ir euch haltn solt:
in zehen tagen zalt in par;
wo das nit, sag ich euch fürwar,
das ir solt sein gefangerin sein,
glegt werden ins gfenknis hinein,   230
oder pfand sol er euch austragen,
oder zu knechten nemen eur knaben;
das ists gsetz und recht diser stat.
also beid partei ir urteil hat.

Scena sexta.

Witfrau.

Wolan, lieben sön, laßt uns gehn,   235
Got wird uns helfen und beistehn,
drumb wir in wöllen rüfen an,
der uns jetzt wol erretten kan;
denn also sagt er durch Davids mund:
rüf mich an zur trübseligen stund,   240
so wil ich dich heraußer reißen,
das du meinen namen solt preisen;
denn er nie kein in angst und not,
so im vertraut, verlaßen hat.

fecht, dort kumt Elisa, der prophet, 245
gleich eben er her zu uns geht!
o Elisa, Elisa, du Gottes man,
o Elisa, nim dich unser an!

Scena septima.

Elisa. Witfrau.

Elisa.

Sag, was leit dir an, was ist dir?
warumb schreist also? das sag mir. 250

Witfrau.

Dein knecht, mein man, ist gestorben,
so weistu, das er hat geworben
nach Gottes forcht sein leben lang,
Gottes wort geliebt von anfang
biß in tot; nun kumt der schuldherr, 255
findt, das in meim haus als ist lär;
darumb wil er beide sön mein
zu eigen knechten nemen heim.

Elisa.

Sage mir, was sol ich dir tun?
was hastu in deim hause nun? 260

Witfrau.

Dein meid hat nichts im ganzen haus,
denn ein ölkrug, der nit geht aus.

Elisa.

So hör und merk, was ich dich ler,
geh hin, bitt draußen und beger
von allen deinen nachbarinnen 265
läre gefeß, die nicht aus rinnen,
der selben nicht wenig darbei,
so wirstu Gottes segen frei

---

249 was leit (liegt) dir an, was bedrückt dich?

sehen, und geh alsdenn hinein
mit disen beiden sönen dein   270
und schleuß die tür hinder dir zu,
geuß in alle gfeß, und wenn du
sie gfüllet hast, so gib sie hin.

Witfrau.

Deinem wort ich gehorsam bin.
auf ir sön, laßt uns gehn hinein!   275
unser herr Got wird bei uns sein,
sein gnad und segen teilen mit;
denn des propheten wort treugt nit,
es ist Gottes wort aus seim mund,
das wird war sein zu diser stund.   280

Actus quarti scena prima.

Aser. Josia. Witfrau.

Aser.

Jetzt bin ich fro, hoff, unser tan
sol glückseligen hinaus gan,
weils Got in sein hand gnommen hat,
der die sein erlöst aus aller not.

Josia.

Ich hoff es auch, das gschehen werd,   5
was er redt, im himel, auf erd
das gschicht, und kein not ist so groß,
darin er verließ die seinen ploß.

Witfrau.

Geht hin, entlehnt bein nachbarn mein
trüg, hefen, scheffer, tragts herein,   10
sagt, ir wöllets bald wider bringen,

---

1 tan, Thun, Handeln. — 10 schaf, scheffer, großes hölzernes Gefäß.

kein schaden wöll wir in dran ton;
ich wil daheim eingießen schon.
seid still, tut was ich gesagt hab,
lauf du hinauf, du dort hinab.

Scena secunda.

Aser. Josia. Witfrau.

Aser.

Liebe frau, habt ir nicht läre krüg,
das ich sie bald mit mir heim trüg?
ei, leiht mir die; ist keiner do?
botz, da find ich ein, fro, fro, fro!
ei, do ein hafen auch dabei!
das zeigt recht, das Got bei uns sei.
seh, mutter, do bring ich zwei gschirr.

20

Witfrau.

Ist recht, schweig still, mach mich nit irr,
lauf bald hin, bring ir noch vil mer.

Josia.

Traut liebe frau, hört mein beger,
leicht mir ein zuber oder faß,
ein krug, flaschn, hafen, oder was
für gfeß ir habt bei euch hinnen,
wils euch bald wider her bringen;
ei, do wil ich bald laufn und springen.
sih, mutter, da schent weiblich ein!

25

30

Witfrau.

Geh hin, bring ir noch mer herein,
die hab ich alle schon vol gossen.

Aser.

Ja, ja, bald bin ich unverdroßen.

----

28 hinnen, hie innen, im Hause.

lieber, leicht, was ir habt für gfeß;   35
ist nichts mer do, das mir wer gmeß,
ich find kein lär gschirr in dem haus,
kein gschirr ist mer do, es ist aus,
mutter, es ist kein gfeß mer hie.

Witfrau.

Kom herein, lieber son, und sih   40
Gottes gnad, wunder werk und tat,
die er uns heut bewisen hat;
des sei gelobt sein heiliger nam!

Josia.

Bring kein gfeß, keins mer bringen kan.

Aser.

Schweig still, geh bald zu uns herein,   45
sih, wie uns Got hat gschenket ein.
die gfeß all vol öl sein worden;
also hat Got der witfrau orden
mit seiner gnad und wunder groß
geert; wirds tun on unterlaß   50
allen, die Got fürchten und trauen,
die sollen mit freud sein hilf schauen.
geh, mutter, such Elisa, den man,
wo er sei, zeig ims alles an.

Witfrau.

Ich het es gleich in meinem sinn;   55
wil gehn sehen, wo ich in finn,
wil in fragen, was ich sol tan,
mit dem öl wunder fahen an.
sih, dort gehet er zwar daher!
wil im verkünden dise mär.   60

---

35 lieber, adv., bitte. — 36 gmeß, gemäß, passend. — 56 finn, finde.

Scena tertia.

Witfrau. Elisa.

Witfrau.

O, mein herr Elisa, Gottes knecht,
in meim haus stehts jetzt alles recht;
nach deim befelch hab ich getan.
sih, so vil gfeß ich überkam,
da guß ich ein, das ist worden   65
zu öl; was ich damit sol orden,
das zeig deiner maid hiemit an.

Elisa.

Geh, beut das öl feil jederman,
verkaufs und bezal den schuldherrn.
du aber und dein sön solt nemn   70
euch von dem, das übrig bleibt,
so lang ir eur zeit hie vertreibt.

Scena quarta.

Elisa.

Kumt her, ir kindlein, höret zu,
was ich euch für ler geben tu:
mit dem werk wil Got zeigen an,   75
das ir in solt vor augen han
allweg in eurem tun und leben,
im trauen und nach seim wort streben,
das fleißig hören und bekennen,
so wird er euch endlichen nemen   80
zu im in sein ewiges leben,
welches er den allen wird geben,
die buß tun und von herzen glauben;
die werden in endlichen schauen.

---

66 orden, ordnen, ausrichten, thun.

wo euch mer dergleich würd drücken,   85
angſt und not leg auf dem rücken,
kein troſt, heil, hilf, beiſtand ir het,
ſo kert euch mit ernſt zum gebet,
rüſt Got, eurn treuen heiland, an,
das er euch wöll hilf, beiſtand tan,   90
ſo wil er eur nothelfer ſein,
was ir begert, das geben ſein;
drumb ſo geht heim und lobet Got,
der euch aus der not gholfen hat;
verkündt ſein woltat überal,   95
das ſein hilf allenthalben erſchall,
auf das andere auch lernen recht
in nöten Got vertrauen ſchlecht,
ir anligen werfen auf in;
die ſollen Gottes reichen gwin   100
allzeit bei in im hauſe haben.
das behalt, meine lieben knaben,
veſt und hört fleißig Gottes wort,
ſo werdt ir gnad han hie und dort;
ſecht, ſolch reich ſegen hangt dem an,   105
wo in gottesforcht lebt ein man.
ſo geht nun hin, tut wie ich ſag,
Got behüt euch vor leid all tag.

Scena quinta.

Witfrau.   Aſer.   Joſia.   Eliſa.

Witfrau.

O, herr Got, ſei gelobt überal,
der uns erlöſt hat aus dem fal!   110

Aſer.

O Eliſa, lieber vater mein,
hab dank für ſolche woltat dein.

---

86 leg, läge. — 98 ſchlecht, ſchlicht, redlich, treulich.

Josia.

O, du man Gottes, unser herr,
der ich sonst jetzt leibeigen wer,
durch dich so hat mich Got erlöst,   115
mit freud und dank mich jetzt getröst.

Elisa.

Merk, eur vater gotsfürchtig was,
ser fleißig im gsetz Gottes las,
dem er sich auch ganz tet ergeben,
richtet darnach sein ganzes leben,   120
unstreflich er gewandelt hat;
drumb euch Got jetzt aus diser not
gholfen, das ir seinr zucht nach volgt.
für solch kinder Got allzeit sorgt,
die in gotsforcht werden erzogen,   125
von jugend auf zum guten bogen,
durch die denn Gottes nam wird gert,
in künsten Gottes wort gelert;
das sol eur trost und freude sein;
hiemit gedenkt der lere mein.   130
der Got unser väter, Abraham,
auch Isaac, Jacob, ist sein nam,
der wöll euch segnen und behüten
vor des teufels list und wüten,
das ir aufwachst zu Gottes er,   135
in zucht erhalten, in guter ler,
das ir also preist seinen namen,
das wünsch ich euch von herzen, amen.

Actus quinti scena prima.

Aser. Josia.

Aser.

Nun lobet Got, ir lieben leut,
mit uns, der uns erlöst hat heut   140
durch sein genad und reichen segen,
den er uns hat reichlich gegeben,

---

126 **bogen**, gebogen, gelenkt. — 127 **gert**, geehrt.

der wußer in öl wandeln kan,
dem sei lob, er im böchsten tron!

Josia.

Er ist ein helfer in der not,   145
allmechtig, wie ers zu gsagt hat,
der alle ding vermag und kan
warhaftig in seim zusag bstan
und dasselb an denen beweist,
die in von herzen suchn mit fleiß.   150
für seine güt, gnad und woltat,
die er an uns bewisen hat,
wöll wir im allzeit lob sagen,
preis, er und dank für sein gaben
und solche andern auch dabei   155
verkünden, das sie sich nur frei
auf seine zusagung verlaßen
und die mit rechtem glauben faßen;
den wird hilf und beistand gescheben,
wie wir denn das an uns wol seben.   160
des öls ist, Got lob, eben vil,
ser gut, frisch; wer es kaufen wil,
der komm herzu und bieb es eben,
ein guten kauf wöllen wir geben.
ist jemand da, der zeig sich an.   165
do sibe, do kumt ein kaufman!
botz, noch einer kumt binden hernach,
wenn wir nur verstünden ir sprach!
ei, ich acht, wir werdens verstehn;
wil gleich bald hin zu inen gehn.   170
seid mir gotwilkum, lieben freund!
was ists, das ir herkummen seind?

Scena secunda.

Kaufman. Krämer. Aser. Josia.

Kaufman.

Ein man sagt mir, wie hie feil wer
vil öls, das ich zu kaufen bger.

Krämer.

Auch ich desgleichen hab gehört,   175
hab lengst eins zu kaufen begert,
denn ich bedarfs in meim kram wol;
ein lägel mich kaum flecken sol
ein monat; es ist als verkauft,
das gmein gsind mit haufen zu lauft,   180
ist als par gelt, geht sauber ab.

Kaufman.

Wenn ich sein jetzt vier lägel hab,
in kürze wird sein mer her kommen,
wie ich am markt hab vernommen.

Josia.

So kumt zu unser mutter herein,   185
sie wird on zweifel drinnen sein.

Krämer.

Wolan, so laßt uns im folgen nach,
denn zu disem öl ist mir gach!

Kaufman.

Laßt hören, in was kauf es ist,
obs gut sei, das wir nicht mit list   190
betrogen werden alle beid;
wöllen hörn, was sei ir bescheid.

Scena tertia.

Schuldherr. Siba.

Schuldherr.

Knecht, ich hab darnach gesehen,
in den schuldbüchern gelesen,
der zil der sein jetzt vil verhanden.   195
schau, das uns keiner aus den banden

---

178 lägel, Kübel. — flecken, trans. hinreichend, genug sein. — 188 ist mir gach, danach verlangt mich, das möchte ich gern haben. — 189 kauf, Preis.

entlauf; do finds gezeichnet all,
fih eben drauf zu difem fall,
laß dich nit leichtlich schrecken ab.

Siba.

Ja, herr, an mir kein fel es hab; 200
wil all mein müglichen fleiß tan.
fie fehen mich oft fer fauer an;
der bringt, fehens gern eingehn,
der fobert, muß oft herausstehn,
oft an klopfen, leuten darzu, 205
biß man ein mal die tür auf tu.

Schuldherr.

Nemens doch die war von uns gern!
ift billich, weil wir fie gewern,
das fie uns auch glauben halten.

Siba.

Wolan, des muß fein Got walten! 210
kreuz hinder mich, für mich, bhüt mich!
also all morgen, abent, fprich ich,
das mich keiner stiegen werf ein,
wenn ich geh in fein haus hinein.
wer ift der erft? botz pfaffen weib! 215
ach Got, mein mü umbfonft ich treib,
ift arm, hat nichts, denn kinder zwei;
doch hör ich in irm haus ein gfchrei;
wil zuhörn und ein weil da ftehn,
ob jemand von ir heraus wolt gehn. 220

Scena quarta.

Kaufman.　Krämer.

Kaufman.

Das öl ift gut, der kauf ift gmacht,
darzu bezalt; het ichs heim bracht!

der mūe sol mich nicht verdrießen,
wil den gewin vor überschießen;
summa summarum, mir kumts pfund
umb drei schilling, das ist mir gsund.

Krämer.

Ich habs auch also überschlagen,
ich hoff, es sol mirs doppel tragen.

Kaufman.

Glaubs wol, eur gwin weit größer ist,
denn der mein, mein gsind sein vil frißt
zum salat und ander speis mer;
es ist jetzt gleich mein kübel lär,
den wil ich wider füllen ein.

Krämer.

So wil ich verkaufen das mein,
mein bar gelt wider daraus lösen.
ich habe noch daheim des bösen,
eins muß mit dem andern gehn hin,
das tregt ein guten kaufmans gwin.

Kaufman.

Es ist gut, wer sich drein schickt recht.
was wil im dort des lümpers knecht?
tregt ein langen zettel in der hant,
glaub, das die witfrau sei drin benant.
itzt kem er seim herrn eben recht,
die schuld er leichtlich heraus brecht.
wir wölln gehn zu haus; man sol
das öl holn, daß versorgt sei wol.

Krämer.

Ist mein meinung auch, wils gleich ton,
damit meins beizeit heim kumm schon.

225

230

235

240

245

---

224 überschießen, überschlagen, überrechnen. — 236 böse, schlecht, verdorben. — 240 lümper, Lump, schmuziger Geizhals.

Scena quinta.

Siba. Aser.

Siba.

Hör, ich kum jetzt zum letzten mal,
das mich dein mutter gleich jetzt bzal.   250
wo nit, wie vor uns macht als eng,
so wil mein herr tun nach der streng,
wie im vom richter ist erlaubt;
darumb sag her, was ist der bscheid?

Aser.

Ei, fro über fro, sei Got gelobt,   255
ei, fro über fro, sei Got gelobt!

Siba.

Was ists? hast vor nit so gedobt.

Aser.

Solt ich nit frölich sein und singen,
vor freuden hüpfen und springen?

Siba.

Was ists denn? lieber sag es mir.   260

Aser.

Meim Got dank ich von herzen gir,
der uns von deim herrn erlöset hat,
ist uns zhilf kommen in der not;
darumb sing ich billich: fro, fro!
vor freuden sichst mich springen do;   265
Got hat unser traurn in freud gwendt
und gemacht deins forderns ein end.
harr, ich wils gelt tragen heraus,
leschs alsbald in dem schuldbuch aus.

---

251 Der Sinn ist: wenn sie uns wieder so viel Schwierigkeiten macht, wie ju
vor. — 257 doben, toben, Lärm machen.

Siba.

Das hör ich zwar von herzen gern;   270
Got der wöll euch weiter ernern!
eur vater war ein frommer man,
des hat euch Got genießen lan,
weil ir im also habt vertraut,
auf einen guten grund habt ir baut,   275
nach seinem willen habt gelebt.

Aser.

Seh, do ists, nach dem du hast gstrebt,
leschs aus, gib ein quitanz darzu;
jetzt wöll wir von dir haben ru.
sag deinem herren großen dank,   280
das er uns borget hat so lang,
heiß in fortan barmherzig sein
gen witwen, waisen, ist gar fein,
Got wird es in genießen lan,
wenn er wird stehen vors richters tron.   285

Siba.

Ich wil im das alles sagen.
alde, ich wils gehn heim tragen.

Aser.

Herr, lieber Got im himelreich,
dein nam sei gelobt ewiglich,
das dschuld zalt ist, und über bleibt!   290
du schenkst wol ein, wenn es ist zeit,
du kumst zu hilf, wann es dir gfellt,
wie denn dein heiligs wort oft meldt;
drauf verlaß sich frei jederman.
nun wil ich heim mit freuden gan,   295
frolocken, frisch und frölich sein·
mit der mutter und bruder mein,
Got preisen, danken seinem namen,
sprechet mit mir von herzen: amen.

Beschluß.

Ir lieben herrn und gute freund,
all die ir do versamlet seind,
die histori und gschicht habt ir ghört,
wie Got die witfrau hat gewert;
ir trauen zu Got, emsigs gebet,   5
ir flehen gar nit abwenden tet.
ir not war groß, die drücket sie,
verlaßen wars, kein trost war hie,
der man war gstorben, nichts war do,
der schuldherr plaget sie also,   10
ir zwen sön, noch jung, solten sein
leibeigen für dschuld, leiden pein.
also sol und muß leiden vil,
der nach Gottes wort leben wil
in teurer zeit und hungers not,   15
der oft nicht hat das teglich brot,
anfechtung und sorg der speis haben,
lernen, das sein Gottes gaben,
das Got allein geb speis und trank.
aufs kürzst, das euch dzeit nit werd lang,   20
secht der witfrauen glauben an:
sie hofft und traut, Got werd hilf tan,
glaubt auch, das er allmechtig sei,
den seinen könne helfen frei,
kein sorg, not, noch kreuz sei groß,   25
drin er die im vertrauen verlaß;
er sei warhaftig auch darzu,
was er verheißt, das ers auch tu,
gnedig, gütig, zu helfen bereit;
jedoch das man im mittel und zeit   30
befelch, was er uns geben sol
und was uns nutzt, das weiß er wol.
solcher glaub hilf und trost erlangt;
drumb Elisa zur witfrau ward gsaut
von Got, zu beweisn, zeigen an,   35
das die kein mangel solten han,
die Got vertrauen, auch seim wort,
so sie im glauben faren fort,

ghorsam wern, das lieb und wert heten;
was sie von Got in ängsten beten,   40
des solten sie geweret sein;
wie aus waßer ist worden wein
zu Cana Galilee, was bdeut;
darzu auch, wie ir wißt, vil leut
von fünf broden gespeist sein wordn,   45
die sunst hungers weren gestorbn
in der wüsten, do kein speis war.
also auch hie, sag ich fürwar,
ist aus waßer worden das öl;
darbei ein jeder merken sol   50
göttliche kraft, die das vermag;
solchs aber erkennt, wie ich sag,
allein der glaub an Gottes wort,
der sichts und brüsts an jedem ort,
was Got vermag, sein mechtig gwalt,   55
an alln creaturn übt sein gwalt.
weiter wird uns die lieb anzeigt
im Elisa, der wird erweicht,
da in die witfrau schreiet an
und in erkennt für Gottes man,   60
das er ir Gottes wort ansagt;
darauf handelt sie unverzagt.
ja, Got alle ding müglich sein;
wie sies nun glaubt, so nimt sies ein.
also secht ir der liebe art,   65
die kein dienst den dürftigen spart,
bei der witfrau nachbarinnen;
die leihen, was ir tut zerrinnen,
hülzen, erne und küpfern gfeß,
was ir darzu grecht ist und gmeß;   70
dann leihen ist ein werk der lieb;
wers nicht wider gibt, ist ein dieb,
desgleich der auf wucher leicht hin,
ander schindt, schabt auf großen gwin,
der ist kein christ, ob ers gleich meint,   75
das er die werk der lieb verneint,

---

54 berüfen, berufen, rühmend verkünden. — 68 zerrinnen, hier für fehlen, mangeln. — 69 ern, ehern, von Erz.

seim nechsten nicht gert zu beweisn.
noch eines tut uns unterweisn
die histori aus heiliger schrift,
das auch nütz ist und vil betrifft: 80
wiewol der widertaufer hauf
gar nicht zu leßt ein einigen kauf,
kaufen, verkaufen, handeln veracht,
aber die schrift gar wenig btracht,
all ding wöllen haben gemein,   85
kein gricht, kein recht, sondern allein
das muß recht sein, das in gfellt;
alhie aber wird in fürgestellt,
das christen mögen geben hin,
auch kaufen, verkaufn mit gewin,   90
eigens haben, borgen und leihen
und, sos betrogen sein, verzeihen,
ir milde hand den dürftign dar
reichen, helfen in aller gfar.
wol den, die solches tun beweisen,   95
die armen mit den gütern speisn,
die in Got aus gnad hat geben!
die werden han das ewig leben.
wo der glaub ist, bricht er heraus,
feiret nicht, er teilt wider aus,   100
was im Got aus gnad hat bescbert;
darbei er als ein christ wird bewert.
solchen solt ir auch nach folgen,
gern helfen, geben und borgen
bei denen, do es mangel hat,   105
so wird Got in der letzten not
euch gnedig sein durch Jesum Christ,
der unser allr erlöser ist,
und also preisen seinen namen.
darauf sprechet von herzen: amen!   110

---

77 g e r t, begehrt. — 92 sos, so sie, wenn sie.

IV.

Jakob Funkelin.

Vorbemerkung.

Ueber Jakob Funkelin's Leben fehlt uns jede Nachricht. Wahrscheinlich war Biel im Canton Bern, wo seine Schauspiele aufgeführt wurden, auch sein Wohnort. Die Widmung des von uns mitgetheilten „Kleinen Spils vom Streit der Venus und Pallas" ist an einen Bürger dieses Städtchens gerichtet. Es scheint, als sei er Schulmeister gewesen; dafür spricht der Anflug von lateinischer Gelehrsamkeit neben einer gewissen geistlichen Bildung, die in seinen Schriften unverkennbar ist; überdies auch wol der Umstand, daß eins seiner Dramen durch die Jugend des Orts gespielt wurde: „Ein Geistlich Spyl von der Empfengknuß vñ Geburt Jesu Christi: auch dem, welches sich vor, by, vnnd nach der geburt verloffen hat. Wie sölichs beschriben wirt in den zwey ersten Capitlen Matthei und Luce, der Euangelisten, vffs kürtzest vergriffen. Gedicht durch Jacob Funckelin Anno 1553 vnd gespilt durch die Jugend zu Bil vffs Nüw Jar." Gottsched erwähnt noch ein anderes Schauspiel unter dem Titel: „Ein tröstlich vnd bossirlich Spiel, auß dem 11. Kapitel Johannis, vom Lazaro, welchen Christus von den Todten am 4. Tag erwecket hat, durch Jacobum Füncklin. Zürich bei Froschowern o. J." („Schaubühne", III, 32.) Dasselbe wird im „Nöthigen Vorrath" (I, 123) unter dem Jahre 1590 angeführt.

Mit dem Namen Johannes Fünckelin ist ein geistliches Lied: „Nun singen Gott zu lob und ehr", bezeichnet in: „Ein new außerleßen Gesangbüchlin für die Kirchen rc." Am Ende: In Verlegung Caroli Ackers Burger vñ Buchhandler zu Strasburg 1568. Th. VIII. (Klag- und Trostgesänge) Nr. 6. 23 Strophen." Dasselbe Lied neben sechs andern von Funkelin steht auch im zürcher Gesangbuch: „Psalmen und Geystliche Gesang, so i der Kirchen vnd Gemein Gottes, in Tütschen Landen gesungen werden." Am Ende: „Getruckt zu Zürich bei Christoffel Froschower. Im Jar M. D. LXX. kl. 8." Daß unser J. Funkelin gemeint ist, wird dadurch gewiß, daß eins der Lieder: „Er sei Gott im höchsten thron", der „Geburt Christi" entnommen ist, wo es die Hirten singen, denen Gabriel die frohe Botschaft verkündet. Auch der „Kirchengesang der gemeinen und gebreuchlichen Psalmen ꝛc. Getruckt zu Zürich bei Johann Wolffen. M. D. XCIX." hat zwei seiner Lieder aufgenommen.

Am Tage des Apostels Bartholomäus (24. August) des Jahres 1550 wurde zu Biel ein umfangreiches biblisches Schauspiel unseres Dichters aufgeführt. Bürger der Stadt spielten die Parabel vom reichen Mann und armen Lazarus nach der Erzählung des Evangelisten Lucas. Das Stück, welches bald darauf im Druck erschien, ist seiner eigenthümlichen Anlage wegen merkwürdig. Es ist nämlich in dasselbe ein kleineres Stück eingeschoben, welches, mit der Haupthandlung bloß äußerlich in Zusammenhang gebracht, zu dieser eigentlich nur durch die gleiche didaktische Absicht in allgemeiner und loser Beziehung steht. Der Kampf des Guten mit dem Bösen und der endliche Sieg der Tugend über das Laster werden in einer oft gebrauchten Allegorie auf der Bühne vorgeführt.

Dieses „Kleine Spiel", wie es der Titel bezeichnet, haben wir von dem großen, da dieses vor andern Dichtungen der Art sich durch nichts auszeichnet, zur Aufnahme in unsere Sammlung abgesondert.

Der „Strit Veneris und Pallabis" ist ein Schauspiel im Schauspiel, eine Aufführung, die nach Art der Fastnachtspiele vor der Tafel des reichen Mannes stattfindet, und in welches einzelne Personen der Tischgesellschaft, wenigstens als Mitredende, hineingezogen werden. Unternehmer und Veranstalter ist der Narr. Unter seiner Leitung tritt eine wunderliche Gesellschaft, zu der auch ein griechischer Philosoph von zweifelhafter Moral und ein christlicher Teufel gehören, in den Saal. Auch einen Richter sammt seinem Diener erblicken wir darunter, denn wir haben einen Proceß in der Form Rechtens zu erwarten. Wir müssen uns die Personen zunächst als in eine Reihe aufgestellt denken; jeder einzelne tritt hervor, wenn seine Rolle beginnt. Nach einer Ansprache des Herolds und dem Versprechen einer guten „Verehrung" wird die Vorstellung durch den „Argumentator" eröffnet. Deiser erklärt den Gästen die Absicht des Spiels: die beiden Wege, von denen Christus spricht, zum Heil und zur Verdammniß, sollen spielweise geschildert werden.

Narr und Herold stärken sich durch einen Trunk, und Venus mit ihren Töchtern und ihrem Schaffner, dem Teufel, tritt hervor. Sie preist ihre Schönheit, das Glück, das ihr Werk ist, die Gaben, die sie zu bieten hat. Auf ihr Geheiß bringt der Schaffner den Becher mit dem Liebestrank, das Horn, aus dem alle Pracht der Welt fließt und die Arznei gegen die Folgen des Lasters. Auch Geld und Gut kann sie verschenken. Doch der Teufel hat wenig Erfolg; da muß Amor mit seinem Bogen zu Hülfe kommen. Aber auch ihm mislingt es; denn auch Pallas ist zugegen. Sie tritt hinzu, und zwischen ihr und ihrer Gegnerin entbrennt der Streit, wessen Dienst das größere Glück gewähre. Endlich ruft die Schützerin der Tugend die Entscheidung des Richters an. Dieser eröffnet die Sitzung mit dem Gebote, daß beide ihre Sache in Ordnung vortragen und ihre Behauptungen durch Zeugen erhärten sollen.

Die Verhandlung beginnt im zweiten Act. Als Zeugen sind erschienen Epikurus und Hercules. Der erste fühlt sich zu schwach zum Sprechen und muß erst durch einen guten Trunk, den der Teufel ihm einflößt, gestärkt werden. Er redet wie ein starker Geist und wüster Schlemmer. Dagegen führt Hercules seine Thaten im Dienste der Göttin an. Aber dem Dichter scheint mit Worten nicht genug geschehen zu sein; er bringt noch die alten Feinde des Helden zur Ergötzung des Publikums auf die Bühne, und dieser muß die Kämpfe mit dem Antäus, Geryon und dem „wilden Mann" Cacus noch einmal durchfechten.

Im dritten Act erfolgt das Urtheil, angekündigt durch den Argumentarius, der zur Stille auffordert. Der Richter entscheidet natürlich dahin, daß Pallas mit ihrem Gefolge den Proceß gewonnen habe. Er begabt die Göttin mit einer Ehrenkrone und den Alciden, zum Zeichen, daß der Tugend der Himmel gebührt, mit einer goldenen Himmelskugel. Venus dagegen wird zur Hölle verdammt, und nach einem vergeblichen Versuche, durch Amor's Pfeil zu sterben, von ihrem eigenen Diener abgeführt.

Der Herold zieht die Moral der Geschichte: er zeigt in den handelnden Personen den Gegensatz der argen Welt zu einem frommen und demüthigen christlichen Leben; über beides werde einst Christus zu Gericht sitzen. Der Hofmeister des reichen Mannes fertigt endlich die Schauspieler mit dem verheißenen Lohne ab.

Ueber den Werth des Dramas können wir uns kurz fassen.

Bei allem Ernst des sittlichen Gehalts entfaltet sich vor den Augen der Zuschauer ein buntes und tolles Treiben, wie es einem Scherz zur fröhlichen Fastnacht wol ansteht; denn in diesem Tone ist das Stück gehalten. Das Gemisch antiken und christlichen Wesens gibt viel zu sehen und zu hören: Götter, Helden, Teufel mit Zeugenverhören, Preisaustheilung, Scheinkämpfen und allerlei Mummenschanz, Schimpf und Ernst, neben gotteslästerlichen Reden wohlmeinende christliche Betrachtungen und Sentenzen. Erfindung, Anordnung und Ausführung zeigen uns den Dichter als einen feinen und gewandten Kopf, dem auch die Behandlung der äußern Form nicht schwer wird.

Diß klein ſpyl
iſt dem Rychen Mann
vber Tiſch geſpilet worden,
Vnnd iſt ein Strytt Veneris vnd
Palladis, das iſt, weltlicher wol=
lüſt, vñ der Tugend, vñ Pallas mit
zucht vnnd Tugend ſiget, aber Venus mit jrer vppigkeit falt zu
grund, faſt luſtig vnnd
kurtzwylig zu
leſen.

(Unter bem Titel zwei aus Blumen hervortretende Frauenbüſten; auf ber Rück=
ſeite des Blattes bie Widmung: an ben „Erſammen Beſcheidnen Meyſter Johann
Rechberger goldſchmid zu Biel.)

Ein gantz lusti-

ge vnd nutzliche Tragoedi,

vß dem heiligen Euangelio Luce

am xvj. Cap: von dem Rychen Mann

vnd armen Lazaro, gezogen. Beschri-

ben durch Jacob Funckelin, Gott vnd der loblichen

Statt Biel zu ehren. Ouch daselbst durch ein

Ersamme Burgerschafft vff Bartho-

lomei, Im M. D. L. Jar gespilt.

Jetzund vber dz Spil, glycher Histori
mercklich gemeret vnnd gebessert worden.

(Holzschnitt.)

(84 Bl. 8. Auf Bogen J. a. der Titel des kleinen Spiels; am Ende:)

Getruckt zu Bern by Mathia Apiario.

1551.

Des kleinen ſpils perſonen.

Der erſt herolt.
Argumentarius.
Venus.
Cupido.
Aſtarot, tüfel.
Epicurus.
Anteus, } zwen riſen.
Gerion, }
Cacus, ein wilder man.
Simeon, des richen mans bruder, us dem großen ſpil.
Lär den Becher, ein zecher im großen ſpil.
Hofmeiſter, ouch us dem großen ſpil.
Der letſt herolt.

Pallas.
Hercules.
Amazon.
Richter.
Weibel (Gerichtsdiener).
Narr.

Summa: nünzehen perſonen.

E das klein spil ins richen mans bhusung komt, gat der narr
vor hinin und sagt:

Glück zu, ir herren, zürnend nit,
das ich so fräfel in her trit!
ich solt ein urlob genommen han,
doch sah ich niemand dußen stan.
ich bring ein seltsams gsind mit mir,   5
das stat noch dußen vor der tür;
wend ir mirs nit für übel han,
ich heiß si all heriner gan,
doch darf ich euch nit lang drumb fragen.
was sten ich hie? ich wils gen wagen.   10
wol inher, aller ritten namen!
so sicht man, wer ir sind allsamen.
sitz jeder nider an sein stat
und tü, was er zu schaffen hat.

Als sie jetzt hinzugond, sagt der Narr zur Benere und dem
Epicuro:

Botz ferden hirn, da kumt Venus!   15
es solt nichts, werst du bliben us.
und du, Fritzhensel, voller knecht,
min kleid wer dir ouch warlich recht
und ziert dich glich als wol als mich.
mich lust, ich geb dir einen stich   20

––––––––

4 dußen, da ußen, draußen. — 7 wend, wellend, wollt. — 11 ritt,
Fieber, persönlich gedacht, als ob es den Menschen reite, wie der Alp. — 14 tü,
thue. — 15 Botz ferden hirn, Fluch, welchen wir nicht näher zu erklären wissen. Vgl. Manuel, S. 12, V. 43. — 16 es solt nichts, es schadete
nicht. — 17 voll, betrunken. — 20 lust, gelüstet.

mit minem kolben durch die schwart.
du haltst din narren vil zu hart,
můst in ein wenig üben baß,
sonst tet ich dir, ich weiß nit was,
ufs mul, mitten under die nas.   25

Der erst herolt sagt zum richen man und zun gesten:

Gott gsegne euch diß ůwer mal,
wie ir versammelt überal!
ich hab hüt morgens frü vernommen,
wie ir hie seind zsammen kommen,
ein köstlich mal zit zugericht,   30
wie dann bi richen lüten bschicht;
das ginn ich uch nun allesant,
wie jeder nach sim stand genant.
darnebend ist mir zugefallen,
damit uch dwil kurz würde allen,   35
dem richen man und sim gsind
ein spil zu halten, kurz und gschwind.
wil uch nit lang ufhalten hie.
seltzamer ding sach keiner je,
dann ich uch hie fürhalten wil.   40
wend ir mir merken uf in still,
lond üchs nit fast sin übertrank.
der tag der ist noch zimlich lang,
hernach zu zechen kumt ir wol;
mancher noch ee zit wirt zu vol.   45
ich denk, ich werd sin hie genießen,
min herr werd gern etwas erschießen,
ein par gulden, zwen oder drei;
ich sorgen nit, daß in gereu.
dwarheit zreden, sich ich in an   50
für einen rechten erenman.
ich tu mich des allein erneren,
richt solche spil zu großen herren,

---

21 die schwart, die Haut. — 23 üben, ehren. — 32 ginn, gönne. —
34 zugefallen, eingefallen. — 42 lond, lasset. — übertrank, übermäßiges
Trinken: trinket nicht zu viel. — 45 Mancher wird noch trunken, ehe es Zeit ist. —
46 sin genießen, Vortheil davon haben. — 47 erschließen, wie einschließen,
zahlen. — 52 des, davon.

wo si dann bi einander sind,
schlach ich mich zu mit disem gsind; 55
ein hof recht mach ich inn ob eßen.
hab ûwer jetz ouch nit vergeßen,
hoff, ich tü uch und jederman
ein wolgfelligen dienst daran.

Simeon, des richen mans bruder.

Far her! wir wend dich gern vernen 60
und dir ein gut vererung gen.
nach kurzwil wir alleinig trachten;
wie küntend wir dann dich verachten?

Herolt.

Wolan, so diß die meinung ist,
ein jeder sich zur sachen rist. 65
stellt uch in dordnung, wie ir wißen,
jeder sin ampt richt us geflißen,
damit wir bringind er davon
und keiner müst mit schanden bston.

Argumentarius.

Diewil vil hie in unser gmeind 70
diß unsers spils kein wißen seind,
und daher irthalb dises spil
on nutz abgieng, ouch zit und wil
verloren wurd, wil ich der gschicht
ufs kürzst uch geben guten bricht. 75
Christus, damit es kurz erzelt,
uns zwen weg für die ougen stellt:
ein wolgebanten, tribnen weg,
der üppigkeit unds wolluft steg,
da man guts muts ist, trinkt und frißt, 80
den lib schon pfligt, Gots gar vergißt,
betracht nit, was wol, recht und gut,
wanns nur angnem dem fleisch und blut,

---

56 Der Sinn ist: mit meinem Gesinde bilde ich einen Hofstaat bei ihnen, ob
eßen, während des Essens, vgl. Schmeller, Bayer. Wörterbuch, I, 12. —
60 vernen, vernehmen. — 61 gen, geben. — 65 rist, rüste. — 71 kein
wißen sein, c. g., nicht kennen. — 78 tribnen, begangenen. — 79 wolluft,
männlich. — 81 pfligt, pflegt.

schandlich, üppig, boshaft und geil;
den weg wandlet der größer teil.　　　　　85
der ander weg ist eng und schmal,
uf dem sich findt die minder zal;
dann wer hieruf setzt sinen fuß,
der welt er urloub geben muß,
sich slißen der gotseligkeit,　　　　　90
christlicher zucht und erberkeit,
den Adam täglich würgen ab,
damit Gots geist stat in im hab.
da gat dann krüz und liden an;
drumb fragt dwelt nichts nach diser ban.　　　　　95
so ist nun das die frag hiebi,
wölch straß hierus zerwölen si.
die erst dem fleisch ist angenem,
die andre ist dem geist bequem;
der witer weg zur hellen bleit,　　　　　100
der enger zu der seligkeit.
die bed weg zlebens samt irm end
wir in dem spil uch zeigen wend,
samt einer erklärung kurz und fri,
wölcher der best und sälgest si.　　　　　105
doch habend wir heidnisch personen;
der werdt ir aber bald gwonen.
frou Venus mit samt irm bistand,
dem Epicuro, hie zu hand,
weltlichen wollust uns bedüt,　　　　　110
all üppig, vol und trunken lüt,
die irem buch die höchsten er
bewisend und mit starkem her
ziehend die witen ebenen ban.
Pallas, mit disem stritbarn man,　　　　　115
dem Herkule, fecht, lieben lüt,
frumkeit und tugend uns bedüt.
wie nun jebs wöll das beßer sin
und sich gem andern legn in,

---

97 zerwölen, zu erwählen. — 100 bleit, beleitet, geleitet. — 102 zlebens,
des Lebens. — 105 sälgest, seligste. — 110 bedüt, bedeutet. — 119 gem, gegen
dem, gegen e. d., sich einlegen gegen, sich zuwiderlegen, streiten.

und warzu jedes si gnatsirt, 120
zeigt uns nachdem wie sich gebürt,
die nachvolgende handlung an.
nun los und schwige jederman.

Narr,

als man darvor uf dem seiten spil macht, spricht zum richen man:

Los, herlin, los, das ist gut leben!
man sol im billich ztrinken geben. 125

Asser, ein bruder des richen.

Nim hin, bring im den stouf mit win.

Narr.

Das tun ich gern, herr; es sol sin.

Wie er jetzt dem herolt wil ztrinken gen, zuckt er, trinkt selbst
und sagt:

Ett Henslin, lug, bi dinem lib,
den win nit us den henden gib,
min durst ich löschen muß vorhin, 130
das übrig sol dann iren sin.
si dorstind in wol gar usriben,
und wurd mir nit ein tröpflin bliben.

Als er trunken, sagt er:

Ha ha he, das heißt glebt im sus!

Jetzt gibt ers dem herolt und spricht:

Nim hin und trink du das übrig us. 135
es fügt sich dir jetzt nicht vil win,
das macht, das du must witzig sin;
min gattung ist, nun narrecht sin.

Venus.

Ir lieben gest, nun gschout mich an,
ir jungen gsellen ouch voran! 140

---

123 los, lose, höre zu. — 126 stouf, großer Becher, Humpen. — 128 Ett, Vater. — lug, schau. — lib, Leib, Leben. — 131 iren sin, ihnen zukommen. — 132 usriben, vertilgen, gänzlich austrinken. — 134 im sus, im Saus (und Braus).

ein göttin bin ich, hoch geborn,
frou Venus genant, die userkorn;
uf erden findt man nit mins glich,
vol aller fröud, an gut ganz rich,   145
verkünd ich allen groß kurzwil;
was ich nur wünsch, des hab ich vil:
wolriechend balsam, wihrauch rein,
das aller köstlichst edelgstein,
ganz schöne kleinot mannigfalt.   150
do secht ir ouch min schöne gstalt,
die bäcklin rot, den schönen mund,
min graden lib, der stolz und gsund,
und damit ich üch tü den vollen,
ein jeden ich lieblich anschmollen.   155

Sie düt uf ire jungen töchtern.

Wer je min jugend hie sach an,
von schöne wegen sie lieb gewan;
in miner bhusung ist guter mut,
köstlicher trachten vil und gut;
man danzt und springt, ist guter dingen,   160
je einer tuts dem andern bringen.
was jeder nach sim lust gert zeßen,
das gib ich im, nichts ist vergeßen;
wann er geßen und trunken gnug,
ist im ein bett nach allem fug   165
zugrüst mit aller köstlicheit,
unzalbar lust und üppigkeit,
nachdem wies fleisch begeren mag,
schlaft ruwig biß an andern tag.
also min wesen und min stand   170
ist mut und wolust aller hand;
wer mir anhangt, der muß sölchs haben.
volgt mir all nach, ir jungen knaben!
was woltend wir sunst andrer dingen
on fröud und mut von hinnen bringen?   175

---

154 den vollen, die Fülle. Der Sinn ist: und damit ich es euch vollends an-
thue, euch vollends berücke. — 155 anschmollen, anlächeln, vgl. Schmeller, a.
a. D., S. 469. — 157 von schöne wegen, wegen ihrer Schönheit. — 159 tracht,
Gang beim Essen, Gericht. — 162 zeßen, zu essen. — 169 ruwig, ruhig.

Da büt sie uf den tüfel.

Min schaffner hab ich hie bei mir,
der hat vol köstlichs trank ein gschirr,
das teilt er aus mit trug und list,
kan jedem gen, nachdem er ist.

Spricht zum tüfel:

Darumb, Satan, so rüst dich bhend,   180
dich on verzug zu inen wend,
gibs in zuersuchen, mach sie krank
in lieb gen mir mit dinem trank.
dwelt ist so törecht und so bol,
wann du dich fligst, so trügst sie wol.   185
die sach ein gut ansehen hat,
ich wil dich loben, wanns dir grat.

Astarot, tüfel,
zu der Venere.

Mit fliß, o Venus, richt ichs us.
o daß mir all kämind zhus,
wie sie hie sitzend, wib und man!   190
gut leben wölt ich mit in han.

Das redt er gegen andren lüten.

Doch wil ich dir zu wolgefallen
den höchsten sitz ingen vor allen.

Astarot zun gesten.

Secht zu, o lieben gesellen min,
was seltznen koufmans ich doch bin!   195
wer etwas wöll, der zeigs mir an;
ich kanns im gen, er muß es han.
min krum den leg ich vor uch us,
was jedem gfalt, das les er drus,
richtum und hoffart, pracht und mut.   200
den lib befilch ich ůwer hut;
wan ich möcht ůwer selen nummen,
dadurch ich min gwalt überkummen.

---

184 bol, toll, unbesonnen. — 185 fligen, mhd. flihen, soviel wie vlewen,
nieders. vlien, schmücken, putzen. — 187 grat, geräth. — 193 ingen, eingehn,
einnehmen. — 198 krum, krom, Kram. — 202 wan, hier in der Bedeutung von
aber, allein. — numme, nummen, nur. Schmeller, a. a. O., 694.

so het ich min sach gschaffet wol;
gwiß der unser ouch sin sol.   205

Als er das sagt, klopft er dem richen uf die achsel.

Wer min wöll sin, der tracht nach lust,
so lebt er doch nit hie umbsust.
ich wil im widerfaren lan
als darzu er begird mag han.

Astarot zur Benere.

Fürwar, Venus, es ist umbsunst!   210
durch mich erlangest nicht vil gunst,
ee ich dir wurde vil erwerben,
solt ich die sach wol gar verderben.

Venus
schlacht in und spricht:

Du fuler tropf, du bist wol wert,
das dir die hut wol werd erbert.   215
nun hast du doch kums mul uftan!
du schalk, woltst du drumb glich abstan?
nun mag dich ilends uf die ban
und greif die sachen anders an;
tun daschen uf, zeig binen schatz.   220
was gilts? du findest guten platz;
du bist der tusend listig sind,
vol böser düd, ganz arg und gschwind,
kannst einen bringen, war du wit,
wann ers glich erst hat gsinnet nit;   225
drumb troll dich bhend, richt dsach baß us,
old kum mir nimmermer zu hus.

Astarot.

Wie kanst du dich gar lätz stellen!
nun hab ich doch min bests tun wöllen.
on underlaß du plagest mich,   230
werst baß der Hellen wert dann ich.

---

205 der, näml. der reiche Mann. — 209 als, alles. — 213 fg. schlacht, schlägt. —
215 erberen, schlagen, ferire. — 220 daschen, die aschen; asch, hölzernes Gesäß,
Kasten. Grimm, Wörterbuch, 578. — 224 war du wit, wohin du willst. —
225 gesinnet, im Sinn gehabt, gewollt. — 227 old, olde, oder. — 228 lätz,
lätsch, einfältig.

Astarot zu den gesten.

Min red, ir gest, habt vor vernommen;
doch bin ich jetzund widerkommen.
mich keiner damals hören wolt,
dann es villeicht sonst nit sein solt.   235
nun trit ich wider uf den plan,
secht, wes köstlicher war ich han:
us dem gschirr trink, wen die lieb ansicht,
des herz zur wolluft ist gericht,
nach all sim wunsch im gschehen wirt.   240
das horn ich auch hab mit mir gefürt,
darin ich hab artzni gar gut,
daburch der mensch in übermut
und närrscher hoffart inher brangt,
groß ansehn und er erlangt.   245
ich hab ouch artzni mit mir tragen,
ob einer hett einen vollen magen,
das er fürhin mag freßen wol;
schadt im nichts, wer er all tag vol.   250
wölt aber einer gold und gelt,
so schenk ich im die ganze welt
und gib im solchs mit gutem gunst
on gelt und gut dahin umbsunst.

Lär den Becher
zum Astarot.

Gar gute wort ich von dir hör;
gibst mir gelts gnug, ich volg dinr ler;   255
ich muß doch umb dri stück an gold,
so mir im monat werden zsold,
mim herren dienen tag und nacht,
ob man mich doch glich ztod drob schlacht.

Astarot
zur Benere.

Nun hab ich einen, der ist bhaft.   260
Venus, ich hab dsach wol geschaft.
nach gut und gelt stat dem si sin;
ich wils im gen, so ist er min.
sag an, hab ich mich jetzt nicht geflißen?

---

232 vor, zuvor. — 244 brangt, prangt, stolz einhergeht. — 260 b'haft, gefangen.

Venus.

O ja, du haſt dich wol beſchißen.   265
far hin, ich wünſcht mir dinen nicht.
min knab der ſach iſt baß bericht.

Venus zu dem Cupidine.

Cupido, lieber ſune min,
din bogen richt uf diſen hin,
ein ſcharpfen pfil leg oben druf,   270
lug, fäl ſin nit, ſich eben uf,
damit in liebe und begir
ſin herz ganz werd entzündt gen mir.

Als Cupido wil ſchießen, wendt ſie im den Bogen und ſagt:

Der iſts, dahin richt dinen pfil!
er ſitzt dir eben recht zum zil   275
und gfallt mir für die andren al,
wie vil joch iren in der zal.

Cupido ſchießt zweimal, ſo gerats nit, alſo ſagt ſie:

Der bog iſt gut, die pfil ſind ſcharf,
das niemands darab klagen darf;
doch iſts umbſonſt, dpfil fallend hin,   280
nit weiß ich, was mag durſach ſin.

Venus.

Ich ſich, das mir diß mal, min kind,
die götter gar zuwider ſind,
darumb ich hüt kein glück nit han;
Pallas iſt aber uf der ban,   285
in minen ſachen ſie mich irrt,
all min fürnemen mir verwirrt;
ſie lert, das man ſich hüten ſol
vor mir und ſagt, ich ſtecke vol
der üppigkeit und büberi,   290
des alles ich ein meiſterin ſi.

---

266 binen, gen. von du, beiner, ich wünſche mir nichts von dir, will nichts von
dir haben. — 267 Mein Knabe verſteht die Sache beſſer. — 277 joch, ja auch,
immerhin. — iren, gen. pl., ihrer; wie viel ihrer auch an der Zahl ſein
mögen.

all welt sie zucht und tugend lert,
den lastern und der fulkeit wert;
ir wesen ist sorg, angst und mü
in großer arbeit spat und frü;   295
drumb wer gern wöll vil plagen han,
der mag sich ir ler nemen an.

Pallas
mit ir selb.

Es tratzt mich einer diser orten
mit fräflen, lichtfertigen worten;
hats triben lang, laßt nit davon,   300
ich müst ir rückers angsicht stan.

Pallas zur Venere.

Got wilkum, Venus, hie zu land,
du göttin aller sünd und schand,
du predin! doch verzich du mir,
als heil der welt kumt her von dir;   305
ja, wann schand, üppigkeit und pracht
dmenschen uf erden selig macht!
pfi dich, du wüsts und schnödes wib,
sich, wied ufmutzest dinen lib,
man sicht an dim kleid und grüst,   310
wasd für ein schnöder vogel bist.
wolst du mich hie zu schanden bringen,
du fälst, es sol dir nit gelingen.

Venus.

Secht zu, so bald ich sie hab troffen,
ist ir das herz schon ufgeloffen   315
und brimmt von zorn, kan sich ser klagen,
so ich ir doch nur dwarheit sagen.
o ja, köstlicher zier fragst du nit nach,
nachs libs wollust ist dir nit gach,

---

293 fulkeit, Faulheit. — 298 tratzt mich, trotzt mir. — 301 rücker, hinter; der
Sinn scheint zu sein: sie müßte mich denn nicht mehr sehen, ich müßte davongehen. —
304 predin, bredin, fem., von Bracke, Hündin. — verzich, verzeihe. —
309 wied, wie du. — aufmutzen, aufputzen, schmücken. — 310 grüst, gerüst,
Anzug, Aufputz. — 315 ufgeloffen, geschwollen. — 316 brimmen, fremere,
grollen.

urſach: du kannſt nit uberkumen,   320
du wurdeſt dich ſonſt gwiß nit ſumen.

Pallas.

Der tugend ich mich rům allzit,
die alle laſter überſtrit.
wer erbar lebt und tugend hat,
kumt zgroßen eren und hohem ſtat;   325
wer ſich herrlicher taten flißt,
eim ſölchen all welt er bewiſt,
bekumt küngrich und großen gwalt,
ganz ſtet, ouch land und lůt behalt.
wer ſich wolluſt nit laßt verfůren,   330
der kan wißlich und wol regieren;
in ſinen ſachen, zallem teil,
iſt nichts dann luter glück und heil;
ſinr mů und arbeit letzter lon
iſt, wann er ſtirbt, deß himmels kron.   335

Venus.

Das ſind doch warlich gute ſachen,
wer wolt doch din nit müßen lachen?
was eins jetz bar wol haben mag,
als fröud und mut und gute tag,
wer din rat, daß eins faren ließ,   340
im ſelbſt ufs künftig vil verhieß;
ein narr wer, der das gewiß ließ faren
und wölt ſich lang ufs ungwiß ſparen.
die wort ſind gut und nichts darhinder;
drumb folgt ir ler nit, mine kinder,   345
ſo hand ir gute tag uf erd,
nichts iſts, das eim hernacher werd.

Pallas
zu iren töchtern.

Es fält ſich nit, ir töchter min,
es muß duldet und glitten ſin.
wer ſich der tugend wil annen,   350
muß ſich in übel zit ergen;

---

320 Du kannſt nicht dazu gelangen. — 323 überſtrit, überſtreitet, überwindet. —
325 ſtat, Stand. — 338 eins, jemand. — bar, lediglich, ohne weiteres. —
348 es fält, fehlt, ſich nit, es bleibt nicht aus. — 350 annen, annehmen.

sorg, mü und arbeit mancherlei,
frost, hitz, durst, hunger ouch dabei,
darin must du dich ganz ergen,
doch wirts ein end bald ganz nen;   355
die zit zlebens fart hin geschwind,
dzit kurz ist, fart hin wie der wind.
wer erst was stark, schön jung und rich,
stirbt ilends hin und wirt ein lich.
zzitlich ein tugendricher man   360
in keinen weg wirt sehen an;
sin rechnung wirt ufs künftig machen,
sich flißen tugentsamer sachen.
solt einer nie ein zit sich liben
und etwas fleischlichs wollust miden,   365
das er, erlediget aller burd,
ein großer herr im himmel wurd?

Amazon.

Fürwar, ir töchtern, mir gfellt
als was uns Pallas hat erzelt.
billich wir ernst und fleiß sünd han,   370
irem exempel nach zu gan.
den lastern allzit widerstriten,
der tugend flißen zallen ziten,
damit wir all in gmein zu lon
empfahind zletzt des himmels kron.   375

Venus.

Din bleiche gstalt zeigt gnugsam an,
das dich sol fliehn jederman;
din mund ist dürr, der lib ungstalt,
das tut din arbeit, als ich halt.
du kestgest dich all zit und wil   380
mit sinn und trachten gar zu vil.
die welt hat gern ein guten mut,
was ists, das eins im selbst we tut?

---

355 nen, nehmen. — 361 in keinen weg, auf keine Weise, durchaus nicht. —
364 sich liben, sich quälen, plagen, Leid ertragen. — 370 sünd, süllend,
sollen. — 380 kestgen, kestigen, castigare, kasteien. — 381 sinn, sinnen.

faſt du, wilt gern, und trink kein win,
ſo wend wir guter dingen ſin.   385

Pallas.

Ach liebe Venus, ſag mir an,
gloub nit, daß ich ſi unrecht dran;
was iſt ein gſtalt, die hübſch und ſchön,
denn ein ganz nichtig gloken tön?   390
gat onverſechner ſach dahin,
veraltet, was er hübſch iſt gſin,
fallt wie die ſchönen roſen hin,
und wie die zierten blümlein ſin.
nim ſiden, ſammat, karmenſin,   395
köſtlich trachten und guten win,
ſchön zierte bett und edel gſtein
und allen wolluſt, gnant ins gemein:
verglicht es ſich nit alles ſer
einer waßerblater uf dem mer,   400
die znichten wirt und glich zergat,
ſo balds des winds empfunden hat?
was wilt du mir dann widerſechten?
ich red dwarheit, darf nicht vil rechten:
es iſt alles ſterblich hie uf erden,   405
muß zluter kat und eſchen werden.
das gtier nimt mit, was irdiſch iſt,
der tugend iſt der himmel grüſt.
wer erbar lebt, dem fügt er ſich.
darzu geordnet bin ouch ich,   410
der zucht mich flißen je und je.
dſturmhuben unds ſchaflin ſichſt hie;
den laſtern ich zu aller zit
zwar beſts vermögens widerſtrit,
min leben ouch ſamt minem her   415
gar nit in müßiggang verzer.

---

384 wilt gern, wenn du willſt. — 385 ſo wend wir, doch wir wollen. —
389 gloken tön, Glockentönen. — 391 er, eher, früher, einſt. — gſin,
geweſen. — 393 ziert, geziert, ſchmuck. — 399 waßerblater, Waſſer-
blaſe. — 405 kat, Koth. — eſche, Aſche. — 406 gtier, Gethier. — 407 grüſt,
gerüſtet, zugerüſtet, bereitet. — 411 ſturmhube, Helm. — ſchaflin, Gefäß,
Behälter für Wolle oder Flachs, calathus, Attribut der Pallas als Erfinderin
und Beſchützerin des Spinnens und Webens. (Virg. Aen. VII, 805.) —
413 zwar, wahrlich.

ich üben mich on unberlaß;
drumb bbenk dich, Venus, fürhin baß.

Venus.

Ich mag birs alles wol nachlan,
doch in bem bir nit nachschlan,
wilt gern mit solchen leuten kriegen.   420
bie sich, wie bu, an bem lonb bgnügen,
sinb elenb, arm unb ungstalt.
ich boch von ber wis gar nichts halt;
min jugenb hie ist hübsch unb zart,
ich halt sie nit so ruch unb hart.   425

Pallas.

Ich sich es wol, barsst mirs nit sagen,
bann bin huf groß ist zallen tagen,
ber größer teil bir hanget an;
es wil all welt gut leben han.
lützel zu mir wenb gsellen sich,   430
an lüten bin ich gar nicht rich,
recht tun ben lüten bschwärlich ist;
boch ist min huf ber ersamlichst.

Jetzt spricht Pallas witer:

Diewil wir nun, bu schanblichs wib,
beib wöllenb haben unsern kib,   435
unb bu bich barsst so fräfentlich
wiber mich setzen stolziglich,

Pallas zum richter.

So fall ich uch bemütiglich
zu fuß, o richter erentlich,
mit bitt, wölt zrecht bie sachen stellen,   440
bas urteil zwischen uns hie fellen,
welche boch unber uns hie si,
(Venus, nun stell bich ouch herbi!)
bers lob bes sigs sol werben geben;
wir wöllenb üwerm urteil gleben.   445

---

413 nachlan, nachlassen, zugestehen. — 419 nachschlan, nacharten, nachahmen. —
427 huf, Haufe. — 430 lützel, wenige. — 435 kib, Zank, Streit um das Recht. —
445 gleben, geleben, nachleben.

Venus.

Fürn richter ich gern mit dir gen,
verhoffen auch, ich wöll wol besten,
doch das ich gnad und gunst vorab
ins richters ougen funden hab;
o schöner richter, hands mit mir,   450
ich wils umb üch verdienen schier.

Weibel
zur Pallade.

Ach liebe Pallas, schön von lib,
du wirsts gwinnen, geb was die trib,
der richter nimt nit gut und gold,
gerechtem wesen ist er bold,   455
doch ich dich wol in guter still
in disen sachen fürdern wil;
solt dir aber bsach graten nit,
versprich ich dir min trüw hiemit,
ich wil das wüst, unflatig tier   460
(Er meint den tüfel.)
Mit füßen zhufen treten schier,
mit minen zänen in zerreißen,
in muß als unglück mit mir bscheißen!

Astarot
zum weibel.

Wie sagst, woltst du dermaßen dran,
und mich, wie du sagst, zu hufen schlan?   465
du bist im zschlecht, nun halt mir fuß,
den grind ich dir erschütten muß.

Der Weibel.

Nun schwig und lose jederman,
ich schwetz und ward geschlagen dran.
der tüfel klappre nun fürhin   470
ich wil vil lieber ruwig sin.
bi eids pflicht ich üch allen büt,
das fürhin keiner rede nit,

---

450 hands, habt, haltet es. — 453 geb was, oder Got geb was, was auch
(quidquid), was sie auch treiben mochte. Schmeller, a. a. D., S. 18. — 459 trüw,
triuwe, Treue. — 466 nun halt mir fuß, nun halt mir stand. —
467 grind, Kopf. — erschütten, erschüttern, schütteln. — 470 klappre,
plappere, plaudere. — 472 büt, biete, entbiete.

biß daß fürüber ist das gricht,
und jetzt der richter zurteil gspricht. 475
Richter.
Wölcher recht urteil sprechen wil,
das keim gschech zlützel noch zu vil,
der hat fürwar, kans wol erachten,
vil ding mit großem ernst zbetrachten.
vorus sol er bedenken sich, 480
kein urteil zfellen fräsentlich,
er hab dann vor beed teil verhört,
damit er nit licht werd betört;
drumb, Pallas, dine zügen bring,
du, Venus, ouch, wilt das dir gling. 485
so ich sie ghört, und ir üch stellen,
wil ich dann zmal das urteil fellen.

Actus II.
Argumentarius.
Nun habt ir biß hieher gehört,
wie sich die Venus hat zerspert,
getriben im schandlichen pracht, 490
die Palladem nu gar veracht.
jetzt volgt, wie sie beid suchend recht
nach langem zanken und gfecht
beim richter, wölcher hierher stellt
die zügen, e ers urteil fellt. 495
s wollusts züg ist ein voller buch,
ein wüster freßer und winschluch;
der tugend züg heißt Hercules,
ein man, der bscheidenheit gemeß,
der sich des guten allzit flißt. 500
sölchs werdend ir nuu wol verstan;
ich bitt, wölt slißigs gmerk druf han.
Venus
zum Epicuro.
Vollbuch, wolher, stell dich zu mir!
zu der sach hab ich gnug an dir.

---

489 zerspert? Vielleicht von sper, spör, trocken, rauh, heiser, sich zersperen, sich heiser sprechen. Schmeller, a. a. O., S. 576.

min handel für uß aller best;   505
dinen buch hast du zimlich gmest,
min fröud, die ist gleich wie die din,
gut leben han und ruwig sin;
groß mü und arbeit wunsch ich nit.
rüst dich zur sach, herfür jetz trit!   510

Epicurus.

Wafen, wafen über wafen!
ich wer schier aller erst entschlafen.
wie kumts, das ich so vil muß ginen?
der krampf mich züct in fußschinen;
muß mich ein wenig baß erstrecken,   515
ob ich mich möchte selbs erwecken.
o ho, das ist ein seltzne sach!
achts niemand, biß ich gar erwach;
min mund der ist mir gar zu trucken,
vor großem durst ich kum kan schlucken.   520
das glas mir schenk vollen win;
es muß nun vorhin trunken sin,
so kan ich dann was not ist schwätzen.
gib her, ich muß vor dzungen netzen.

Als er trunken hat, spricht er:

Der trunk mir schmeckt im herzen wol,   525
das glas mir füllend wider vol!
secht, das wir haben wins gnug,
läre gleser sind nit min fug;
ich hab wol oftmals hören sagen,
zvil win trinken beschwär den magen,   530
es beschwäre aber her old hin,
so muß umb mich gezecher sin.

Astarot.

Seh, stoß die amplen in din mund
und lär si us, das ist dir gsund.

---

511 Wafen, Hülferuf, wehe! — 513 ginen, gähnen. — 514 fußschinen, Schienbeine. — 515 erstrecken, ausstrecken. — 521 vollen, voll. — 528 sind nit min fug, passen nicht für mich. — 532 gezecher, die Zecherei, das Zechen. — 533 ample, Ampel, ampulla, großes Trinkgefäß.

Als er trunken, spricht der Aftarot:

Du kanst ein rechter unflat sin. 535
sag an, was ist die meinung din?

Epicurus
zu sinen nachgengern.

Vernemend, min ser lieben kind,
wie ir hie mine diener sind:
es ist kein Got ganz überal,
drumb forcht ich nit in disem fal; 540
und wenn dann glich ein Got schon wer,
so sind doch das noch beßer mär:
er nimt sich unser ganz nichts an,
acht nit, wie lebe jederman.

Aftarot.

Din ler gfallt mir lichen wol; 545
billich ich din sorg haben sol.
seh, trinken ein mal und sufs vol us,
du fügst nun gar wol in min hus.

Epicurus.

Den Juppiter, den höchsten Got,
förcht niemands nit; es ist kein spot, 550
wir sterbend bald, und werdend zkat,
nichts witers dann hernacher gat.
wer nit hat hie gelebt im sus,
der fast; wannd gstirbst, so ist es us.
nichts ist bestendig in der welt, 555
dwelt hinden nach wirt ouch verstellt
und gar ein andres wesen gwinnen,
wir müßen endlich all von hinnen;
drumb lond uns hie in wollust leben,
man wirt dort keim nichts nachgeben. 560

Aftarot.

Din red mir honig übertrifft;
das ist die rechte heilge gschrift!

---

543 Er bekümmert sich gar nicht um uns. — 545 lichen, gelichn, gleicherweise,
ebenfalls. — 548 du fügst, du paſſeſt. — 554 Darauf folgt dann weiter nichts,
dann ist alles aus. — 556 verstellt, verändert.

far für und strichs noch heller us,
ich wils verdienen, kumst mir zhus.

Epicurus.

Ich spil und zech, trib für min pracht 565
und schlaf die ganze lange nacht,
den halben tag oft ouch desglich;
drumb ich so groß bin, secht ir mich.

Astarot.

Du bist heiser, weiß nit, wies kumt;
sech, friß die schwart und schmir den munt. 570

Epicurus.

O das min hals zu diser frist
als lang wer, als ein tannboum ist,
o das min mul, wie ich beger,
glich einer witen matten wer,
o das eins helfenbeins zan gelich 575
min zen werend, das fröute mich!
ich wölt, das min buch aller maßen
als vil als sganz mer möchte faßen,
und hette alle fisch im mer,
vil tusent schwin, das fröut mich ser; 580
da wölt ich herren leben han
und nit ein bißlein überlan!

Astarot.

Ach meister gut, ich muß dich eren,
und dir der mucken fleißig weren.

Richter.

Was plaдert diser esel vil? 585
sins gschwätzs ist weder end noch zil.
er kann nichts, denn wüst sin und liegen.
Pallas, stell hierher dinen zügen,

---

563 far für, fahre fort. — 564 verdienen, vergelten. — 565 für, fürber,
weiter. — 570 schwart, Spedschwarte. — 574 matte, Wiese. — 582 bißlein,
Bißlein. — 585 plaдern, plaudern.

damit man doch an diſer ſach
ein end und uſtrag letzlich mach.   590

Pallas.

Ernricher richter, hochgeborn,
von er und tugend uſerkorn!
es iſt on not mit vilen worten
unnütz gſchwätz triben diſer orten.
diſer held, Hercules genant,   595
des große taten wol bekant,
der wirt jetz mit der tat probieren,
das ich den ſig ſoll dannen füren;
den laſtern er ſtets widergſtanden.
wolher nun, nun die ſach zehanden!   600

Hercules.

Minr tugend hab ich, wie ich ſag,
erzeigt vil taten mine tag;
hab grauſame tier überwunden,
erwürgt und umbbracht, wo ichs funden;
min kraft hab ich desglich bewiſen   605
in dem, das ich groß, gewaltig riſen
begwaltigt hab und gerichtet hin,
die alle menſchen gförcht vorhin;
hatt nie vil wolluſt und kurzwil,
es hat mich koſt der arbeit vil.   610

Anteus, ein ris.

Haſt du ſo große ſterk bewiſen
und haſt erwürgt vil großer riſen,
ſo rib dich jetzund ouch an mich!
dapfer wil ich bſtriten dich.

Hercules
ſchlacht im zhuf und ſpricht:

Nun ligſt du hie und haſt din lon.   615
wie woltſt mich erſt von nüwen beſton?
mit armen ich dich wil zertrucken,
du muſt fürhin kein luft mer ſchlucken.

---

590 uſtrag, Austrag, richterliche Entſcheidung. — 597 probieren, probare,
beweiſen. — 598 dannen füren, davontragen. — 600 nun die ſach zehanden, nun laßt uns die Verhandlung beginnen.

Gerion, ein ris.

Mit list du hast und nit mit sterk
den umbgebracht; derhalb mich merk:
du must mit mir jetz witer dran; 620
so wirst du sehen, was ich kan.

Hercules.

Sich, Gerio, bist du vorhand?
es gült mir glich, ich sten dir zhand,
wiewol dinr dri sind in eim lib. 625

Schlacht im ouch zhufen.

Da ligst, fürhin mich mer ümbtrib!
von mir hie lerne jederman:
wilt ruw vor den dri finden han,
dem tüfel, fleisch, weltlicher rott,
mit gwalt darwider striten sott. 630
ficht dich der glust zur bosheit an,
so setz mit gwalt all macht daran.
diewil du lebst, rüst dich zum strit.
der schandlich find der firet nit,
din böse glüst die reizend dich, 635
der tüfel ouch gar emsiglich.
schick dich zur arbeit und zum strit,
kein arbeit laß dich turen nit,
wie Pallas tät, die tugentrich,
und du hast gsehen handlen mich. 640

Cacus, ein wilder man.

Wiewol du drimal gsiget hast
und dich dinr sterk gerümet fast,
so must du doch an mir erligen.

Hercules.

Wolher! ich wil dich leren schwigen.

Schlacht in ouch zu tot.

Nun hast du mit der hut bzalt. 645
secht, lieben lüt, wies hat ein gstalt!

---

626 umtriben, necken, reizen. — 630 sott, solt, sollst du. — 631 glust, m.,
das Gelüst. — 634 firet, feiert, ist müßig. — 638 turen, dauern, verdrießen.

es ist nit gnug, wann einer schon,
wie ir hie habt bei mir vernon,
hat einen find zmal überwunden,
es kumt ein andrer glich zustunden; 650
drumb muß man sorgsam sin mit trüwen,
der arbeit sich nit laßen rüwen;
mit schlafen ist unmöglich ding,
das einr hindurch gen himmel tring.

Actus III.

Argumentarius.

Nun hebt sich die dritt handlung an, 655
damit das spil ein end wirt han;
dann nach verhör der zügen wort
der richter bsach bringt an ein ort,
fellts urteil und zeigt an vorab,
das btugend srecht gwunnen hab, 660
begabt sie hoch, gibt ir die er,
verdammt und schickt zum hellschen her
die Veneren, das üppig wib,
das brinn und brat ir stolzer lib.
desglichen ouch nach rechtens lut 665
zalt Epicurus mit der hut;
dann billich ists, das gerechtigkeit
belont werd, unds fleischs üppigkeit
samt allem praß, schlamm, fülleri,
ewig gmartert und pinget si, 670
damit man uschlach falschen wan
und lerne Got vor ougen han.
nun schwigt, damit mans künd verstan!

Weibel.

Nun·macht uch her zbeder parti,
wem etwas daran glegen si; 675

---

648 vernon, vernommen. — 654 tring, dringe. — 664 brinn, brenne. —
669 praß, das Praſſen. — schlamm, das Schlemmen. — 670 pinget, pini-
get, gepeinigt. — 671 uſſchlach, ausſchlage, von ſich weiſe, fahren laſſe. —
wan, Wahn.

der richter heißt uch all still sin,
er wirt das urteil gen fürhin.

Richter.

Ir wißt, ee das der richter stell
sin urteil und es endlich fell,
ist billich, das er sin allgmach   680
erweg beder partien sach.
fürn schuldigen oft zunsern tagen
der unschuldig die straf muß tragen;
darumb ich nit hab ilends wöllen
den sentenz in dem strit hie fellen.   685
wie ich nun bsach in mir ermiß,
so fält sich nit und ist gewiß:
Pallas hat gsiget on geferd;
ist billich, das sie bgabet werd.
darumb nim hin, wie du beschuldt,   690
zum zeichen sfigs und miner huld
die schön und gulbin erenkron!
du wirst ouch fürhin witer beston.

Pallas.

O richter, ich bin bnügig dran,
das ich bißmal gesiget han,   695
und danken ümer gerechtigkeit,
wünsch uch vil glück in bewigkeit.

Richter.

Wil Hercules sin macht bewisen
mit tugend an den dreien risen,
ist billich, das er zlob und zpris   700
der tugend gert werd nach siner wis.
des guten er sich allzit flißt,
was lasterhaft, zu boden rißt;
darumb im sol nach disem leben
der himmel werden ingegeben.   705
die himmelskugel nim hiebi,
zum zeichen, das im also si.

---

686 ermiß, ermesse. — 690 beschulden, verdienen. — 694 bnügig, benügig:
ich begnüge mich damit. — 701 gert, geehrt.

Hercules.

Mit dank ich sie nim von üch an
und wil sie zum denkzeichen han;
wünsch üch dabi von herzen grund   710
vil glück und heil zu aller stund.

Richter.

Zum end jetzund gehaltner gschichten
nun eins ich noch hab uszurichten:
das der schnöd, schändlich balg sin rach
und wol bschuldt urteil ouch empfach,   715
damit ir schand nem billichs end.
hör zu, Venus, dich zu mir wend,
lichtfertiger ich dich erfind,
dann stob und flug si und der wind.
der hellen fügst du dich gar eben,   720
hast gfürt bißher ein hellisch leben;
darumb, Satan, nims bede hin,
far mit in zloch, zur hellen in
und gib in irn verdienten lon;
si sond von dannen nimmer kon.   725

Astarot.

Ich hab mich lengst daruf gespitzt
und bbadstuben schon ingehitzt;
doch muß ich noch mit ir verziehen,
der vollbuch muß ouch mit uns ziehen;
so gat es als in einem zu,   730
si machtend mir sunst vil unru.

Richter.

Ja, Satan, du bist recht daran.
wol her, vollbuch! ich muß dich han,
ich wil dir lonen, merk mich eben,
umb dine leren, die du geben.   735
du bist ein wüster unflat gsin
und hast dich gmest glich wie ein schwin,

---

714 rach, Rache, Strafe. — 719 stob, Staub. — flug, das was fliegt. —
725 sond, sollend, sollen. — kon, kommen. — 728 verziehen, warten.

all schand und bosheit blüt gelert,
der erbarkeit und tugend gwert,
und bist dem schnöden wib bigstanden.   740
drumb, Satan, nim in ouch zuhanden,
gleg im sin unnütz gschwetz und lachen,
mit hellschem füer im schmalz den bachen,
erkleck im bhut mit hellschen benglen,
den wüsten wanst im woll ertenglen;   745
das ist sin wol verdienter lon.
woluf, und far mit im darvon!

Astarot
zu inen.

Woluf und dran, in nobis hus!
secht zu, sfür schlacht schon oben us;
ir hörend schon die bratspieß gan,   750
ich mein, wir wend gut leben han.
ir hellschen schwestern, rüstend btisch
mit schwäbel und bäch also frisch.
der welt pracht, lieben brüder min,
bring ich allen mit mir herin.   755

Venus.

O we, o we der jamers not!
min kind, schüß mich mit pfilen ztot!

Cupido
schüßt, so iste umb sunst, darauf sagt er:

Die pfil, ach liebe mutter min,
die fallend all vergebens hin;
dem tüfel wir gedienet hand,   760
der fürt uns mit im in sin land.

Astarot.

Wie zittrend ir? schütt uch der rit!
ir müßend dran, es hilft uch nit;
ir lebtend der schand bi üwerm leben,
der schand wir uch jetz gnug wend geben.   765

---

742 gleg, geleg, lege. — 743 bachen, Rücken. — 744 bengel, Prügel. —
745 ertengeln, durchklopfen, durchprügeln. — 748 nobis hus, Hölle (ital.
nabisso, abisso, Abgrund?). Vgl. Goedeke, Joh. Römoldt (Han. 1855), S. 75,
76; Every-man (Han. 1865), S. 222. — 753 bäch, Pech. — 762 Schüttele euch
das Fieber!

Venus.

O we, wo hand wir hin gedacht?
dahin haſt du mich ſelb gebracht
und mir inblaſen ſpat und frü,
das ich nichts rechts und erlichs tů.

Aſtarot.

Ha ha ha! was ſols aber ſin? 770
gar niener zu ich ſunſt gut bin;
ich ſtudier täglich in den dingen,
wie ich all welt zur hell mög bringen.
du ſoltſt nit gvolgt han minem rat.
jetz iſts umbſunſt, du kumſt zu ſpat. 775

Als Aſtarot zu der hell kumt mit inen, ſagt er:

Nun duckt uch, ir müßt da hinin!
ir gſellen, heißts Got willkum ſin.

Der letzt herolt zu dem richen man und ſinen geſten.

Nun merkend uf, ir herren alſan,
diß wend wir uch zlieb gſpilet han,
mit bitt, ir wölts zdank nemen an. 780
doch lernend all erſtlich hiebi,
was weltlich fröud und wolluſt ſi:
nichts dann ein falſcher trug und bſchiß;
die unrein Venus lert uns diß,
durch welche der welt wird angezeigt, 785
die ouch wie ſie zu argem gneigt,
zu aller ſchand und buberi,
des fleiſchs geilheit und fülleri,
hoffart, pracht, pomp und koſtlichheit,
dadurch zerſtört wird erbarkeit, 790
ein frumbs, demütigs chriſtlichs leben,
zu vil böſem groß urſach geben.
ſo mide nun ſolchs jederman,
vorus, wers lang im bruch hab ghan,
der zieh ſich ſelb mit gwalt davon, 795
dann endlich gibt es böſen lon,

---

771 niener zu, nirgend zu, zu nichts. — 794 ghan, gehabt.

wie ir solchs habend durch kurzwil
erlernet us gehaltnem spil.
gwiß wirst ouch noch fürn richter kun,
den heiland Christum, Gottes sun;   800
der wirt ouch fellen sin sentenz
on gunst und alle complacenz.
daran gedenkt, vergessends nit,
wie Christus uns selbs herzlich bitt:
sind munter, wachend jeder stund,   805
ir wißt nit, wann der brütgam kumt.
hiemit wir wider wend darvon
und nun fürhin üch ruwig lon.

      Des richen hofmeister sagt zu in:

Diewil ir uns damit verert,
min herr üch dises gelt beschert.   810
das nemend hin und laßt üch bnügen;
üch mer zu gen, wil sich nit fügen.

End des kleinen spils.

---

799 kun, kummen, kommen. — 802 complacenz, Rückficht, Nachficht.

V.

Sebastian Wild.

Vorbemerkung.

Die Parabel vom Vater und Sohn mit dem Esel, die es der Welt nicht recht machen können, läßt sich schon im 13. Jahrhundert im Orient nachweisen. Ibn Said, welcher von 1214—86 lebte, hörte dieselbe als eine schon bekannte Geschichte von seinem Vater erzählen. Dieser bemerkte ihm einst, wenn er denke durch sein Werk, den „Mughrib", jeden einzelnen befriedigen zu können, so sei dies ein vergebliches Streben. Einst, so erzählte er nun, fragte ein Sohn seinen Vater, was doch die Welt an ihm, einem so verständigen Manne, auszusetzen habe. Um seinen Sohn zu überzeugen, daß niemand dem Tadel der Menschen entgehen könne, zog er mit ihm und seinem Esel aus. Zuerst ritt der Sohn, dann der Vater, darauf stiegen beide auf, endlich aber ließen sie den Esel ledig gehen. Alles jedoch wollte den Leuten nicht gefallen. (Ibn Said's „Mughrib" von Maqqari, I, 679.) Wir erblicken hier die einfachste und natürlichste Form der Erzählung, während eine jüngere Fassung in den „Vierzig Bezieren", einer Bearbeitung eines arabischen Werks aus der ersten Hälfte des 15. Jahrhunderts: „Vierzig Morgen und vierzig Abende", schon verwirrt ist und Ungehöriges einmischt.

Im Abenblande tritt im 14. Jahrhundert die Geschichte schon ziemlich verbreitet auf, in Spanien bei Don Juan Manuel in dessen 1335 vollendeten „Patronio", oder Conde Lucanor im „Exemplo II." Hier hat der Vater die Absicht, seinen Sohn von Schwäche und Unschlüssigkeit zu heilen. Der Vorgang ist nicht ganz so einfach gehalten und schließt damit, daß beide reiten. Die erste deutsche Bearbeitung ist die Ulrich Boner's (zwischen 1324 und 1349) in der 52. Fabel des „Edelsteins" (nach Fr. Pfeiffer's Ausgabe) „von unschuldigem spotte". Am Schluß wird der Esel von beiden getragen. Der Spanier und der Schweizer haben also unabhängig voneinander gearbeitet. Ein englischer Predigermönch, J. Bromyard, in der zweiten Hälfte des 14. Jahrhunderts stimmt in seiner Erzählung im ganzen mit Boner überein, sodaß eine gemeinsame Quelle wahrscheinlich ist. Diese wird in dem „Speculum exemplorum" des im Jahre 1250 gestorbenen Cardinals und Bischofs von Frascati, Jacob von Vitry, zu suchen sein, einem Werke, welches in seiner ursprünglichen Gestalt noch nicht aufgefunden ist. Hier wird nämlich, das Tragen des Esels nur angerathen, aber nicht ausgeführt.

Der berühmte Verfasser der „Confabulationes" oder „Facetiae", Poggius Florentinus, berichtet, daß der Erzähler die Geschichte in Deutschland „geschrieben und gemalt" gesehen habe. Diese Bemerkung bezieht sich wahrscheinlich auf eine Bilderhandschrift des „Edelsteins", die einer seiner Freunde, welche mit ihm während des Concils in Konstanz waren, dort gesehen haben mag. Seine Abweichungen von Boner, namentlich daß Vater und Sohn endlich in ihrem Aerger den Esel in den Fluß werfen, wäre dann auf Rechnung eigener Erfindung zu setzen. Auf ihn lassen sich von nun an zahlreiche Bearbeitungen zurückführen. Sebastian Brant schöpfte aus ihm seine lateinische Fabelsammlung; aus dieser wieder entnahm die Geschichte der leipziger Professor Joachim Camerarius in seinem Buche: „Fabulae aesopicae plures quingentis et aliae quaedam narrationes."

Wenn der Verfasser des Spiels vom Doctor mit dem Esel auf dem Titel des Stücks sowol als auch im „Prologus" Aesop als seinen Gewährsmann nennt, so ist entweder die Sammlung des Camerarius gemeint, oder, was uns glaublicher erscheint, die deutsche Prosaübersetzung der Brant'schen Fabeln, welche, mit des ulmer Arztes Heinrich Steinhöwel „Aesop" zusammengedruckt, ein beliebtes Schul- und Volksbuch wurde. Wegen der fernern Verbreitung der Fabel verweisen wir auf Karl Goedeke's Untersuchung: „Asinus vulgi" in Th. Benfey's „Orient und Occident" (II, 531 fg.).

Neben Boner's Fabel „von unschuldigem spotte" ist „Der Doctor mit dem Esel" bei uns nicht die einzige poetische Darstellung der Geschichte. Schon im Jahre 1530 dichtete Hans Sachs den Schwank: „Der Waldbruder mit dem Esel. Der argen Welt thut niemand recht." Die Fabel ist in einen Rahmen origineller Erfindung eingefaßt. Ein Waldbruder hatte einen Sohn, der in der Einsamkeit aufgewachsen war. Als er durch den Vater von der übrigen Welt hörte, quälte ihn die Sehnsucht, diese zu sehen, und er lag dem Vater mit Bitten an, ihn in das unbekannte Gebiet einzuführen. Dieser willigt ein und die beiden machen sich auf die Fahrt. Hier handelt der Vater also absichtlich, um dem Sohne einen Vorgeschmack dessen zu geben, was er selbst genugsam erfahren und empfunden hat. Die Reise endet damit, daß der Esel erschlagen wird, und als man auch dies thöricht findet, kehrt der Sohn gern mit dem Alten in seinen Wald zurück. Aehnlich faßt auch ein in Musik gesetztes Lied den Vorgang auf, nur daß die Einführung des Waldbruders fehlt. („Es volget allhie ein Gedicht, wie man der Welt kann recht thun nicht" in Joh. Knöfel's „Neuen Teutschen Liedlein mit 5 Stimmen", Nürnberg 1581, Nr. 23. Vgl. „Liederbuch des sechzehnten Jahrhunderts", S. XXIV.)

Was bei dem nürnberger Dichter fast die Gestalt eines Idylls angenommen hat, das sollte sich unter der Hand Sebastian Wild's zu einer „Tragödie" gestalten; das will sagen, zu einem Schauspiel, dessen Personen sich in den höchsten Regionen des Lebens bewegen, was ja noch bis in das 17. Jahrhundert hinein als ein charakteristisches Erforderniß des Trauerspiels angesehen wurde. Hier ist es ein Kaiser, der über die Widersprüche in dem Urtheil der Welt durch ein schlagendes Beispiel belehrt werden soll.

Nach dem „Prologus" erscheint er mit seinem Marschalk auf der Bühne; er beklagt sich unmuthig, daß er trotz seiner besten Absicht den Leuten nichts recht machen könne. Von Fürsten und Unterthanen des Reichs hat er so viel zu leiden, daß er lieber seine Krone niederlegen möchte. Er bietet dem Hofdiener seine Würde an; aber dieser dankt für die Ehre und Last. Doch fällt ihm ein, daß ein „Doctor aus India" in das Land gekommen ist, der sich rühmt, allen Menschen gerecht werden zu können. Vielleicht weiß der Mann Rath zu schaffen. Wenn er, so spricht der Kaiser, sein Wort wahr mache, so soll er an seiner Statt Kaiser werden. Während der Hofnarr seine Zweifel äußert und in dem Frembling eher einen Standesgenossen erblicken möchte, tritt der Doctor mit seinem Sohne auf und erbietet sich zur Probe seiner Weisheit, die er am andern Tage abzulegen verspricht. Mit dem zweiten Act beginnt der Zug. Der Esel eröffnet denselben, indem er lebig vorangeht. Auf die Bemerkung eines Abenteurers, die beiden möchten wol des Esels Trabanten sein, nimmt der Vater das Thier beim Zaum. Nacheinander treten dann, wie schon bei Hans Sachs, Leute verschiedener Stände auf, deren Urtheil deshalb ihren individuellen

Ansichten gemäß ausfallen muß: ein Bauer, Baber, Schultheiß, Wirth; jeder hat eine spöttische Bemerkung oder einen guten Rath zur Hand.

Bisjetzt war der Schauplatz in einem Dorfe; von nun an wird derselbe auf die offene Landstraße verlegt. Entgegenkommende Reisende haben auch ihr Wort zu reden und der Mann entschließt sich, den Esel zu besteigen. Ein mitleidige Bettlerin kann es jedoch nicht gleichgültig ansehen, wie das arme Kind sich müde laufen muß, während der Alte es sich bequem macht. Als nun noch der Rath eines Müllers hinzukommt, der den Esel für stark genug erklärt, beide zu tragen, wird der Sohn zum Vater hinaufgehoben. Dies will wieder einem Pfaffen und einem Handwerker nicht gefallen. Was ist nun zu thun? Der Sohn erinnert sich, wie schon im Dorfe der Schultheiß gerathen hat, den Esel zu tragen; so nehmen sie denn die schwere Last auf sich. Neue Wanderer kommen an. Ein Landsknecht bedeutet seine Begleiter, daß das Thier ein Hase sei, den der Mann geschossen und eben nach Schlesien tragen wolle; hier hatte er einen guten Verkauf zu hoffen. Die Schlesier nämlich hatten einst, wie die Bürger der Stadt Dransfeld bei Göttingen, einen Esel seiner Ohren wegen für einen Hasen gegessen. Nun wird es den beiden doch zu arg, sie sind der Eselei überdrüßig und stürzen das unschuldige Opfer in das Meer. Auch jetzt haben sie noch keine Ruhe; denn ein Reiter bezeichnet den Doctor mit dem richtigen Namen, als den größten Narren der Welt. Der Weise aus India merkt nun wol, daß er zum Kaiser verdorben ist; aber am Ende ist sein Glück doch größer als sein Verdienst; denn für den erlittenen Verdruß und den Verlust des Thiers wird er glänzend entschädigt, indem der Kaiser in der wieder gewonnenen guten Laune ihn sammt seinem Sohne in den innersten Rath beruft, wahrscheinlich weil er der Meinung ist, der Mann, der überdies zum Schluß eine sehr weise Rede hält, habe aus der unglücklichen Fahrt eine dem Reiche zugute kommende Lehre empfangen.

Das Schauspiel Sebastian Wild's wurde von dem Verfasser mit elf andern Stücken in einer Sammlung vereinigt herausgegeben und später (Augsburg, durch Val. Schönigk, o. J.) einzeln wieder gedruckt. Die Mehrzahl derselben bearbeitet in herkömmlicher Weise und für einen größern Kreis von Darstellern berechnet biblische Stoffe nach den Evangelien und der Apostelgeschichte: die Geburt Christi (bis zum Auftreten des zwölfjährigen Jesus unter den Schriftgelehrten im Tempel); die Steinigung Stephani, des ersten Märtyrers; die Passion und die Auferstehung Christi (bis zur Erscheinung unter den Jüngern); der Jünger Gefängniß (die Befreiung des Petrus durch den Engel). Aus dem Alten Testamente entnahm er die Erzählung von Nabot, den der König Ahab seines Weinbergs wegen steinigen ließ, und die Geschichte vom goldenen Kalb. Endlich stellte er nach einer beliebten Anschauungsweise der Zeit den Kampf des überwundenen höllischen Reichs gegen das Erlösungswerk als einen Rechtsstreit Belial's gegen Christus dar.

Von größerm Interesse sind neben der von uns mitgetheilten dramatischen Parabel nur die weltlichen Spiele, denen ältere novellistische Stoffe zu Grunde liegen: vom Kaiser Titus, von Octavianus, von der schönen Magellona und dem Ritter Peter und von den Sieben weisen Meistern.

Der Dichter unterzeichnet sich in der aus Augsburg vom 1. Januar 1566 datirten Widmung des Buchs als „einen Mitburger daselbst". Er gehörte nicht dem Gelehrtenstande an; er sagt ausdrücklich: „er habe sich guter teutscher Wort und Meinung geflissen, soviel ihm Gott, als einem schlechten Laien, Gnad und Verstand verliehen". Ferner enthält eine handschriftliche Sammlung (Hof- und Staatsbibliothek in München, Cod. Germ. 4999) zwischen Liedern kolmarer Meistersänger auch solche von Sebastian Wild. So mag er der augsburger Schule angehört haben. Auch werden zwei von ihm erfundene Meistertöne, eine „kurze Nachtweis" mit 10 und eine „Jungfrauweis" mit 13 Reimen genannt (Wagenseil, „Bericht von der Meister-Singer-Kunst", 1697, S. 534, 535).

Schon die ganze Art und Weise der Behandlung verräth den eigenthümlichen Geist der Schule, die vorherrschende Richtung auf das Lehrhafte. Die Moral, daß keine Regierung es den Unterthanen zu Dank mache, allgemeiner, daß an Uebereinstimmung in politischen Dingen in der Welt nicht zu denken sei, ergibt sich aus der Geschichte von selbst. Aber der Dichter ging noch weiter. Der Herold belehrt das Publikum, daß der Doctor „den einfältigen Christen" bedeutet, der in seinem redlichen Streben, Gott und der Welt zu dienen, das Seinige zu Grunde gehen läßt und nur Spott zum Lohne empfängt. Zuletzt aber wird ihm das ewige Gut zutheil. Auch in dem Versbau verräth sich der Meistersänger. Die achtsilbigen und, wo die Reime weiblich sind, neunsilbigen Verse sind ohne alle Beachtung des Werthes nur abgezählt. Doch sind Verse wie: „Daß keiner mehr klage hinfür" (Act II, V. 117) nicht gerade

häufig; dagegen stoßen wir zuweilen auf Ungelenkigkeiten und Här-
ten, Versübergänge wie: war - umb, ehe ich ein - trit; Reime wie:
Esel — schnell, reiten — zwen. Sonst ist die Darstellung lebendig, die
Ausdrucksweise der verschiedenen Personen charakteristisch und alles
in gesundem Humor gehalten.

Daß diese Auffassung der Fabel den Beifall der Zeit hatte,
zeigt, wie wir zum Beschluß noch bemerken wollen, ein Holzschnitt
in mehrern Bildern, welche der Beschreibung nach (in Eschenburg's
„Neuem literarischen Anzeiger", 1807, III, 452) mit Wild's „Tragödie"
übereinstimmt. Freilich wenn die Annahme, diese bildliche Darstellung gehöre dem Anfange des 16. Jahrhunderts an, sich be-
stätigen sollte, so würde der Dichter das Lob der Originalität in
der Erfindung einbüßen. Dann wäre es möglich, daß er eben
erst durch das Bild die Anregung für die Einrahmung seiner Dichtung empfangen hätte.

Ein schöne Tra-
gedj, auß dem Esopo gezogen
von dem Doctor, der den Esel je tryb, je
zoch, je er oder sein son rytte, vnd zu
letzt ertrencken thet, In summa
wie er sich mit dem Esel
hielt, gefiel als der
Welt nit.

·Schöner Co·
medien vnd Trage·
dien zwölff: Auß heiliger
Göttlicher schrifft, vnd auch auß
etlichen Historien gezogen.

Alle sehr lieblich vnd annem=
lich, etwa traurig vnd frolich zu=
hören, vñ zulesen, In der Welt lauff
gründtlich fürgebilbet vnnd angezeigt
wirt, Welche auch Christlich, sonderlich
für die Jugendt, zur übung
zu halten vñ zu lesen sind.
Auffs new in Truck
verfertiget
durch
Sebastian Wilden.

M. D. LXVI.

(483 Bl. 8.; am Ende:)

Gedruckt zu Augspurg
durch Mattheum
·Francken.

_____

„Der Doctor mit dem Esel" ist das zwölfte und letzte Stück dieses Buchs,
dessen übriger Inhalt in Goedeke's Grundriß, S. 321, verzeichnet ist.

Personen dises spils.

Herolt.

Keiser.

Marschalk.

Narr.

Doctor.

Doctors son.

Abenteurer.

Baur.

Baber.

Schultheiß.

Wirt.

Kaufman.

Burger.

Edelman.

Bettelman.

Ein weib.

Müller.

Hantwerksman.

Pfaff.

Bot.

Lantsknecht.

Hantwerksgsell.

Reuter.

Summa 23 Personen.

Der herolt get ein und spricht:

Lieben herrn und christen leut,
nun schweiget still ein kleine zeit,
so werdt ir sehen in dem spil
der welt woltat und mangel vil:
wie es dem doctor tet ergan   5
mit seim esel, der jederman
recht zu tun vermeint allein.
was er anfieng, het alles kein
fürgang und wolt der welt nit gefallen;
tut im sein mü mit spott bezalen,   10
wie ir dann werdt sehen und spüren,
wann er einget, sich zu probieren,
so werdt ir der welt brauch sein hören,
in diser tragedi erkleren;
darumb seit still und merket auf,   15
so möcht ir hören der welt lauf
durch dise gleichnus und parabel
mit einem esel; dise fabel
hat Esopus beschriben klar.
nun nemend diser histori war.   20

Der keiser get mit seinem marschalk ein und spricht:

Ich bin verdroßen ganz und gar,
ich hab jetzunder etlich jar
das keisertum geregieret.
was ich je tu und immer tet,
so kan ich der welt kein recht tan,   25
wie fast ich mich befließen han

in aller meiner regierung;
ich schütz und beschirm alt und jung,
laß niemand geschehen kein leit,
straf alle ungerechtigkeit,   30
was ich je hör und kan erfaren.
nun hab ich in etlichen jaren
kein steur von den armen genummen;
so haßen mich mein rät darummen
und sprechen, andere keiser   35
haben ir schatzkammer nit lär
gelaßen, sonder mit vorrat
geregieret frü unde spat;
tu ich aber die armen leut
steuren zu diser teuren zeit,   40
so klagen sie darnach so fast,
sprechen ich tu in überlast;
wie ich im tu, so ists nit recht,
heut wird ich von disem geschmecht,
morgen von einr andern partei;   45
dann so wird ich so vertrutzt dabei,
das ich nit weiß, was ich ton sol.
ir wesen machet mich so dol,
das ich meins tons schier weiß kein rat.

Marschalt.

O keiserliche Majestat,   50
der muß am morgen frü aufstan,
der allen menschen recht wil tan;
euer majestat ist nur zu gütig.

Keiser.

Sol ich aber sein tumm und wütig,
so mag ich minder ru haben.   55

Marschalt.

Eur maistat ist so milt mit gaben,
mit geschenk und nachlaßung eben,
eim tut sie das, jenem jens geben;

---

40 steuren, besteuern. — 44 geschmecht, geschmäht. — 46 vertrutzt, verdroßen. — 48 dol, toll. — 54 tumm, hier in der Bedeutung: wild.

darburch macht ir sie nur halssterrig,
ir seit gütig, treu, milt unb sperig, 60
so leben sie in vollem sauß,
unb wann sie euch gar sedlen auß,
so spotten sie euer barzu.

Keiser.

Das weiß ich wol, sag an, wann bu
nur ein jar soltest keiser sein, 65
wie bu dich woltest schicken brein,
bas aller welt gefiel bein ton.

Marschalt.

Des wird ich mich nit underston;
wolt ich mich in ein seintschaft geben?
ich hab also wol beßer leben, 70
es wurd mir ärger bann euch gon.

Keiser.

Ich trag bie keiserliche kron
burch bie wal ber siben kurfürsten,
bie eins teils selbst barnach tun bürsten.
sie haben mich erhaben gar, 75
ins keisertum gesetzet klar,
noch wil in mein ton nit gefallen,
wie ich im tun fast bei in allen;
ich wolt, sie hetten mich vorhin
mit friben glaßen, ich wil in 80
bie kron wiberumb übergeben,
regieren sie gleich wol unb eben,
ober setzens eim anbern auf.
ich kan mich je in ber welt lauf
nicht schicken unb mich halten recht; 85
ich wil ir biener unb ir knecht
willig unb gern sein allzeit.

---

60 sperig, von sparen, spärig, schonenb. — 77 ton, Thun, Hanbeln. — 78 wie
ich im tun, wie ich es auch anfange.

Marschalk.

Genediger herr keiser, seit
nicht also hart beschwert darummen;
es ist nie keiner ins ampt kummen,   90
der allen menschen recht hat ton.

Keiser.

Drumb het ich lust darvon zu ston.
wann ich etwan einem sein schult
nachlaß und nim in auf in huld,
so tut mich der ander drumb neiden.   95
etwan geschicht es, das ich beiden
ir schult verzeich gedultiglich,
so tut auch der dritt haßen mich;
ober sie dürfen selbert wol
mein spotten und mich tumm und bol   100
und törecht nennen aller maßen.
wer wolt im das gefallen laßen,
wann einer eim als guts beweist
und sich in aller woltat fleißt,
das er so gar nicht wil ergeben,   105
auch bei den, welliche in eben
darzu erheben teten schon?
ich wolt keinen erheben ton,
wann ich im nicht wolt gehorsam sein;
und die herrn tons nicht allein,   110
etwan ein stalbub darf in haßen.

Marschalk.

Wolt nun eur Majestat verlaßen
das keisertum von deſſen wegen?

Keiser.

Ja, ich het es lust hin zulegen.

Marschalk.

Herr, wer solt dann darnach regieren?   115

---

96 etwan, zuweilen. — 105 nicht, nichts. — etwas ergeben, Frucht tragen, leisten (zum Dank).

Keifer.

Ich wil dich laßen gubernieren
im keifertum, verfuchs ein jar!

Marfchalt.

Gnediger herr, da wurd ich gar
wol beftan, ich kenn mich zu rauch
gegen der jetzigen welt brauch.   120
was fie euch tut, das wurd fie mir
zwifach beweifen ton hinfür;
ich bin nit fo gütiger art,
als eur maiftat zu aller fart.
behaltet lenger auf die kron.   125

Keifer.

Wo kommen wir dann einen an,
der fich der herrfchaft underfieng?

Marfchalt.

Herr, jetzund fellt mir ein gehling
ein doctor, der tut fich ausgeben,
er könne allen menfchen eben   130
recht ton nach irem willen fein.

Keifer.

Es muß je nur ein doctor fein,
mein verftand ift je zu klein.
wer mir difen doctor herbrecht,
ich wolte auch werden fein knecht,   135
er wer ein guter herr für mich.

Marfchalt.

Herr, dort kommet er eigentlich,
felbert perfonlich mit feim knaben.

Keifer.

Ich wil in mit der kron begaben,
wann er folliches tut beweifen.   140

---

119 ich kenne mich zu rauch, ich weiß, daß ich zu rauh, zu wenig nachgiebig bin. —
126 ankommen, antreffen, begegnen. — 128 gehling, jählings, plötzlich.

Marschalt.

Fürwar, herr, ich wil in auch preisen.

Narr.

Er wirt ein doctor sein wie ich;
wo ich mich schon fleiß heftiglich,
so spottet doch mein jederman
und wil mich für ein narren han.   145
es wirt im gleich wie mir ergen.

Herolt.

Schweig, narr, tu auf ein seiten sten,
laß den herrn doctor rein gan.

Der doctor get mit seinem son ein, der keiser spricht:

Seit irs, der allen menschen kan
recht ton nach irem willen gar?   150

Doctor.

Genediger herr keiser, war=
umb fraget eur majestat hie?

Keiser.

Es ist mir angesaget, wie
ir jederman seit angenem,
jederman lobet euch in dem;   155
was ir tut, das tu der welt gefallen.

Doctor.

Gnediger herr, ich hab bei allen
menschen kein ungunst auf ertreich.

Keiser.

Darumb hab ich berufen euch;
weil ir der welt so angenem   160
seit, wirt euch wol zimen zu dem
das ganz keisertum zu regieren.
ich wil euch laßen gubernieren,
ein ganzes jar in meinem reich,
ob ich auch was lernet von euch.   165

Narr.

Woltst du die regierung verlan,
und es disem narren vertrauen?

Keiser.

Ja, ich wolt im ein weil zuschauen.

Doctor.

Herr, ich wil was versuchen ton.

Keiser.

So wil ich euch geleich mein kron   170
auffetzen und das regiment
euch auch geben in eure hend.

Narr.

Herr, setz mir die kron auf den kopf.

Keiser.

Schweig jetzt still, du närrischer tropf.

Narr.

Bin dannoch wol so gscheit als er.   175

Doctor.

Morgen wil ich widerumb her
kommen für eur maistat allein;
ich nim die kron nit, e ich ein=
trit in das ampt; ich wil mich heut
wol enthalten in disem lant,   180
dieweil ich noch bin unbekant
an disem ort von weib und man.

Keiser.

Mein herr, so tut bei zeit aufstan.

Doctor.

Herr, wanns neune, will ich hie sein.

---

180 sich enthalten, sich verborgen aufhalten.

Keiser.

Ist recht, mein herr, ziecht hin allein.   185

Der doctor get mit seinem son ab, der keiser spricht:

Wilt du allen menschen ton recht
und wilt schlafen biß neune schlecht,
wil ich geren sehen von dir!
die kunst hat oft geselet mir;
ich bin manches mal frü vor tagen   190
aufgstanden, e es drei hat gschlagen,
und tet mich hin und her bedenken;
da tet mich das, dann jenes krenken,
so ich eins jeden not betracht,
mir eins hin, das ein her betracht,   195
wie ich alle sach zu recht brecht,
darmit niemant geschech unrecht,
und meint, ich tets gar wol besinnen,
noch tet mir immer kunst zerrinnen.
er muß haben ein guten kopf,   200
oder ich bin ein grober tropf,
das ich die sach nit kan verstan.

Marschalk.

Ich glaub, er sei ein gaugelman,
er sicht im schier gleich aller sachen.

Keiser.

Er wirt sonst ein fantasei machen;   205
morgen frü habend auf in acht.
wir wollen gen eßen zu nacht.

Get darmit ab.

Ende des ersten actis.

Der doctor und sein son gen ein, treiben den Esel vor in her;
gegen in get ein Abenteurer, und spricht:

Woher, mein freunt, zu fuß geritten?
in welchem lant ist es der sitten,

---

199 noch, dennoch. — 203 gaugelman, Gaukler. — 204 aller sachen, in
allen Dingen. — 205 fantasei, Gaukelspiel.

das ir ben ftarfen efel lär
laßt gan unb laufet nach im her?
feit ir all beib feine trabanten?   5

Doctor.

Wir fommen her aus fremben lanben.

Abenteurer.

Es muß ja nur bas felbig fein;
in bifem lanb hab ich nie fein
efel fehen trabanten haben,
welche neben im einher traben.   10
mein herr, wo wolt ir mit im hin?

Doctor.

In bie ftat Paris hab ich fin.

Abenteurer.

So werbt ir gewiff ein boctor fein.

Doctor.

Ja, mein lieber freunt, ich bin ein
boctor, aller welt angenem.   15

Abenteurer.

Mein herr, wolt ir in ber ftat bem
fnaben helfen zu einem herren,
ober muß er ftubieren lernen
bort auf ber hohen fchule nun?

Doctor.

Mein lieber freunt, er ift mein fun.   20

Abenteurer.

Ja, fo lernet er wol von euch,
bas er wirt weis, wie ir geleich.
ziecht hin, leret in jem borf ein,
unb trinfet auch ein feiblin wein,

---

12 hab ich fin, bahin fteht mein Sinn.

so möcht ir dem herren esel,
dester beßer nach folgen schnell.

Gen darmit ab; der son spricht:

Ich glaub, das er nur unser spott.

Doctor.

Ich gelaubs auch, bei meinem Got.
er meint, so wir ben esel laßen
vor uns lebig her gen sein straßen,
so schätzt er uns trabanten sein;
wir wöllen den esel allein
bei dem zaum nach uns ziehen tan,
das man uns nimmer sehe an
für trabanten des esels schwer.

Son.

Ei, Vater, ich gelaub, das er
mein, wir sollen ben esel reiten
und bem tier nit gen an ber seiten;
das gebunkt mich in meinem sin.

Doctor.

Ei nein, er forcht, er lauf uns hin,
und verlieren in auf der straßen,
das wir in also lebig laßen;
ich wil in füren bei bem zaum.

Son.

Ja, herr vater, zieht in gemachsam.

Ein baur und ein baber gen gegen in ein; der baber spricht:

Mein herr, von wannen ziehet ir?
ich mein, es sei krank euer tier,
das ir nit tut oben brauf reiten.

Doctor.

Nein, wir gangen im an der seiten,

25

30

35

40

45

---

31 So glaubt er, baß wir. — 48 gangen, gehen.

das wir den eſel in den tagen
ſparen, dann er muß oft ſchwer tragen, 50
darumb wir in jetzt ruen laßen.

Baur.

Ir get zu fuß die rauchen ſtraßen
neben dem ſtarken eſel grab;
ein alten gaul ich daheim hab,
ich tu ſein nicht verſchonen, wenn 55
ich etwan über felt ſol gen,
ich het gmeint, ir hett doch den knaben
nicht laßen neben im hertraben,
und hett in laßen reiten tan,
weil ir je wolt zu fuße gan; 60
du magſt wol ein alter lapp ſein,
geſt zu fuß bei dem eſel dein!

Bader.

Mein herr, was ſeit ir für ein man?

Doctor.

Ich bin ein doctor, heiß: Recht tan.

Baur.

Ja, das ſelb wol, drumb daucht mich der 65
eſel wer krank, darumb get er,
er muß dem eſel in den ſachen
den brunnen ſchauen und geſund machen.
er wirt in in dapodeck füren,
daſelbſt ſo wirt er in burgieren, 70
ſo bald er kommet in die ſtat.

Doctor.

Glieben bauren, dann es hat
nit die meinung umb mich, wie ir
vermeint, ich kan auf meinem tier
wol reiten, wann irs haben wöllt. 75

---

53 grab, grau. — 61 lapp, läppiſcher Menſch. — 68 den brunnen ſchauen,
den Harn beſehen. — 69 dapodeck, die Apotheke. — 72 glieb, mhd. geliep,
lieb.

Bader.

Ir dorft nit tun, was uns gefellt;
reit oder get zu fuß hierein,
spart den esel oder schließt drein,
wir fragen vil nach eurem reiten!

Der schultheiß und der wirt gen ein; der schultheiß spricht:

Was habt ir hie für neue zeiten?   80

Bader.

Es komt ein doctor da gegangen,
neben seim esel her gebrangen;
wir fragten, warumb er nit reit,
oder sein son, das sie all beid
zu fuße gen neben dem tier.   85

Schultheiß.

Mein herr doctor, von wann seit ir,
wie heißt ir und aus welchem lant?

Doctor.

Doctor Recht ton bin ich genant
und bin aus India her kummen.

Schultheiß.

Nun kan ich wol spüren, warummen   90
er zu fuß get; die weil er meldt,
sein nam heißt: Recht tan aller welt,
so hat er in der stat zu schaffen,
er wil im kunst und weißheit kaufen;
der wirt er bedürfen so vil   95
zu seinem fürnemen subtil,
das er sein esel wirt blaben.
darumb förcht er, es mocht im schaden,
wo er ritt und sein son ach,
das ist seines gangs die ursach,   100

_____

76 dorft, braucht. — 78 sparen, schonen; schließen, kriechen. — 80 zeiten,
für Zeitung, was gibt es Neues? — 82 brangen, prangen, stolz einherschrei-
ten. — 97 blaben, belaben. — 99 ach, des Reims wegen für auch.

unb tut fein efel billich fparen,
biß er mit ber kunft heim tut faren,
bie er wirt kaufen in ber ftat.

Doctor.

Golliches nicht bie meinung hat,
bas ich ben efel beim zaum für,   105
als tu kunfte zerrinnen mir,
mit ber ich in erft wöll belaben.
mein gan bas tut mir auch nit fchaben;
ich kan wol reiten, fo ich fich,
bas ir barumb vexieret mich;   110
fo vil kunft hab ich wol bei mir;
bas ich eur aller meinung fpür.
barummen wil ich euch recht tan,
unb meinen fon jetzt reiten lan,
nach ausweifung meins namens fchlecht,   115
bas ich euch allen wil tun recht,
bas keiner mer klage hinfür.

Wirt.

Ift recht, mein herr boctor, ich fpür
eur weisheit, laßt euch bife leut
nicht irrn, get zu fuß ober reit;   120
ir keinem nichts baran abgat.

Schultheiß.

Herr, tragt ben efel in bie ftat,
er wirt fonft müb, wann ir in lang
bei bem zügel umb fürt mit zwang,
auf bas wann ir in werbt belaben,   125
fo möcht es im beft minber fchaben,
mit kunft ober mit fonft etwem.

Doctor.

Mein herr, kümmert euch nit mit bem.

---

106 Als fehle es mir an Kunft. — 121 Keinem von ihnen gefchieht baburch
Abbruch, Schaben. — 127 etwem, Dativ von etwas.

Wirt.

Komt her, trinket ein ſeidel wein,
laßt den doctor ein doctor ſein,　　　　　130
er reit oder laß underwegen.

Baur.

Ja wol, ich wils auch nicht erlegen.

Bader.

Ich het es lengſt geren getan.

Schultheiß.

So komt her, ich wil auch mit gan.

Gen darmit ab.

Ende des andern actis.

Der doctor komt mit dem eſel hinder eim fürhang herfür; der ſon
ſpricht:

Herr vatter, ich bin herzlich fro,
das wir aus diſem dorf ſeind, ſo
vil arger, gſpöttig leut hats drinnen.

Doctor.

Schadt nit, mein ſon, wir wöllen inen
wol recht ton, wann wir wider kummen,　　　　　5
ich hab ir meinung ſchon vernummen;
ſitz auf und tu jetzunder reiten,
auf das wir nit von ander leuten
aber mal gevexieret weren.

Son.

Ja, mein herr vatter, ich wil geren　　　　　10
tun, was ir begeret von mir.

Der ſon ſitzt auf; der alt ſpricht:

Nun ſo reit her, ich wil vor dir

---

132 erlegen, erliegen laſſen? mangeln laſſen, unterlaſſen?
9 weren, werden.

fast gnug auf der straß einher gan.
dort kommen leut, es gesellt in schon.

Ein kaufman und ein burger, auch ein edelman gen mit einander
ein; der kaufman spricht:

Was kommet dort her aus dem walt? 15
ich glaub, es seind Zigeiner alt.

Burger.

Ist gleich so bald ein bettelman.

Edelman.

Er hat ein lange schauben an,
er sicht kein bettelman geleich,
oder ein Zigeiner des gleich, 20
hat auch ein breiten hut zumal;
ich glaub, es sei ein cardinal.
er komt gegen uns herein frei;
ich wil in fragen, wer er sei.

Sie gen zusam, der edelman spricht:

Wo her, mein freunt, so frü, allein, 25
in dem dicken nebel unrein,
mit dem knaben und esel schwer?

Doctor.

Aus India kom ich hie her.

Edelman.

So weit? was habt ir für ein handel?

Doctor.

Ich hab kein sonderlichen wandel, 30
ich bin ein doctor, heiß: Recht tan.

Edelman.

Des wil ich mich nit unterstan,
dann ich tu oft heut ein sach, die
mir morgen nit mer gefellt, wie

---

13 fast, schnell. — 18 schaube, langer Rock.

wolt ichs denn ander leuten tan,
so ich mir selbst nit recht tun kan?
künt ir das, so ist es ein kunst.

Doctor.

Ja, ich hab bei aller welt gunst.

Kaufman.

Herr, habt ir auch ein frauen zart?

Doctor.

Ja, schön und adelicher art.

Kaufman.

Künt ir derselben auch recht ton?

Doctor.

Ja, sie hat mich wert, lieb und schon.

Kaufman.

Ist recht; tut irs in allen sachen
nie unmütig, noch zornig machen,
oder traurig, bos und unrein?

Doctor.

Ob schon je das wetter schlecht ein,
so scheint doch darnach die sonn wider.

Kaufman.

Herr doctor, sitzet ein weil nider.
ir sprecht, ir heißt doctor Recht tan,
so facht das in eurem haus an
und tut euren namen beweren.
dörft nit weit in frembe land keren;
dieweil ir eur hausfrau klar
nit alle zeit künt recht ton gar,
so ist euer nam falsch und eitel.

---

45 unrein, unangenehm, schlechter Laune. — 46 schlecht, schlägt. — 50 facht.

Doctor.

Die weiber haben zen im beutel.
ich mein es nicht, wie ir tut sagen;
was sich in dem haus zu tut tragen
mit weib und man, kert nicht hieher.
ir habt mich nicht verstanden, wer 60
mein namen wil auslegen tan,
der da heißt: Recht ton jederman,
was in das regiment gehört;
sein eigen haus ist hie auf ert
nicht in das regiment gezelt. 65

Burger.

Wolt ir tun was aller welt gefellt,
so muß es auch den frauen gefallen,
weil gemeinglich der brauch ist bei allen
frauen, das in auch narrisch sachen
bald wol gfallen, und tun drob lachen, 70
was ein wenig ist seltsam schlecht.

Doctor.

Darummen ist in gut tun recht;
was in heut liebet, morgen leidts in.
es seind als gedanken, die hin
und her schlagen nach irer art. 75

Kaufman.

Dannoch sie oft erzürnen hart
und seind bös wider zu recht bringen.

Doctor.

Herr, ich sag nit von disen dingen;
recht ton laut auf die welt allein.

---

56 sprichwörtliche Redensart: Es ist gefährlich, mit den Weibern anzubinden (?). — 59 kert nicht hieher, gehört nicht hierher, hat hierauf keinen Bezug. — 71 schlecht, bloß, nur. — 73 Was ihnen heute lieb ist, ist ihnen morgen leid. — 79 laut, lautet, ist gesagt in Bezug auf.

Kaufman.

Herr, ir solt nun ein keiser sein,   80
ir würdt recht und weißlich regieren.

Burger.

Warumb tut ir den esel füren
bei dem zügel und tut nit reiten?
seit ir allmal gangen den weiten
weg aus India biß hie her?   85

Doctor.

Ja, herr; dann das ist mein son, der
ist noch jung, darumb laß ich in
reiten auf dem esel fürhin,
das er nit schwach werd in den tagen.

Burger.

Er künt euch doch wol beid ertragen.   90

Edelman.

Du magst ja wol ein doctor sein,
aber nit fast gescheit, das du dein
knaben leßt reiten, der vil baß
möcht laufen als du dise straß;
bist müd und schwach und bei vil jaren.   95

Kaufman.

Get her, laßend den narren faren.

Gen darmit ab; der son spricht:

Herr vatter, sitzt ir auf und reit;
e uns wider kommen solch leut
und mich beim har vom esel heben.

Doctor.

Ja, mein son, es ist mir wol eben.   100
Der son sitzt ab, der vatter auf.

———

100 eben, recht, genehm.

Ein bettler und ein bettlerin gen ein; der bettler ſpricht:

Ach, hochwürdiger herre frum,
ich bitt euch durch Gottes willen umb
euer heilige almuſen reich.

Doctor.

Vicenz, gib im drei groſchen gleich.

Bettler.

Ei, dank dir Got, mein herz liebs kind.   105

Bettlerin.

Herr, iſt das euer ſone kind?

Doctor.

Ja, liebe frau, einig allein.

Bettlerin.

Ach, wie möcht ir im ſo hart ſein,
das ir in möcht zu fuß gen laßen,
in diſer hitz die rauchen ſtraßen!   110
ſecht nur, wie tut er broden ſchwitzen!

Bettler.

Herr, laßet in hinder euch ſitzen,
ir habt doch ein ſtarken eſel;
wie wolt der bub laufen ſo ſchnell
als ir reitet? es ſchadt im nit.   115

Doctor.

Ich förcht, ich beſchwer in darmit,
wann wir beid auf im reiten tan.

Indem get ein müller ein und ſpricht:

Wo wil hinreiſen ton der man?

Doctor.

Ich wil zum keiſer, hab ich ſin.

---

106 kind, zart. — 111 broden, große Tropfen.

Müller.

Wo wil dann diser knabe hin?   120

Doctor.

Es ist mein son, er lauft mit mir.

Müller.

Warumb laßt in nit reiten ir
hinder euch auf des esels rucken?

Doctor.

Förcht nur, wir werden in hart trucken,
wann wir beid auf im sitzen tan.   125

Müller.

Ei wol, seit ir so töricht, man?
ich hab ein esel in dem stal,
diser esel ist wol zweimal
so groß und stark als der meinig,
und leg im oft auf seinen rück   130
ein schaf korn und sitz darzu drauf,
und ir solt den esel zu hauf
trücken? laßend den knaben reiten.

Doctor.

So hebt in rauf, weil ers mag leiden.

Der müller hebt in hinauf und spricht:

Jetzunder so tut hin reiten,   135
der esel trüg euer noch zwen!

Gen darmit ab; ein hantwerksman und ein pfaff gen ein; der
hantwerksman spricht:

Herr, seht wunder, die narren beid!
wie mogen sies dem tier zu leid
ton, das sie im also den rucken,
mit irem reiten tun zertrucken?   140
mein herr, wo wolt ir reiten hin?

----

131 schaf, Gemäß für Korn.

Doctor.

Gen Rom, zum keiser hab ich sin.

Pfaff.

Warumb laßt ir den knaben nit
zu fuße gan? wollet ir mit
eurem reiten das arme tier   145
gar zu boden trücken? secht ir
nicht, wie es ist so gschwil und heiß,
und dem tier austreibet den schweiß
mit eurem reiten dise zeit?
ich hett doch gmeint, ir wert so gscheit,   150
das ir das tier nicht solt belaben.

Doctor.

Herr, ich meint nit, daß im solt schaden.

Hantwerksman.

Secht ir nit, wie der esel schwitzt?
laßt den buben reiten und sitzt
ir ab und get ein weil zu fuß.   155

Doctor.

Ja, ich wils jetzt ton, wann wir aus
dem felt ein wenig kommen hinfür.

Die zwen gen ab; der doctor und sein son sitzen beid ab; der alt
spricht:

Mein lieber son, wie teten wir!
erstlich giengen wir beid zu fuß,
so hetten die leut darob verdruß;   160
ließ darnach dich reiten allein,
das wolt in auch nit gefellig sein;
tet darnach selbst auf sitzen tan,
da hettens auch kein gfallen dran;
jetzunder seind wir beid geriten,   165
so seind die leut auch nit zu friden.

---

147 gschwil, schwül.

was sol ich aber jetzund tan,
das die welt hett ein gfallen dran?
ich wolt je geren keiser weren!

Son.

Mein herr vatter, ich wolt geren   170
was raten, ich glaub es würd allen
menschen auf diser erde gefallen,
wann wir solliches würden tan.

Vatter.

Was ists, sag mir dein meinung an.

Son.

Der schultheiß tet in dem dorf sagen,   175
wir sollen unsern esel tragen;
wir wollens auch versuchen tan.

Vatter.

Fürwar, du manst mich recht dran;
wir wöllen in tragen, wie der
schultheiß uns heut auch gab die ler.   180
ich hab gemeint, er spott unser heint,
so merk ichs erst, das ers gut meint.
fürwar wir werden wol besten,
so wir unsern esel tragen;
ich wil in vornen auf mich legen,   185
so greif du hinden dran hergegen.
wir wöllen mit zum keiser gan.

Son.

Ich mein, es werd lachen der man,
wann er uns sicht den esel tragen.

Vatter.

Es wirt kein mensch mer künden klagen.   190
faß in nur recht nach deinem sin,
so wöllen wir fein gmach mit in
des keisers palast treten ton.

---

190 künden, können.

Son.

Gang hin, vatter, ich hab in ſchon
gefaßt, mich dunket, er ſei ſchwer.   195

Doctor.

Dort kommen ſchon leut daher;
es gfellt in wol, ſie lachen ſchon.

Son.

Sol in halt das nit gefallen ton,
und ich tete alſo hart tragen,
es müſt doch eins von unglück ſagen!   200

Ein bot, ein lantsknecht und ein hantwerksgſell gen ein; der
lantsknecht ſpricht:

Botz tauſent ſacker! was komt da
für ein jägermaiſter her, wa
hat er den ſchönen haſen gfangen?

Bot.

Wie ſagſt du, das da komt gegangen?

Lantsknecht.

Ein jäger mit eim haſen alt.   205
ſichſt du in nit dort vor dem walt
rumb gen neben des gſteudes ſtock.

Hantwerksgſell.

Kein jäger hat kein ſolchen rock;
es wirt gewiß ein doctor ſein.

Bot.

Ja, das iſt auch die meinung mein.   210
er tregt ein eſel auf dem rucken.

Lantsknecht.

Wie ſolle ſich ein doctor bucken
under eim eſel mit verlangen?
er tregt ein haſen, hat in gfangen

---

207 des gſteudes ſtock, Buſchwerk.

hinder dem wecholter gesteüb.　　　　　　　　215
jeßunder wil er in bereit
in die Schlesi tragen besunder;
da kaufet man im ab mit wunder
für aller hasen mutter groß,
mit seinem bogen er in schoß;　　　　　　　220
besecht in nur baß umb die oren.

Bot.

Du machest mich schier zu eim toren;
es ist ein esel, tu ich sagen;
er lebt doch noch, ich wil in fragen,
oder frag du; er kommet her,　　　　　　　225
es ist ein pfaff oder docter.

Der doctor wendt sich mit dem esel gegen inen; der lantsknecht
spricht:

Woher, jägermeister, mit dem
mechtigen hasen ungestem?
wo hast du in erloffen heut?

Der doctor legt den esel ab und spricht:

Ich glaub, ir seit nit recht gescheit,　　　　　230
secht ir nicht, daß ein esel ist.

Lantsknecht.

Ist dann das ein esel, wer bist
dann du? ein narr. was tust dich plagen
und das kind mit dem esel tragen?
ist er krank, oder hat er ein　　　　　　　235
geschwere auf dem rucken sein?
hast in mit dem sattel getrückt,
das du dich under in hast geschmückt
mit disem schwachen knaben klein?
wer diser esel mein als dein,　　　　　　　240

---

215 wecholter, Wachholder. — 217 Die schlesischen Bauern aßen einen Esel für
einen Hasen, vgl. Kirchhof, Wendunmut, I, Nr. 247. Aehnlich ging es den Bürgern
in Dransfeld bei Göttingen; vgl. Spangenberg, Vaterländisches Archiv (Lüneburg
1822), I, 238 fg. — 228 ungestem, meister-
singerische Freiheit für ungestüm. — 229 erloffen, erjagt. — 238 geschmückt,
geschmiegt, gebückt.

so wolt ich oben auf in sitzen
und mit im in das wirtshaus pfitzen;
er solt nicht vil reiten auf mir,
wie er reit und hocket auf dir.
wie heißt du, wo komest du her   245
mit disem faulen esel schwer,
den du must tragen über lant?

Doctor.

Ich bin ein doctor, wol erkant,
heiß doctor Recht ton aller welt.

Lantsknecht.

Du hast der rechten stund verfelt   250
heut am morgen mit dem aufstan.

Hantwerksgsell.

Herr, wo wölt ir hintragen tan
den esel, wolt ir in verkaufen?

Doctor.

Gen hof, beim keiser hab ich zschaffen.

Lantsknecht.

Wilt du im disen esel grab   255
verschenken, ob er dir ein gab
für dein faules tier geben solt?

Hantwerksgsell.

Ja, wann er esel tragen wolt!
er hat wol gäul, dar auf er reit.

Bot.

Laßt in und den esel onteit;   260
der esel ist krank, secht irs nit?

Lantsknecht.

In meinem lant ist es der sit,

---

242 pfitzen, schnell hineingehen. — 260 onteit, ungeärgert, teit, zusammen-
gezogen aus geheiet; Grimm, Wörterbuch, S. 441.

das die doctor reiten herein
auf dem esel alle gemein
dahin wo sie haben zu schaffen;   265
so tregt er in wie einen affen,
ich habs mein lebtag nie erfaren.

Bot.

Habt ir nie gseben keinen narren?
hie komt das sprichwort oft bedacht,
das ein narr bald drei narren macht.   270
komt her und laßt den esel reiten
auf seinem doctor in die weiten.
jetzt habt ir auch was neues zu sagen.

Lantsknecht.

Ich lacht nie mer bei all mein tagen.
glück zu, doctor esel, glück zu!   275

Hantwerksgsell.

Lieber kom her, laß in mit ru.

Gen darmit ab, der son spricht:

Vatter, wir hands noch nie wol troffen,
kein recht ton ist hie zu verhoffen.
wie wollen wir im jetzund ton,
das wir über kemen die fron,   280
und ich nach euch das keisertum?

Doctor.

Mein allerliebster sone frum,
ich bin erzürnet ganz und gar,
das ich aller welt offenbar
sol zu eim gespött hie umbgen.   285
ich het guten lust, das ich den
esel ertrenket in dem mer.
sol ich von seintwegen so ser
veracht und gscholten werden
von allen menschen hie auf erden,   290
das tut mich hertiglichen krenken.

Son.

Herr vatter, ich hilf in ertrenken.
ich glaub, es werde dich hernach
alle welt loben aller sach,
wann wir nur des esels quit werden. 295

Vatter.

So wollen wir in von der erden
in das mer stürzen und ertrenken,
zu underst in das mere senken.

Sie werfen den esel ins mer; der son spricht:

Seh hin, du fauler eseltropf,
wol hast du mir ertrückt den kopf, 300
wol hab ich so hart an dir tragen!

Vatter.

Ich hoff, es soll uns in den tagen
kein mensch mer künden auf der strassen
anreden, strafen oder haßen,
so wir den esel nimmer haben. 305

Son.

Dort tut ein reuter daher traben,
laßt sehen, was er sagen wöll.

Vatter.

Ich hoff, es sei ein gut gesell.

Der reuter komt und spricht:

Woher, mein herr, zu fuß, allein
mit disem jungen knaben sein, 310
in disen heißen tagen schwer?

Doctor.

Wir ziehen aus India her.

Reuter.

Wer seit ir, wo wöllet ir hin?

295 quit, ledig, los.

Doctor.

Hinein zum keiſer hab ich ſin.
ich bin ein doctor der weißheit.   315

Reuter.

Seit ir zu fuß gangen ſo weit?

Doctor.

Nein, wir ſeind auch geritten je
auf einem eſel her durch die
wiltnuß und ungeheure ſtraßen.

Reuter.

Warummen habt ir in verlaßen,   320
iſt er euch etwan worden krank?

Doctor.

Nein, er het noch ein guten gang.
ich hab in in dem mer verſenkt.

Reuter.

Warumb habt ir das tier ertrenkt?

Doctor.

Es hat nit mer gefallen mir.   325

Reuter.

Ei, ſolt du ertrenken das tier,
ſo gang zu fuß dein lebenlang!
hetſt wol mögen reiten on zwang.
du nennſt dich aus üppigkeit
einen doctor aller weißheit,   330
du biſt der größte narr allein.
warumb? haſt nit den knaben dein,
und werſt du gleich wol zu fuß gangen?

Reit darmit ab; der doctor ſpricht:

Was ich in dem lant hab angfangen,

---

319 ungeheuer, unheimlich, unſicher.

ist alles gift und gar unrecht;   335
jetzunder bin ich gar verschmecht
und hab auch keinen esel mer;
ich hab gemeint, es soll der
welt alles wolgefallen ton,
so gibt sie mir den spot zu lon   340
und schilt mich ein narren und toren;
das keisertum ist nun verloren.
ja wol, den leuten recht ton hie!
ich hab mich wol versucht, bin nie
von keim menschen gepriesen woren.   345

Son.

Wölt ir die sach gar laßen faren?

Doctor.

Ja, wes solt ich mich understan,
dieweil ich niemant recht kan tan
in meinen eignen sachen eben?
was würd sie mir dann zu lon geben,   350
wann ich ire hendel würd richten,
böse und krumme sachen schlichten,
die einem keiser vil zu hant
stoßen in disem bösen lant?
wir wöllen gen, zum keiser gon   355
und im sagen, das er die kron
eim andern auffsetz mit vereren.

Son.

Ja, die welt ist nicht zu geweren.

Gen darmit ab; der keiser, der marschalk und der herolt gen ein;
der keiser spricht:

Mich dunkt, der doctor sei lang aus.

Herolt.

Herr, da kommt er gleich zu haus.   360

---

357 mit vereren, als Geschenk. — 358 geweren, befriedigen.

Der doctor get mit seinem son ein; der narr spricht:

Herr, mich dunkt, dir schwindel dein hiren,
wie dunkt dich, wilt du noch regieren?
du hast dich leiden lang bedacht;
oder bist erst vom schlaf erwacht?
wie lang muß mein herr warten hie?   365

Doctor.

Schweig, mein henslein, es ist noch frü.

Der doctor neigt sich gegen dem keiser, und der keiser spricht:

Herr, komt ir jetzunder, die kron
zu empfahen, so nemt sie an
samt dem zepter und regiment.

Doctor.

O herr keiser, in meine hend   370
wird ich euren gewalt nit empfangen.

Keiser.

Ir habt doch necht gesagt mit brangen,
ir kündet aller welt recht tan.

Doctor.

O herr keiser, solliches han
ich erfaren mit gerobem schaben,   375
das ich zu vil würd auf mich laden.

Keiser.

Warumb? was ist euch dann geschehen?

Doctor.

Herr, ich zoch, wolt die welt besehen
und hab die sach probieren wöllen,
tet mich darzu rüsten und stellen   380
mit meinem esel und dem sun,
trieb den esel vor mir herum,

---

361 hiren, Hirn, Gehirn. — 371 wird, werde. — 372 necht, nächten, gestern Abend. — brangen, prangen, prahlen, großsprechen. — 375 gerob, grob.

das tet den leuten nit gefallen;
ich fürt in bei dem zaum nachmalen,
das wolt in auch nit gefallen tun. 385
nach dem ſetzt ich darauf mein ſun,
ſolches in auch nit gefallen tet;
nach dem ich mich darauf ſetzet,
da war ich gleicher weis verſpott,
das ich ritt, ließ den ſon im kot 390
ſappen; letztlich ritten wir beid,
die welt uns gleich wie vor beſchreit,
ſprach, wir wolten das tier ertrücken.
wir teten uns unter im bücken,
trugen den eſel über lant, 395
alle welt ſpott unſer zu hant.
das tet mich erzürnen und krenken,
und ich tet den eſel ertrenken;
das wolt ir auch nicht gefallen ton.
derhalben ſo kan ich die kron 400
nicht aufnemen von euer gnaden;
ich brecht mich ſelbſt in mü und ſchaden,
dieweil der welt das nit wil gfallen,
das ſie nit anget, noch darf zalen.
wie wurd ſie mir dann faren mit, 405
wann ich etwan wider ſie ſtritt
mit ſtrengem regimente ſtark,
welches dann bedarf die welt arg!
dann on gewalt left ſie ſich nit ſtrafen,
bucken noch biegen oder zafen, 410
und wo gewalt und die ſtraf nit wer,
ſo künt kein menſch ſicher auf der
ſtraß gen; ſo iſt die welt verrucht,
vol gſpött, vol bosheit und unzucht.
darumb, herr, tut das regiment 415
wider aufnemen in eur hend,
und faßet es erſt recht und ſtark,
ſchützet das gut, ſtrafet das arg
und regieret nach eur weisheit.

___

391 ſappen, im Schmuz gehen. — 404 anget, von angen, angere, was ihr
keine Sorge macht. Anget könnte jedoch auch für angeht ſtehen, der Sinn
würde derſelbe ſein. Vgl. Grimm, Wörterbuch, 347. — 405 Wie würde ſie dann mit
mir verfahren! — 410 zafen, zaufen, zurückhalten, im Zaum halten?

Der keiser lacht und spricht:

Ei nicht, lieber herr doctor, seit　　　　　420
nicht so erschrocken von des wegen;
wenn ir das regiment zu gegen
haltend, so wirt sies nicht mer ton.

Doctor.

Nein, herr keiser, bhalt ir die kron
auf und das zepter in den henden,　　　　425
die welt tut mich schmehen und schenden,
sie tet mich gar in armut setzen.

Keiser.

Eurs esel wil ich euch ergetzen;
ir solt hinfür mit eurem sun
mein innerster rat sein nun.　　　　　　430
wir wöllen gen in kantzlei hin,
und sehen, wie es stand darin.

Gen darmit ab; der herolt beschlüßt:

Hie schauet disen doctor an,
der allen menschen recht wolt tan,
wie weit es im gefelet hat;　　　　　　435
die gloss und bedeutung verstat:
diser doctor bedeutet hie
all from, einfaltig christen, die
sich fleißen ton in zucht und eren,
wolten Got und aller welt geren　　　　440
dienen mit herzlicher begir,
mit hab und gut, und wann sie ir
mü und allen fleiß wenden dar,
so ists gleich darnach als darvor.
ir tut sein dienst gefallen nicht,　　　345
da einer spottet sein und spricht:
er wil anderen dienen tan,
und leßt das sein zu boden gan.
und wann es noch auf den tag gschicht,
welchen aller welt dienst ansicht,　　　450

422—423 zugegenhalten, entgegenhalten, gegen etwas anwenden. — 436 gloss,
Glosse, Auslegung, Bedeutung. — 450 Der Sinn ist: wer sich einfallen läßt,
aller Welt zu Diensten zu sein.

dem gibt die welt zu dienen gnug,
braucht in aber nur je zum fug,
so ist dann der einfeltig man
da, tut die meinung nit verstan,
dient immer einhin, biß er gar   455
umb sein armut ist kommen dar.
nach spott alle welt sein zu lon,
wie es dem doctor hie tet gon,
wellicher durch sein dienstbarkeit
kam umb seinem esel bereit.   460
doch kam er zum keiser darnach,
der in ergetzet aller schmach.
das ist Got; also wann die
frommen, einfelting christen hie
vil leiden in disem ellend,   465
werden von aller welt geschendt,
bringen sie umb ir gut darneben
und etwan gar umb leib und leben,
so kommen sie letztlich zu Got;
der vergiltet in allen spot,   470
tut in für die zeitlich armut,
übergeben das ewig gut.
Got wöll es geben allen denen,
die sich von herzen darnach senen,
und bieten sein genad so mild,   475
spricht und lert Sebastian Wild.

Ende diser tragedi.

Gedicht durch Sebastian Wilden, zu halten mit 23 Personen.

---

452 zum fug, wie es ihr gelegen ist, wie es ihr paßt. — 455 einhin, wie
einher, immer fort. — 457 nach, hernach. — 460 bereit, adv. bereits. — 464 ein=
felting, einfältigen.

Vorbemerkung.

Meckel's „Anklage des menschlichen Geschlechts" steht am Schluß einer Reihe von dramatischen Dichtungen, über deren Ausgangspunkt und Verlauf in dem Vorwort unserer Sammlung berichtet worden ist.

Der Verfasser nennt seine Dichtung ein „Gespräch". Er wollte damit nicht sagen, daß sein Werk auf den Namen eines Schauspiels überhaupt keinen Anspruch mache; vielmehr gebrauchte er das Wort in demselben Sinne, wie auch Hans Sachs mehrere seiner Gedichte, z. B. den Streit zwischen Jupiter und Juno, „ob weiber oder menner zum regimente tüglicher sein" (Werke, I, Bl. 360), „Comedia oder Kampfgespräch" benannte.

Die dramatische Bedeutung liegt eben in der Form des Rechtstreits. In ihren verschiedenen Momenten erhält dieselbe die Zuschauer in Spannung, welche durch den Richterspruch befriedigend gelöst wird, und gibt im kleinen ein Bild des die Menschheit bewegenden Kampfes der feindlichen Mächte, des Guten und Bösen, über denen die Idee der ewigen Gerechtigkeit waltet, um endlich allen Streit zu versöhnen.

Freilich ist das Stück nicht für die Aufführung, sondern nur für das Lesen berechnet. Die Absicht des Verfassers bei der Wahl nicht blos der dialogischen, sondern der dramatischen Form war auf die lebendige Darstellung des didaktischen Gehalts gerichtet, wie sie durch einfache Abhandlung oder Predigt kaum zu erreichen war. Der Mangel aller äußern dramatischen Mittel, auf welche seit der Mitte des Jahrhunderts nicht so gänzlich verzichtet zu werden pflegt, erklärt sich daraus genügend. Es fehlt die Angabe der Personen in einem besondern Verzeichniß, da ein solches zunächst für die Darsteller bestimmt ist; es fehlt die Eintheilung in

Acte und Scenen; endlich sind die vorkommenden kurzen Bühnen-
anweisungen (z. B. „Satan komt am Freitag wider") eigentlich
nichts anderes als eine den Dialog verbindende kurze Erzählung
in knappester, aber für das Verständniß ausreichender Gestalt.

Auch die innere Anlage entspricht diesem Zwecke. Das Gedicht zerfällt in zwei Theile: den Proceß Satans gegen Christus
der ihm verfallenen Menschen wegen, und das Gespräch des Ver-
suchers mit dem Sünder. Nach dem nicht glücklich gewählten
Titel erscheint dieser letzte Theil nur als ein loser Anhang des
ersten. Aber bei näherer Betrachtung stellt sich heraus, daß ein
Grundgedanke das Ganze zusammenhält.

Das Erlösungswerk auf Erden ist vollendet, die Macht des
Bösen gebrochen, sein Gebiet durch das neugegründete Reich Gottes
gefährdet, aber die Hölle will ihre Rechte nicht ohne Kampf aufgeben. Von Beelzebub, dem Fürsten, ausgesandt, soll Satan vor
Gott treten und Klage erheben. Indem er den Beweis zu führen
unternimmt, daß die Menschen allzumal Sünder und deshalb nach
Gottes eigenem Ausspruch verworfen sind, soll er eine günstige
Entscheidung erwirken. Nachdem ihm dies mislungen, weil er hören
muß, daß der Mensch durch den Glauben vor Gott Gnade finden soll, wendet er sich an den Sünder selbst, um diesen Glauben
zu erschüttern, ihn zur Verzweiflung zu bringen und ihn so zu
bewegen, sich freiwillig seiner Herrschaft zu fügen. Der zweite
Theil stellt also nur den weitern Versuch des Bösen dar, was auf
dem Wege des Rechtes nicht zu erreichen war, auf Umwegen wieder zu erlangen.

Als Verbindungsglied zwischen beiden Abtheilungen ist die Rück-
kehr des Klägers von dem vergeblichen Wege und die neue Aussendung
desselben eingeschoben. Der Wechsel der Scene zwischen Himmel
und Erde wird dadurch motiviert. Hätte der Dichter beim Beginn
den Schauplatz in die Hölle verlegt, wo der Kampf beschlossen
wurde, so würde der Ueberblick über seine Dichtung sehr erleichtert
worden sein. Ihm war aber der didaktische Zweck maßgebend und
zwar so vorwiegend, daß er auch die dem Schlusse der ersten Abtheilung, dem Sturz Satans in den Abgrund, natürlich entspre-
chende Erhöhung des standhaften Sünders fallen ließ. Das Gebet
desselben, das den Schwerpunkt der evangelischen Lehre nochmals in kurzer Form ausspricht, mußte ihm genügend erscheinen.
Möglich auch, daß die als Motto des Titels gebrauchte Stelle der
Offenbarung (Kap. 12, V. 10) ihm zunächst diese Art der Behandlung
an die Hand gab; die Standhaftigkeit des vom Ankläger versuchten

Sünders fand er in dem darauf folgenden Verse angedeutet: „Und sie (die gläubigen Brüder) haben ihn überwunden durch des Lammes Blut und durch das Wort ihres Zeugnisses und haben ihr Leben nicht geliebt bis an den Tod."

Zu Anfang des Stücks ist der Schauplatz im Himmel. Satan erscheint vor Gottes Thron mit der Forderung, an einem zu bestimmenden Tage mit seiner Klage gehört zu werden. Der Richter setzt den kommenden Freitag an, den Jahrestag des stellvertretenden Todes des Erlösers, und befiehlt seinem Engel Gabriel, durch Posaunenklang alles Volk der Erde zu laden.

Der Widersacher hat sich eingefunden, die Menschen sind ausgeblieben. Satan, obgleich gewarnt, „daß der Tag gut sei menschlichem Geschlecht", besteht darauf, daß seine Sache zur Verhandlung komme; denn er hofft eine Verurtheilung in contumaciam zu erlangen. Aber Gott bestellt aus seiner Richtergewalt Christus zum Anwalt der Menschen, gegen welchen Satan als „suspect" protestirt. Er bringt auch hiermit nicht durch, denn der Menschen Sache ist auch Christi Sache und die Klage gegen ihn mit gerichtet.

Satan beginnt nun den Proceß mit der Bitte um Einsetzung in den vorigen Stand; Christus wendet dagegen ein, „daß er seine Possession ohne Billigkeit und Recht gethan habe". Der Kläger bemüht sich ferner, seine Ansprüche aus dem Buche des Gesetzes, der Bibel, zu erweisen, indem er ausführt, wie Adam und Eva, indem sie das Verbot im Paradiese übertraten, dem Tode und der Verdammniß anheimgefallen sind; doch hier wird er mit seinen eigenen Waffen geschlagen. Satan selbst war es ja, der die ersten Aeltern durch listige Verdrehung des göttlichen Worts verführte, und Gottes Fluch fällt auf sein eigenes Haupt. Die sündigen Menschen aber habe er, der Erlöser, mit seinem eigenen Blute erkauft; so sei auch diese Einrede hinfällig. Nun versucht der Kläger den Weg des Vergleichs und schlägt eine Theilung vor: Christus nenne ihn ja selbst einen Fürsten der Welt; so möge er den Himmel nehmen und ihm die Welt lassen, sein Reich sei ja überdies nicht von dieser Welt. Dagegen Christus: der Fürst der Welt sei gerichtet; nicht der Gerechten wegen sei sein heiliges Blut vergossen worden, sondern um der Sünder große Noth, und darum seien auch diese sein wohlerworbenes Eigenthum.

Des Teufels Weisheit ist nun erschöpft; er vermißt sich deshalb, des Richters Unparteilichkeit zu verdächtigen. Lucifer wurde ohne Gnade verstoßen, als er gegen Gottes Willen that, und doch war ihm kein Verbot ertheilt, keine Strafe angedroht worden. Darauf erfolgt auf Gottes Geheiß durch den Heiland die Antwort: Die Engel waren mit der Erkenntniß Gottes rein erschaffen und wußten Gutes und Böses zu unterscheiden; sie bedurften keines Verbots, wie der aus Erde geschaffene, dazu mit Fleisch und Blut beschwerte Mensch. Je höher aber der Stand, desto tiefer der Fall. Das reizt den Stolz des Widersachers; trotzig entgegnet er, er wolle auch nicht um Gnade bitten, sondern verlange nur, daß das Menschengeschlecht die Verdammniß mit ihm und seinen Gesellen theile. Aber der Erlöser wendet sich an den Richter, beruft sich auf seine Sendung, sein Leiden und Sterben, auf seinen Sieg über die Hölle und seine Auferstehung aus den Banden des Todes; Gott möge nun den Menschen geben, was er ihnen erkauft, das Erbe, um das er bitte, das ewige Leben.

Das Urtheil wird gesprochen; der Mensch soll in das himmlische Reich eingehen, der Kläger aber liege gebunden im Abgrund. Mit dem im himmlischen Chor erschallenden „Gloria" und „Sanctus" schließt die erste Handlung.

Darauf erblicken wir Satan, vom vergeblichen Gange zurückgekehrt, mißmuthig vor seinem Gebieter stehend. Nach gebührenden Vorwürfen sendet dieser ihn von neuem aus, diesmal auf die Erde, um bei dem Menschengeschlechte, dem „Sünder", selbst sein Glück zu versuchen.

Mit dem Register seiner Sünden tritt er an ihn heran, ängstigt ihn mit dem Gesetz, dem kein Mensch Genüge thun könne, und setzt ihn hart zu mit allen möglichen Spitzfindigkeiten, welche Zweifel in ihm erwecken könnten. Dagegen wehrt sich der Sünder standhaft und geschickt mit den Waffen des Evangeliums, und sein Vertrauen auf die Wahrheit der göttlichen Verheißungen spricht sich zum Schluß in einem inbrünstigen Gebete aus.

Die Moral der Dichtung läßt sich demnach in dem Satze zusammenfassen: die Macht des Feindes des Menschengeschlechts ist vernichtet; bei Gott richtet er nichts aus, denn der ewigen Gerechtigkeit ist durch Christi stellvertretenden Tod Genüge geleistet; gegen Anfechtung aber schützt den Sünder der Glaube an das Evangelium.

Der Dichter hat am Ende noch ein akrostichisches Lied hinzugefügt, das den Leser zur Buße und zum Preise Gottes ermahnt.

Ueber die Person Meckel's vermögen wir keine andere Auskunft zu geben als die, welche er in den Anfangsbuchstaben der Verse des Schlußgedichtes selbst gegeben hat, daß er aus Pfeddersheim gebürtig und Schulmeister zu Neustadt an der Aisch war.

Der Würde des Gegenstandes entspricht die Behandlung vollkommen. Der Ton der ganzen Darstellung ist ernst und gemessen,
selbst der Charakter des Teufels ist, der herkömmlichen Auffassung
entgegen, nicht ins Unedle gewandt. Der Ausdruck ist einfach und,
auf fester Ueberzeugung beruhend, eindringlich und oft sogar er-
greifend; Sprache und Versbau sind mit Geschick behandelt.

Die Theilnahme der Zeitgenossen beweist ein zu Anfang des
17. Jahrhunderts erschienener Nachdruck mit dem nicht recht pas-
senden Titel: „Gerichtlicher Proceß der Heiligen Dreyfaltigkeit,
auff die Anklage des Sathans, wider das gantze Menschliche Geschlecht. Allen frommen Christen, tröstlich und lieblich zu lesen.
Reimweise gestellet. Durch Petrum Meckel von Pfeddersheim. Zu
Magdeburg bey Johann Francken Buchführer. 1606." Das Gedicht mit Meckel's Namen ist weggelassen. Drei geistliche Lieder,
darunter eins von Paul Eber, sind hinzugefügt. Endlich erschien
noch im Jahre 1740 zu Leipzig eine neue, den Franke'schen Abdruck
wiederholende Ausgabe.

Ein schön Gespreche,

darinnen der Sathan An=
klager des gantzen Menschli=
chen geschlechts, Gott der Vat=
ter Richter, Christus der Mitler
vnd Vorsprech ist. Volgends
wie der Sathan den Sünder
zu verzweiflung begert
zu bringen.

Apocal. 12.

Nun ist das heil, · vnd die krafft, vnd das reich, vnd
die macht, vnsers Gottes, seines Christus worden, weil der
verworffen ist, der vnsere Brüder anklaget, tag vnd nach für
Gott, Vnd sie haben jn vberwunden durch des Lambs Blut.

M. D. LXXI.

Satan
trit für Got und spricht:

Herr Got, schöpfer himels und der erdn,
hör an, was ich hab vor beschwerden!
das hellisch reich gesant hat mich,
klagweis zu bringen hie für dich
grichtlichen proceß, zu fürn mit recht   5
wider das ganz menschlich geschlecht
umb irn abfal von deim gebot,
den Adam auf sie gfüret hat;
beger nichts anders, denn dein wort
an in nun werd volstrecket fort,   10
das sie von dir kein gnad erwerben,
sonder mit mir auch ewig sterben,
weil sie aßen vons baumes ast,
den du in hoch verboten hast
bei verlust ir selen seligkeit   15
und straf des tods in ewigkeit.
so ist nun hiemit mein beger,
das alles volk gefordert wer
auf einen gwissen tag und stund
zu hören an aus meinem mund,   20
was ich für klag wider sie für,
und das sie antwort geben mir.

Got Vatter.

Ein richter der gerechtigkeit
bin ich und bleibs in ewigkeit;
ich wil mich umb den tag besinnen,   25
auf welchen sie erscheinen künnen.

---

10 fort, fortan.

Satan.

Auf morgen sol der termin sein,
das ein jeder vor dir erschein,
ein rechte antwort dir zu sagn
umb das, darumb ich an werd klagn.   30

Got Vatter.

Nit du, sonder ich richter bin;
ein zil hab ich zu setzen in,
bestimm derhalben auch ein tag
auf nechst zukünftigen freitag,
an welchem tag die jarzeit ist,   35
das sie erlöset hat mein Christ.

Satan.

Ist denn dieselbig zeit so köstlich,
vor andern tagen so löblich,
solstu billich nichts handeln dran,
ein andern tag in setzen an.   40

Got Vatter.

Hör, ich bin nit des rechtes knecht,
sonder wie ich wil, setz ich recht;
demselben gib ich kraft und macht,
leid nit, das sie jemand veracht;
den tag auch heilig mache ich,   45
der tag hat nit geheiligt mich;
drumb wil ich, das diser tag sei.
hör, Gabriel, mach ein geschrei
mit deiner posaunen auf erd,
das alles volk berufen werd,   50
auf jetz genanten tag und zeit
vor mir geb antwort und bescheid.

Satan

· komt am Freitag wider und spricht:

Herr richter, ich kom wider her,
auszuführen meine beschwer,
vom hellischen reich her gesant,   55
den tag wie du uns hast ernant;

sag noch ein mal, das menschlich gschlecht
sei in das hellisch feur gerecht,
das sie han geßen von der speis,
die du in da verbotst mit fleiß;   60
drumb sie auf sich haben genommen,
ja auch auf all ire nachkommen,
nach laut deins herlichen gebots,
zu sterben all des ewigen tods.
weil du nun bist gerecht und frum,   65
wirstu dein wort nit stoßen umb.

Got Vatter.

Ein weil solstu gen wider heim,
biß das volk auch vor mir erschein
und sich hie stell vor dises recht,
der tag ist gut menschlichem geschlecht.   70

Satan
wil sich nicht abweisen lassen und spricht:

Herr richter der gerechtigkeit,
ich erzeig mich in ghorsamkeit,
wider alles volk zu procediern,
hoff du werdst dein wort exequiern.
weil sie nun nit vor dir erschein,   75
so wirt mein sach gewonnen sein.

Got Vatter.

Du komst zu ungelegner zeit;
hab ich dir nit vor hin gedeut,
das diser tag und auch das recht
glücklich sei menschlichem geschlecht?   80

Satan ist zornig.

Solt mir denn die sach schlagen umb,
so doch auf erd kein mensch ist frum?
allsamt in sünden tun sie leben.
woltstu in noch gewonnen geben,

---

58 Verdiene die Strafe des höllischen Feuers. — 69 recht, Gericht.

wo ist denn dein gerechtigkeit,
die man so preist in ewigkeit,
wie die so groß im himel sei?
als denn müst ich bekennen frei,
das bei dir auch gehe gunst vor recht,
so das geschicht mir armen knecht.

Got Vatter
ergrimmt und spricht:

So kum her, du verfluchter geist!
an dir wirts ausgehn allermeist,
itzund wil ich dich nemen für.
sihe, Gabriel, das kom zu mir
der aller liebste sone mein;
derselbig sol ir vorsprech sein.

Christus
komt zum vatter und spricht:

Aller heiligster, liebster vatter mein,
was betrübt dich in dem trone dein,
das dein begeren stet nach mir?
willig leist ich gehorsam dir.

Got Vatter
zu Christo.

Kom her, meins herzen werde kron,
setz dich zu mir auf meinen tron,
an dir ich wolgefallen hab;
darumb ich dir zum erbteil gab
alle völker auf der erden,
die je gewesen sein und werden,
das sie durch dich zu mir solln gan
und ewigs leben mit dir han.
umb diß dein erbteil, hab und gut,
erlöset durch dein teures blut,
recht dich der hellisch, greulich hund
unangesehen meinen bund.

90

95

100

105

110

---

93 ausgehen an, wie ausgehen über; vgl. Grimm, Wörterbuch, 870, 5: dir
wird es am schlimmsten dabei ergehen. — 96 vorsprech, Anwalt. — 111 rechen,
verklagen.

ein schäflein sich nit bschützen kan,
wenn es der greulich wolf greift an;
du aber bist ein guter hirt,   115
der seine schaf erretten wirt,
das in der wolf nit schaden kan,
ja, auch gar nit darf greifen an;
ir trauen stet auch nur zu dir,
sint du sie hast versönt mit mir.   120
weil du nun bist meins herzen schrein,
so soltu ir vorsprecher sein.
wolan, ich sitz, wil hören an,
was der verflucht bring auf die ban.

Christus.

Wer ist denn der feindselig man,   125
der was hie hat zu klagen an
wider das ganz menschlich geschlecht?
der tret herzu für dises recht;
antwort sol er bekommen hie,
der er sich hett versehen nie.   130

Got Vatter
zum Satan.

Heut hastu lang betrübet mich,
jetzunder sichstu unter dich;
ein jeder, der nichts guts anricht,
derselbig haßt und fleucht das liecht.
kom her und bring dein handel an,   135
nit vil wirstu gewinnen dran.

Satan
zu Got dem vatter.

Herr richter, so hör mich nun an,
ich bitt, wolst nit bewegen lan
dein herz, weil diser ist dein son,
das recht uns widerfaren lon;   140
weil du lieb hast gerechtigkeit,
hoff ich, mir werd auch gut bescheid,

---

120 sint, seit, da. — 132 Jetzt schlägst du die Augen beschämt nieder.

jag noch, das all menschen auf erden
billich mit mir verdammet werden,
weil sie auch han verachtet Got   145
und übertreten sein gebot.

Christus
zum Satan.

Ein copei solt mir zu stellen du,
das ich sehe, warumb du sprichst zu
dem ganzen menschlichen geschlecht,
so wil ich das vertreten recht.   150

Satan
zu Christo.

Ich hab schon .den wind vernommen
und merk wol, wo zu es wirt kommen.
dasselb ich vor gefürchtet han,
das du bist sein geliebter son;
das urteil wird auch werden gfellt,   155
wie du es bei im hast bestellt.
bist mir suspect, ich tu das nit,
wenn es nit ein andrer vertrit,
wil ich, das sie selbs redn für sich,
ein jeder wie in anklag ich.   160

Christus
zum Satan.

Von anfang du ein lügner bist,
brauchest auch nur betrug und list.
solt ich nit zugelaßen sein,
sint du mir zu sprichst umb das mein?
der aller heilgste vatter mein   165
hat mirs zum erbteil geben ein;
darumb was du hie klagest an,
das trifft und get mich selber an.

---

149 zusprechen, anklagen. — 157 suspect, als parteiisch verdächtig.

Satan
zu Got dem vatter.

Weil ich denn das hinaus muß fürn
und vollends rechtlich procediern,   170
so ist, herr richter, das mein bit,
die wöllest mir versagen nit
und mich vor wider setzen ein
in alle gehabte güter mein,
die er hat lengst geraubet mir,   175
und jetzund für das sein helt schier.
kan er mirs denn mit recht abgwinnen,
so werd ich das wol werden innen.

Christus
zum Satan.

Du verfluchter geist, sag mir,
woher ist es denn kommen dir,   180
von wem hast es geerbet du,
oder von wannen komt dirs zu?
hastu sie selb aus eigner macht
geschaffen oder mit dir bracht?
wes warn sie vor deim großen fall?   185
hat nit dise mein vatter all
durch mich, sein ewigs wort, gemacht,
die sel und leben in sie bracht?
hastu schon oft genommen ein
die leut auf erden groß und klein,   190
auch etlich lange zeit regiert,
etliche aber gar verfürt,
das sie all stund und augenblick
gefallen sein in deine strick,
hastu doch dein possession   195
on billichkeit und recht geton,
die menschen unter gutem schein
büdischer weis genommen ein;
drumb dir kein glaubiger auf erden
für eigen eingeraumt sol werden.   200

Satan

wirt zornig, zeucht die bibel raus und list in Genes. *)
und spricht:

Sagt nit Got, der allein ist weis,
zu Adam und Eva im paradeis:
„ich wil, das ir nit seit vermeßen,
von allen bäumen solt ir eßen,
denn nur allein von disem nit;   205
daſſelb ich euch so hoch gebiet,
das, so ir werdt mein gebot vergeßn,
und dise verbotne frucht eßn,
zur selben stund solt ir auch sterbn,
immer und ewiglich verderbn?“   210
so wil ich nun, das dises wort
bleib sten und ge auch also fort.

Christus
zum Satan.

Du bist vermaledeit in grund,
und als, was get aus deinem mund,
ist anders nichts denn falsch und list.   215
lis her was mer geschriben ist!
singst nur was dient zu deiner geign,
das ander kanstu sein verschweign.
weist nit, das sich auf macht die schlang
und tet dem armen weiblein bang,   220
sprach: „haltu es nur für ein spot,
solt euch den baum verbieten Got?
eßt nur, es bringt euch doch kein gfar,
Got weiß, das ich euch rede war,
seh hin, iß disen apfel schon,   225
als denn wirstu erst recht verston,
das ir werdt sein den göttern gleich
und alle zeit sein freudenreich?“
darzu war die schlang so vertrogen,
wolts erstlich mit dem man nit wagen;   230
drumb sag ich dir, du hellischer geist,
die schuld ist bein, wie du wol weist;

Erstes Buch Mose. — 229 vertrogen, wie verlogen, trügerisch, betrüglich.

der fluch drumb dich hat troffen an,
das dir hat soln des weibes sam
dein arglistigen kopf zutreten, 235
dein reich zerstören und zerschmettern.
dieweil du nun ein ursach bist,
zu wegen bracht durch trug und list,
das Adam da gesündigt hat
und übertreten Gotts gebot, 240
sol man nit hören deine klag,
dir selbs anlegen diese plag.

Satan
zu Got dem vatter.

Herr, schöpfer himels und der erben,
laß mir doch recht zu teil werden
und, gleich wie andre richter tan, 245
das bös doch ungestraft nit lan!

Christus
zum vatter.

Vatter, liebster vatter mein,
sihe an den liebsten sone dein,
darzu sein wunden groß und tief,
daraus das rosenfarb blut lief 250
vor alle menschen auf der erben,
die sein und auch noch glaubig werden!
mit in soltu nun haben gduld,
denn ich hab zalet ire schuld.

Satan.

Was sol einer fangen an? 255
gleich wie ich vor geredet han,
der son ist mir suspect gewesen;
ich müst lang sten und einher lesen,
es wer gleich bibel oder Babel,
und müst auch brauchen seltsam fabel, 260
das er verlier seins vatters gunst;
ich hab schier sorg, es sei umbsunst.

---

235 **zutreten**, zertreten.

herr Chriſte, weiſtu das ſelber wol,
das ich ein fürſt der welt ſein ſol?
wie du mich denn auch ſelber nennſt   265
und in der ſchrift klerlich bekennſt.
darzu gſellt dir nichts in der welt,
wilt auch nit weder gut noch gelt,
daſſelbig als beluſtigt mich;
drumb deucht mich auch, es wer für dich,   270
du nemſt den himmel, ich die welt.
weil die ſchrift ſonſt noch weiter meldt,
das von der welt nit ſei dein reich,
rat ich, wir wöllens teilen gleich;
ich nim die böſen, du die frommen,   275
du wirſt ir dennoch gnug bekommen.

Chriſtus
zum Satan.

Nein, Satan, das gedenk dir nit,
das du mich wölſt fangen hiemit.
es ſtet noch weiter auch darbei,
das derſelb fürſt gerichtet ſei.   280
mein heiligs leiden, ſterben, grab,
mein blut, das ich vergoßen hab,
war nit von wegen der gerechten
und unbeſleckten Gottes knechten,
ſonder des ſünders große not,   285
darzu ſein künftigr ewiger tot,
erſchrecklicher jammer, der in drang,
und große liebe, die mich zwang,
urſach meins bittern todes ſein,
dardurch ſie nun erlöſt von pein,   290
drumb wirt dir nichts, ſie ſein all mein.

Satan
zu Chriſto.

Was wilt mit dem feigenbaum tan,
auf welchem nichts, denn bletter ſtan?
haſtu in ja ſelber verflucht,
da du die frucht haſt drauf geſucht;   295
wilt auch nit ben, der nur ſpricht: herr!
und wil nit halten deine ler.

Got Vatter
zum Satan.

Weich von mir ab, du Satan, bald!
ich gib dir kein in dein gewalt.
wer glaubt, das diser sei mein son,   300
sein blut vor in genug hab ton,
den wil ichs auch genießen lan,
wie vil er schon hab sünd getan.

Satan
zu Got dem vatter.

Ich habs geredt und red es noch,
dein gerechtigkeit preist man so hoch,   305
die kan ich nit bekommen von dir,
der son ist gar argwönisch mir,
was er nur wil, des gwerstu in.
das sonst weit het ein andern sin,
wenn er dein lieber son nit wer;   310
des trag ich billich ein beschwer.
drei ding wil ich noch füren ein,
darumb der mensch verdammt muß sein.
das erst ist: Lucifer, der engel schon,
möcht im zu eim exempel ston;   315
so bald derselb gesündigt hat,
verstießtu in on alle gnad.
bistu kein anseher der person,
so mustu im auch also ton.
das ander ist dein hochs gebot,   320
welchs er nun übertreten hat,
und geßen von des baumes frucht;
darumb muß er auch sein verflucht.
der engel must verstoßen sein,
so bald er brach den willen dein;   325
hetst im doch geben kein gebot,
das er sich nit erhüb vor Got.
vil mer muß der mensch verstoßn sein,
weil du im sagst den willen dein,
und dennoch sündigt wider dich;   330
sunst wer verdammt unbillich ich.

das dritt sol auch bewegen dich,
dein eigenes wort, wie ich sprich;
denn so dein wort sol bleiben war
und gar nit wanken umb ein har,   335
zu welcher stund er eß davon,
das er als bald des tods sei schon,
und nun dein wort muß haben kraft,
und als geschehen, was es schaft,
so muß unwidersprechlich sein   340
der mensch verdammt zur ewigen pein.

Got Vatter
zu Christo.

Son, meines herzens edle kron,
zeig disem geist die antwort an.

Christus
zum Satan.

So hör mich nun, du verfluchter,
verdammter und unseliger: 345
der mensch und du seit weit nit gleich,
du warst gesetzt in Gottes reich
und hetst erkentnus Gottes klar;
an dir auch nichts gebrechlichs war,
das dich zu sünden het bewegt;   350
weil sich dein herz in hoffart regt,
bistu verstoßen aus deim stul
herunter in den feurign pful.
was solt dem engel das gebot?
er war geschaffen so von Got,   355
das er wust guts und bös on maß
und was Gott gfiel on unterlaß,
darumb er keins gebots darf nit;
der mensch der hat ein andern sit,
er ist geschaffen aus der ert,   360
darzu mit fleisch und blut beschwert;
drumb ist er auch geneigt zu dem
was seim leib süß ist und bequem.
wie vil ein engel nun höher ist,
denn ein mensch je zu aller frist,   365

so vil deſt größer iſt ſein fal,
denn je auf ert der menſchen al.

Satan
zu Chriſto.

Sag, was du wilt, ſo iſts doch war,
das ſie all ſein des todes gar,
unausſprechlich geſündt auf erden,   370
unausſprechlich ſolln ſie geſtraft werden.

Chriſtus.

Ja, unausſprechlich haben ſie gſündt,
darumb iſt auch für ire ſünd
unausſprechlich gut gegeben,
mein teures blut, dardurch ſie leben.   375

Satan
zu Got vattern.

Herr richter, ich bit jetzt von dir,
das ein fürſprech werd geben mir,
der ſich anneme meiner ding,
meinen handel beßer für bring;
weil mirs die recht denn laßen zu,   380
ſo wirſt dich auch nit weigern du.

Got Vatter
zum Satan.

Dir ſei erlaubt, zu nemen ein,
doch der nit ſei aus meiner gmein,
ſonder aus beim helliſchen reich,
welchen du wilt, gilt eben gleich.   385

Satan.

Wie ichs angreif, ſo iſts verlorn,
ich wil die antwort ſelbſt anhorn.

Hie zeucht der Satan die bibel wider raus und liſt in
Deuteronomio *) und ſpricht:

Diß urteil muß mir heut noch fallen:
verflucht ſei, der nit bleibt in allen,

-----

*) Fünftes Buch Moſe.

das in dem buch geschrieben stet
und wie es Got zu Mose redt.

Christus
zum vatter.

Vatter, du hast weislich geschaffen
Adam, das er war nit zu strafen,
durch in und seiner erben her
widrumb zu fülln der engel chör;
wann nun auf des verfluchtn begern
sie alle solten verdamt wern
und kommen in den ewigen tot,
weil sie nit ghalten dein gebot,
so wer umb sunst dein güte und mild;
das du sie schufst nach deinem bild.

Satan.

So bin ich auch unbillich verdammt,
und meine gsellen alle samt;
Gottes bild wir vil gleicher sein,
wir haben weder fleisch noch bein.

Got Vatter
zum Satan.

Ich richt dich aus dem munde dein:
weil du hets weder fleisch noch bein,
kuntstu deins fals wol übrig sein.
nichts war an dir, das dich mocht zwingen
und zu deinem abfal bringen,
denn hoffart groß, das du woltst sein
mir gleich und mein stul nemen ein;
des mustu ewig leiden pein.

Satan
zu Got dem vatter.

Bit ich doch dich nit umb genad,
hoff auch nit, daß sich wend mein schad,

390
395
400
405
410
415

---

408 Brauchtest du nicht zu fallen.

sonder drumb bin ich kommen her,
weil Adam hat gesündigt ser,
die sünd bracht aufs menschlich geschlecht,
so dünkt mich billich sein und recht,
das sie auch leiden straf und pein,   420
wie ich und all gesellen mein.
sags nur flugs raus, es muß doch sein!

Christus
zum vatter.

Vatter, ich wil an dich begeren
ein bitt, der wirstu mich geweren,
das ich von denen kein verlier,   425
all die du hast gegeben mir.
ich bin auf erd gesant von dir,
ein christlich kirch zu samlen mir,
vor die ich auch hab dar gegeben
am stam des kreuzs mein leib und leben;   430
ich ward gefürt oft für gericht,
geschlagen in mein angesicht,
verspott, verspeiet und verhönt,
mit dorn zerstochen und gekrönt;
ich hab geschwitzt von blut ein schweiß,   435
mein kreuz trug ich, ein schwere reis,
von großer onmacht ser gekrenkt,
under die mörder auch gehenkt,
verkauft wurd ich umb schnödes gelt,
ans kreuz schlug mich die gotlos welt,   440
barmherzigkeit war von in weit,
gespilt haben sie umb mein kleid,
mit eßig, gallen getrenket mich,
am kreuz, darzu gelestert mich,
leiden must ich den bittern tot,   445
das ich in hülf aus irer not;
sonn und mon verlur den schein,
bezeugten all die unschuld mein.
noch must ich weiter halten her,
mein seit geöffnet mit eim sper,   450

---

449 herhalten, gedulbig leiden.

daraus ran waßr und rotes blut,
welches nun rein abwaschen tut
alle menschen, so auf erden
mein wort hörn und glaubig werden;
vom kreuz wurd ich genommen ab,   455
darnach geleget in ein grab,
als denn auch vor des grabes tür
ein großen stein gewalzet für;
versigelt war das grabe mein,
das niemand auf brech disen stein;   460
vermeinten da zusperren ein
mein göttlich macht unter ein stein.
zur hellen fur ich auch hinab,
dem teufel ich zerstöret hab
sein reich und in ganz überwunden   465
und in abgrund der hellen punden;
darnach gewaltig auferstanden
aus eigner kraft von todes banden
von wegen irer gerechtigkeit,
die ich in aus barmherzigkeit   470
geschenket hab in ewigkeit,
und in erlangt die seligkeit.
weil dann, heiliger vatter mein,
ich, der liebe sone dein,
am kreuz den bittern tot gelitten,   475
tot, teufel, hell für sie bestritten,
ir sünd geladen hab auf mich,
auf das dein zoren stillet ich,
mein teures blut gekostet hat,
zu tilgen ire missetat,   480
so wirstu in das erbe geben,
darfür ich bitt, das ewig leben.

Got Vatter.

Ein könig bin ich, gewaltig reich,
in himel und erd ist nit meins gleich,
manchen edelen schatz hab ich,   485
vil hundert mal tausent sten umb mich,

---

466 punden, gebunden. — 478 zoren, Zorn.

die all mir dienen, haben acht,
was ich in schaff, das werd vollbracht.
so ist auch himl und erde mein
und alles was darin mag sein 490
von silber, gold und edlem gstein,
noch war es alles vil zu klein
wider zu bringen disen fal,
darein Adam sein erben al
gefüret hat, in ein ewige pein; 495
sonder den liebsten sone mein,
hab ich aus gnaden dahin geben,
das er in wider brecht das leben,
welchs in Adam verloren hat.
ei, weil michs denn so vil gestat, 500
und sie mein lieber son vertrit,
wil ich das urteil felln hiemit:
sie solln bei mir sein ewiglich,
loben und ern, auch preisen mich
und haben unaussprechliche freud 505
von nun an biß in ewigkeit.
ein wort hör mich, du, Gabriel,
nim noch zu dir den Michael,
mit euch sol auch gen Raphael,
und bind mir den greulichen hund, 510
der nur anklagt zu aller stund,
die ich meim son geschenket hab,
und werfet in in abgrund hinab,
in feur pful, den ich ime hab
und sein gesellen auserkorn, 515
das sie sein ewig drin verlorn.

Gabriel.

In der höhe Got sei die er
in ewigkeit, keim andern mer!

Raphael.

Auf erden frid den menschen allen,
und jederman ein wolgefallen! 520

---

488 schaffen, hier in der Bedeutung befehlen. — 500 gestan, zu stehen
kommen, kosten.

Michael.

Wir loben dich mit großem schall,
ert, preist und dankt dem herrn all!

Himlisch her.

Heilig, heilig, heilig ist unser Got,
der gewaltig herr Zebaot!
nun ist das heil, die kraft und macht,   525
das reich und unsers Gottes pracht
seins Christus worden, weil der ist
verworfen, der zu aller frist
anklagt für Got die brüder all;
sie haben in mit reichem schall   530
und herrlichem sig überwunden
durch des lambs blut und tiefe wunden.

Satan
zu sein gesellen, spricht:

Ir habt mich heut erkoren aus,
zu halten solchen großen strauß
wider das menschliche geschlecht;   535
ich mein, ich bin in kommen recht
und hab so große er erlangt;
mich wundert, das ir mir nit dankt.
ein ander mal bleib ich im haus
und rue; schickt nur ein andern aus!   540

Beelzebub antwort ime:

Ei secht, wie ein küner gesell!
woltstu nit bleiben in der hell,
wolt wol ein andern gefunden han;
so woltstu die er selbst erstan.
ein feiner man, dem befel es   545
ders wol kan, si quod recte curatum voles!
weil es nit glücklich hat wöln gan,
auf deiner seiten übel stan,

---

544 erstan, erstehen, übernehmen, davontragen. — 546 si quod — wenn du
willst, daß dein Auftrag richtig ausgeführt werde.

soltstu nit gar sein procebiert,
sonber die sach han appelliert; 550
wolt ich mich beßer han besunnen!
wenn wir schon nit hetten gewonnen,
hetten sie sich boch müßen bsorgen,
wenns recht angieng, heut ober morgen,
bas sie kemen in ungemach 555
unb etwan gar verlürn die sach.
würb mancher noch verzweifelt sein,
geförcht, er müst noch in die pein,
im selbs gnomen han sein leben
unb mir selbst zum peutpfennig geben. 560
so hastu mir bas als verlorn,
mich lust, ich nem bich auch bein harn.
balb mach bich auf, seum bich nit lang,
sihe, bas bu tust bem sünber bang
unb also bapfer mit im ringst, 565
bas bu in zu verzweiflung bringst,
bas uns bie sach nit gar lauf ler,
sonber sich unser reich noch mer.

Satan
zum sünber.

Wolauf mit mir, bu gottlosr man,
bein tag hastu nichts guts getan! 570
ein groß registr bring ich mit mir,
baselbst in muß ich zeigen bir,
wie bu bein tag all hast zu bracht
unb allzeit Gottes gebot veracht,
Got nit über all bing geliebt, 575
in aller schalkheit bich geübt,
bei Gottes namen gslucht, gschworn,
es sei in schimpf gleich ober zorn.
sein wort hast auch verachtet bu,
gar wunber seltn kommen barzu, 580
vatter unb mutter nit geert,
wiber bein obrigkeit gesperrt,

---

560 peutpfennig, Beutepfennig, Antheil an. ber Beute. — 567 Tamit wir babei
nicht ganz leer ausgehen. — 582 sperren, sich sperren, wibersetzen.

dein nechsten oft geschlagen tot,
im nit gegunnt das drucken brot.
du hast nit ghalten eelich pflicht,   585
züchtig und keusch gewesen nicht,
dein nechsten umb das sein betrogen,
abgeschwatzt und abgelogen.
ein falscher zeug bistu gewesn,
da einer sonst het mögn genesn;   590
deins nechsten haus dir oft gefiel,
war auch dein ganz meinung und will,
im nit allein sein gut und hab,
sonder gsind und vih setzen ab.
nun sih, in disen puncten alln   595
hastu ob jedm dein sel verfalln;
drumb wird sich hebn ein wilder strauß.
wie wiltu nun dich reden auß?

Sünder.

Das weiß ich und ein jeder christ,
das unser fleisch gebrechlich ist,   600
underworfen allem jamr und not,
der hellen und dem ewigen tot,
dem teufel und seim hellischen strick
einfallen alle augenblick;
darumb sich Got mit Got durch Got   605
in weisheit groß beratschlagt hat,
zu helfen uns aus disem leit
allein aus großer barmherzigkeit.
dieweil nun Got, der ewig rat,
sein einigen son gesendet hat,   610
all meine sünd zu tilgen aus,
so graust mir nichts ob disem strauß.

Satan.

Ei hör, ich hab mich anders besunnen,
jetzt wil ich dir erst beßer kummen:

---

584 druden, truden, trocken. — 590 sonst het mögn genesen, sonst hätte
gerettet werden mögen, zu seinem Rechte hätte gelangen können. — 596 verfallen, verwirken. — 604 einfallen, anheimfallen. — 605 Gott der Vater mit
Gott dem Sohn durch den heiligen Geist.

du wilt dich vil verlaßen auf Got 615
und wilt nit halten sein gebot.
heltstu denn das so vor gering
und meinst, Got verbiet vergeblich ding?
er verbeuts und wils gehalten han,
so hastu der nit eins gethan; 620
drumb mach dich auf, mit mir darvon.

Sünder.

Es felt nit vil, du machst mir heiß,
das mir ausbringt der kalte schweiß;
eines aber, des tröst ich mich,
wie ich jetzt wil berichten dich: 625
immer und ewig wer ich verlorn,
wenn ich ja nicht wer neu geborn
durch die heilge göttliche tauf;
im blut Christi mein sünd ersauft.
nun aber frag ich nichts nach dir, 630
Got geb was du mir bringst herfür.

Satan.

Du alter neugeborner laur,
ich wil dirs noch wol machen saur.
wo stets geschriben, das sag mir,
das dein sünd sein vergeben dir? 635
auf Christum darfst dich nit verlaßn.
hör vor von mir, welcher maßen
Christus dein sünd gebüßet hat;
also von im geschrieben stat:
als er zu eim feigenbaum kam 640
und nichts denn bletter darauf vernam,
nit frucht und einer guten art,
er über den gar zornig wart,
verflucht in zu der selben frist,
das er alsbald verdorret ist. 645
· auf deim baum auch kein frucht man findt,
und nichts denn bletter darauf sind;

---

631 Got geb was, was auch (quidquid). — 632 laur, hinterlistiger Mensch;
vgl. Frisch, Wörterbuch, I, 588. — 641 vernehmen, bemerken.

darumb mustu auch verflucht sein
und ewig dorrn in hellischer pein.
desgleichen sagt er auch noch mer, 650
das nit ein jeder, der spricht: herr!
wird gen ins ewig himelreich,
sonder der auch den willen gleich
seins himlischen vatters hab gtan,
denselben wil er nemen an; 655
drumb ists umb sunst, das du schreist: herr!
hast nie gehalten seine ler.
weistu nit, was du hast getan?
sih der do mein regifter an.

Sünder.

Ob schon zum teil du sagest war 660
und aus der schrift machst offenbar,
so glaub ich doch und hab ein trost,
das ich durch sein blut sei erlost,
und hoff auf in auf diser erdn,
er laß mich nit zu schanden werdn; 665
denn unser sünd und missetat
er an seim leib geopfert hat,
das wir der sünden seien los,
schenkt er uns sein grechtigkeit groß.
Esaias tut auch sagen: 670
unser krankheit hat er getragen,
auf sich geladen unsern schmerzn;
des dank ich im von ganzem herzn.
von Paulo hab ich auch vernomen,
daß Christus in die welt sei komen 675
die armen sündr selig zu machen.
noch mer find ich von disen sachn,
zwischen Got und den menschen frei
Christus der einig mitler sei;
durch sein blut haben wir erlösung, 680
nemlich der sünden vergebung;
auch hat uns Got gmacht wider lebn,
durch Christum alle sünd vergebn

und ausgetilget die handschrift,
dieselbig an das kreuz geheft. 685
auch Petrus der Apostel gut
uns noch weiter beschreiben tut:
es ist nit golt, silbr, edelgstein
das, da wir durch erlöset sein,
sondern mit seinem teuren blut, 690
als eins unschuldigen lemleins gut.
er hat für uns den tot gelittn
und allen hellischen gwalt bestrittn;
so wir denn mit Got versönt sind
durch den tot seins einigen kind, 695
da wir noch waren seine feind,
vil angenemer wir jetzt seind,
wer glaubt an in, dem hats nit not,
darf sich nicht fürchten vor dem tot.

Satan.

Du must mit mir, das felt mir nicht. 700
darfstu doch nicht für sein angsicht,
wie denn die schrift fein deutlich spricht,
das Got erhört die sünder nicht.
du wilt immer zur himeltür
und hörst, wie die schrift scheußt rigl für, 705
kanst je Gots wort nit stoßen umb,
und machest dich gleich noch so krxmb.

Sünder.

Christus, mein herr, ja selber spricht:
seit getrost und förchtet euch nicht,
freuet euch zu allen stunden, 710
ich hab die welt überwunden;
wer an mich glaubt, dem wil ich gebn,
das er nit sterb, sol ewig lebn;
denn alle werk die sein zu schlecht,
den menschen macht der glaub gerecht. 715
komt her zu mir, wer ist beladen!
ich wil heilen euren schaden.

---

705 für scheußt, vorschießt, vorschiebt.

der ftarf bebarf des arztes nit,
fonder der tranf, das ift der fit.
zur buß zu rufn bin ich fommen   720
die fündr und gar nit die frommen;
wer zu mir fomt, den hungert nit,
wer an mich glaubt, ift wol behüt;
auch ift mer freud ins himels tron
über ein fünder, der buß hat ton,   725
denn über neun und neunzig grechtn,
die vor wandlen in Gottes rechtn
und auch der buß bebürfn nicht,
wie denn der herr auch felber fpricht;
drumb laß ich nit abwenden mich,   730
das magftu glauben ficherlich,
befenn: ich bin ein fünder arm,
auf das fich Got auch mein erbarm.

Satan.

Chriftus tröft feine diener mit,
derfelben biftu feiner nit.   735
was wolt er tun mit folchem fnecht,
der nur nach get feim fadenrecht,
weiß feins herrn willn und tut in nit?
zwifache ftraf teilt er im mit.

Sünder.

So muftu mir bald fagen an,   740
von welcher wegn er das hat tan,
vergoßen fein heiligs blut fo rot,
endlich auch den bitteren tot
am ftam des freuz gelitten hat
zu tilgung unfer miffetat,   745
ob das zu gut gefchehen fei
den frommen, oder fündern frei.
fagftu: von der gerechten wegn,
fo fan ich birs mit fchrift umblegn;

---

719 der fit, die Sitte, der Gebrauch. — 731 mit, damit. — 737 fadenrecht,
Richtfchnur; der nur feiner Weife folgt, nur nach feinem eigenen Recht lebt. —
749 umblegen, widerlegen.

sagstu: zu heil und trost der kranken, 750
so hab ich im des auch zu danken
und tröst mich mit deinr eignen red;
bin gwiß, das michs auch anget,
und auch umb meinet willn sei komen,
menschlich natur an sich genomen, 755
vor mich erwürgt den bittern tot
und mich versünet hat mit Got,
das mir mein sünd nit schaden kan,
noch mich vor Got mer klagen an,
geschenkt mir sein gerechtigkeit; 760
der freue ich mich in ewigkeit.

Satan.

Du machst dich seltsam genug und krumb
und bist doch nie gewesen frum,
wilt nur auf ander leut vil borgen
und sie für dein schult laßen sorgen, 765
bist nur auf Gottes gnad gericht;
dein auszüg soln dich helfen nicht,
es wirt ein ander urteil falln:
verflucht sei, der nit bleibt in allm,
das Gott zu Mose hat geredt, 770
und im gesetz geschriben stet!
drumb mach dich auf, mit mir davon,
es mag dir doch nit anderst gon!
sag bald, warbei es sol beston?
tumstu, ich gib dir zwifach lon. 775

Sünder.

So merk fein drauf, ich wil dirs sagn:
Christus der hat mein kreuz getragn
und ist umb meine sünd gestorbn,
umb welcher willn ich wer verdorbn,
ist auch gewaltig auferstandn 780
aus eigner kraft von todesbandn
von wegen meiner grechtigkeit,
schenkt mir die ewig seligkeit

---

767 auszug, exceptio, Ausrede, Einrede.

nur aus großer barmherzigkeit;
des dank ich im in ewigkeit.
ziehe hin, jetzt hastu dein bescheit. 785

Gebet des sünders.
Aufer inmensam, Deus, aufer iram,
geteutscht:

Ach, herr Got, du wölst wenden
dein großen zorn von uns,
barmherzigkeit uns senden,
die straf nim auch von uns! 790

Eil nit mit unsern sünden,
zu legen auf die wag,
dieweil von menschen kinden
one dich, herr, niemand mag,

Wo unser sünd soln tragen 795
die wolverdiente rut,
und du uns nit wirst schlagen,
erfordern unser blut.

So mag die welt nit dulden
solch große straf und pein. 800
vergib, herr unsern schulden
aus großer genade dein.

Welchem allzeit ist eigen,
erbarmen sich der welt,
wölst dich auch zu uns neigen, 805
o Got, so dirs gefellt!

Warumb woltstu, herr, zürnen,
du schöpfer aller ding,
über uns so arme würme,
die staub und schatten sind? 810

794 mag, zu erfordern, B. 798, gehörend. — 804 erbarmen, zu erbarmen.

Wir sind auch gar unreine
von vilen sünden groß,
von Adam her, ich meine,
an heiligkeit gar bloß.

Drumb wolst dich, herr, erbarmen 815
über uns, dein geschöpf so schwach,
darzu auch von uns armen
aufheben ganz die rach.

Hilf, herr, dein kreuz und krone,
geflochten von scharfen dorn, 820
sper, negel und tot frone,
dein herbes hend durch born,

Das sie den zorn tun mindern,
den wir verdienet han,
die straf über uns auch lindern, 825
auf das wir mögen bestan.

Herr, nit laß uns umbkommen,
weil du der schöpfer bist,
dein leiden schaff uns frommen
durch glauben an Jesum Christ. 830

Das blut aus seiner seiten,
darzu das waßer klar,
wasch uns zu allen zeiten
von aller sünd und gefar!

Schaff, herr, das solchs beschloßen 835
sei in deim rat so weis,
das wir dich unverdroßen
loben zu er und preis,

Der du sitzst hoch dort oben
über alle himel hoch, 840

---

821 frone, heilig. — 822 Das herbe, schmerzliche Durchbohren deiner Hände.

den alle chör tun loben
von anfang her und noch,

Der auch regiert on ende,
von ewigkeit biß her
herrscht über alle stende,
allein ein könig der er,

Drei person und drei namen,
doch ein einiger Got, amen.

Dichter.

Petrus uns treulich warnen ist,
Es sol niemand des Satans list
Trauen, denn on unterlaß
Rumort er aus groß neid und haß
Und gunt uns die seligkeit nicht,
Sondern stets darwider ficht.

Mit seinen schröcklichen feurpfeiln
Er fleißt sich, uns zu übereiln,
Kraftlos zu machen unsern bund,
Komt er mit list zu aller stund,
Es ist im ernst und tut nit scherzen;
Laßt uns das auch wol fürn zu herzen

Und nit gar zu vermeßen sein,
Ob wir gleich sein von hell und pein
Nun mer durch Christi tot erledigt.

Bald sein wir mit der sünd beschedigt,
Farn als denn wider Adam nach.
Es ist je war, das denn darnach
Der sünden solt wird sein der tot.
Ezechiel aber geschriben hat:

Reue über die fünd foln wir han,
So wil Got nit mer denken dran;
Himlische gütr wil er uns gebn,
Ewiglich foln wir mit ime lebn;
Jesus Christus, für uns gestorbn,
Mit seinem blut hat uns erworbn.

So tue ich höchlich danken
Christo, dem herrn mein,
Hoff, wöll von im nit wanken
Und allzeit beständig sein.
Lob, preis wil ich im singen
Mit allen glidern mein;
Ein jeder sol im klingen
In aller not und pein.
So wil er uns doch helfen,
Tut als ein treuer Got,
Erhöret unser gelfen,
Reicht uns sein hant in not.

Zu wem woltstu dich wenden
Und kern, mein traurige sel?
Rüf im, er hats in henden,

Nimt dich aus deiner quel.
Er ists, der hat verheißen,
Uns zu geben die seligkeit,
Er wirt uns das auch leisten;
Nit umb unser fromkeit,
Sunder aus großer güte
Tut ers, umb seinet willen
Auch wil er uns behüten,
Tut unsern hader stillen.

Ach, das wir das betrachten!
Niemand würd gotloser weis

870

875

880

885

890

895

900

---

881 Der Druck hat: klagen; klingen, mit Mußk und Gesang preisen. — 885 gelfen, Schreien, Hülferufen. Der Druck hat: helfen. — 890 quel, Qual.

Des herrn wort verachten.
Ein erinnerung zu seinem preis:
Richten sein tun und leben,

Ein jeder sei ermant;
Im wirds der herr auch geben,
So er ein jeden lont.
Christus reiniget unser gewissen,
   so wir sein wort lieb han;
Hastu dich des beflißen,
   im gericht wirstu bestan.

--- ---

903 richten, zu richten; sein leben richten, recht, löblich leben.

End.

Wortregister.

Inhalt.

———————

www.ingramcontent.com/pod-product-compliance
Lightning Source LLC
Chambersburg PA
CBHW031340070726
47496CB00017B/1347